Barbara Frischmuth
Die Entschlüsselung

Barbara Frischmuth

Die Entschlüsselung

Aufbau-Verlag

ISBN 3-351-02927-6

1. Auflage 2001

Einbandgestaltung gold, Anke Fesel, Kai Dietrich
Druck und Binden Wiener Verlag
Printed in Austria

www.aufbau-verlag.de

Ja, das Schreiben verursacht auch Betriebskosten,
mehr und beängstigendere als eine ganze Fabrik.
Was man aufwenden muß? Das ganze Leben.

Sándor Márai, *Himmel und Erde*

Sagen wir, es geschah letztes Jahr, eine Woche nach dem Altausseer Kirtag, beim Fetzenmarkt der Freiwilligen Feuerwehr Grundlsee, kurz nachdem die Absperrung aufgehoben worden war. Aus diesen Angaben auf ein genaues Datum schließen zu wollen, wäre müßig, denn wenn Ihnen diese Geschichte per Zufall erst in ein paar Jahren zu Ohren gekommen sein würde, dürfte der in Rede stehende Fetzenmarkt heutigen Tages noch gar nicht stattgefunden haben.

Damit will ich keinesfalls, wie die Anhänger gewisser Heterodoxien, behaupten, daß die Zeit in ihrem Ablauf relativ sei, wird sie doch schon seit langem aufs exakteste gemessen und kann daher gar nicht mehr anders, als sich an die Uhr zu halten. Oder kann sie doch?

Sobald den Menschen die Zeit als eine unerbittlich fortschreitende zu Bewußtsein kam, wurde die Uhr erfunden. Die soll bei den orthodoxen Muslimen zuerst in Gebrauch gewesen sein, um die fünf Gebetszeiten besser einhalten zu können. Aber auch die christlichen Mönche mit ihren Metten, Vespern, Vigilien usw. hatten Bedarf an einem Zeitmesser, der ihnen die Stunden vorhackte wie der Metzger das Osterlamm. So besehen, entpuppte sich die kontinuierliche Zeit als eine Erfindung religiöser Extremisten, und wie es aussieht, spielte die Zeit wieder einmal mit, auch wenn sie sich davor als runde, besser gesagt als zyklische, wohler gefühlt haben mag.

Was aber, wenn sie nicht immer und überall mitspielt? Wenn sie sich an bestimmten Orten geweigert hat, auf ein Ende der Welt zuzulaufen, über das es zwar eine Menge höllischer Gerüchte, aber nur wenig an himmlischer Gewißheit gibt? Wenn sie, wie das Wort – von Zeit zu Zeit – schon sagt, gelegentlich rückfällig wird und sich ihrer alten Kreisbewegung erinnert?

Aber zurück zur Absperrung, die Schlag 14 Uhr aufgehoben wurde. Der Ansturm der Einheimischen und der extra zu diesem Anlaß herbeigereisten Wiener- und sonstigen Seer setzte sogleich und mit voller Heftigkeit ein. Etwa um 13 Uhr 56 hatte auch ich einen Gegenstand ins Auge gefaßt, der all meine Vorsätze, mich beim Erwerb zurückzuhalten, ins Wanken brachte. Es handelte sich um einen ausgestopften Dachs mit bloß einem Auge und einem Fell, das leicht räudig wirkte. Nie noch hatte ich die Gelegenheit gehabt, an einen ausgestopften Dachs zu kommen. Ich war also begierig, wenn auch vollkommen chancenlos, was den Dachs betraf.

Eine hagere Rothaarige im brandneuen Lippizaner-Dirndl balgte sich mit einer eher stämmigen Dame im Ethno-Look, die das schwarze Haar zu Indianer-Zöpfen geflochten und mit Traumfängern zusammengespangerlt trug. Gleichzeitig nutzte ein Herr im Schladminger – den er augenblicks zuvor erstanden haben mußte, denn für einen Schladminger war dieser milde lächelnde Herbsttag nun wirklich zu warm – die Gelegenheit, um den Dachs mit einer Hand an sich zu reißen, während er mit der anderen dem verdutzten Feuerwehrmann einen Hunderter hinhielt, den dieser, einem Reflex gehorchend, auch nahm. Damit war der Handel, wenn auch absolut zugunsten des Schladmingerträgers, getätigt. Ein Aufseufzen ging durch die Menge, offensichtlich gab es wesentlich mehr Interessenten als ausgestopfte Dachse, und ich seufzte unwillkürlich mit.

Vergebens, wenn auch nicht ganz, denn während des Handgemenges, das nun um den, seine Beute in Sicherheit bringenden, Schladmingerträger entstanden war, fiel aus dem Bauch des Dachses, der offenbar räudiger war, als ich mit freiem Auge hatte erkennen können, ein in Zeitungspapier gewickeltes Päckchen mir genau vor die Füße. Als Belohnung, wofür wohl?

»Um einen Hunderter soll er von mir aus den Dachs, nicht aber auch noch dessen Inhalt haben«, sagte ich mir, bückte mich, sowie das Gedränge es zuließ, und steckte das Päckchen in meine Tasche. Um mein Gewissen zu beruhigen, griff ich nach einem angeschlagenen Kaffeehäferl mit der Aufschrift

Auf ewig dein, und bevor der noch ein wenig verdutzte Feuerwehrmann einen Preis nennen konnte, zückte auch ich einen Hunderter und erleichterte so meine Seele.

Es war ein braungoldener Septembertag, der Grundlsee schlurfte gelassen an dem Gewimmel der Fetzenmarktgeher vorüber und schwamm dann, wie immer, seine Traun hinunter, ohne sich auch nur zu einer einzigen Welle aufzuraffen. Der Backenstein konnte sich also in aller Ruhe, und so lange er wollte, im Seespiegel betrachten.

Ich beschloß, über die Obertressen zurück nach Altaussee zu gehen, wer weiß, wie lange man das um diese Jahreszeit ohne Schirm noch konnte. Dabei geriet ich ganz schön ins Schwitzen, hatten sich doch die Wolken alle in Richtung Ennstal verzogen, und es wurde so heiß, daß man an der Seewiese noch ohne Thermophor ins Wasser steigen konnte.

Etwa auf der Höhe des Hennermann-Waldes entledigte ich mich meiner Dirndlbluse, und da meine Tasche von dem Päckchen und dem Kaffeehäferl mehr als ausgefüllt war, behielt ich die Bluse in der Hand und schwenkte sie beim Gehen wie eine weiße Fahne. Wem hätte ich mich wohl ergeben wollen?

Die Bank beim Dachsteinblick war, wie ich schon aus einiger Entfernung sehen konnte, frei, und ich ging etwas rascher, damit sie mir nicht noch im letzten Moment jemand wegschnappte. Ich hatte gut daran getan, denn als ich mich mit einem Seufzer, diesmal der Befriedigung, auf die Bankbretter fallen ließ, näherte sich aus der anderen Richtung der Schladmingerträger, so als wäre er geradewegs meinen Gedanken entsprungen. Allerdings trug er keinen Schladminger mehr, sondern ein weißes, kurzärmeliges Hemd und eine schwarze Hose, die ihn schlank machte und geradezu elegant wirkte.

Es war ein Rätsel, wie mir der Mann nun aus der Altausseer Richtung entgegenkommen konnte, und ich dachte schon, ich hätte mich geirrt, schließlich fehlte das Hauptmerkmal, nämlich der Schladminger, als er mit einem sehr persönlichen Blick andeutete, daß auch er mich wiedererkannte. Und nicht nur das, er kam, ohne mich aus den Augen zu lassen, geradewegs auf mich zu, wobei er seine Rechte zuerst an die Lippen legte, dann damit seine Stirn berührte und diese Bewegung mit einem Schwung nach oben hin auslaufen ließ. Es handelte sich dabei um die *Temennah*, eine orientalische Begrüßungsgeste, die ich von meinen Reisen her kannte, die ich aber angesichts des Dachsteins nicht erwartet hatte.

Dennoch griff ich automatisch nach meiner Handtasche, die mir der orientalische Grüßer mit einem begehrlichen Blick zu streifen schien, und beschränkte mich darauf, den Gruß mit einem einfachen und etwas kühlen *Selam!* zu erwidern, was er mit einem kaum merkbaren Lächeln quittierte. Doch gerade als er ansetzte, etwas zu mir zu sagen – es hätte mich natürlich interessiert, in welcher Sprache –, hörte ich eine mir bekannte Dame *Hallo!* rufen, genauer gesagt, handelte es sich um eine meiner Nachbarinnen, die ebenfalls von irgendwoher zurück nach Altaussee unterwegs war, und so schloß ich mich ihr, meine Handtasche fest unter den Arm geklemmt, sogleich an, ohne den ehemaligen Schladmingerträger auch nur ein Wort sagen gehört zu haben. Allerdings verriet mir sein Blick, daß dies nicht unsere letzte Begegnung gewesen sein würde.

Der Rest des Weges zog sich, trotz der Fülle von Neuigkeiten, die dabei ausgetauscht wurden, und auf dem Talpunkt angelangt, was bedeutete, daß es danach wieder bergauf gehen würde, beschlossen wir, uns im Gasthaus *Zur Mühle* ein wenig zu stärken, um dem folgenden Aufstieg ins Reith besser gewachsen zu sein.

Man glaubt gar nicht, wie durstig man werden kann, wenn man bei frühherbstlicher Hitze und zu Fuß von Grundlsee nach Altaussee unterwegs ist, wobei der Durst sich beim Trinken noch steigert. Aus dem zweiten Gastzimmer drangen die Klänge einer Musikgruppe herüber, die, auch wenn sie nicht vom Kirtag übriggeblieben war, zumindest ein Lied dazu spielte.

Es war bereits dunkel, als wir beschwingt die *Mühle* verließen und die nächste Steigung namens *Kennl* mehr hinaufschwebten als -stiegen. Das freute uns so, daß wir sogar den Umweg über den *Hubertushof*, an den Häusern der Katzenzüchterin, des Lämmerbauern, der Filmregisseurin, des Zucchini-Pflanzers, des Ochsenhalters und am Ferienquartier der

Nonnen vorbei machten, um uns eines sternklaren Himmels und des Gesanges zu erfreuen. Zum Schluß verabschiedeten wir uns ausführlich, wobei wir uns gegenseitig mehrmals von Haustüre zu Haustüre begleiteten, da uns immer noch etwas einfiel, was unbedingt besprochen werden mußte.

Mit einem Wort, wir verhielten uns, als wäre es unser letzter Tag, und somit würde auch alles gesagt werden müssen, was zu sagen war. Aber soll sich ein guter Christenmensch nicht immer so verhalten, als wäre jeder Tag sein letzter? In diesem Zusammenhang ist auf die heilsame Wirkung der Ohrenbeichte zu verweisen, selbst wenn sie nicht von einem Priester abgenommen wird.

Als ich dann endlich nach Hause gekommen war, brach die Müdigkeit mit solcher Macht über mich herein, daß ich nicht mehr die Kraft hatte, das Päckchen in Augenschein zu nehmen. Also legte ich es unter meinen Kopfpolster, um seinen Inhalt im Traum zu erfahren. Ein alter Trick, der zwar bei Prüfungen während der Schulzeit nicht immer hielt, was man sich davon versprochen hatte, aber etwas Besseres fiel mir nicht mehr ein.

Ein paar Stunden nach Mitternacht, als es noch nicht einmal dämmerte, wachte ich wieder auf, jedoch nicht von irgendwelchen Geräuschen des Katers, der nach einem großen Aufständischen Anatoliens Dede Sultan genannt wurde, sondern von Lauten, die sich wie das gierige Schnüffeln jenes Dachses anhörten, der im Sommer manchmal kam, um meine Stachelbeerbüsche zu plündern. Doch waren die Stachelbeeren längst in Marmeladen und Kuchen aufgegangen, und ich fragte mich, hinter was der Dachs nun wohl her war.

Ich konnte deutlich hören, wie er röchelnd und schnaufend seine Kreise zog, gelegentlich nach etwas scharrte, auch etwas fraß, und ich hoffte inständig, daß er mir nicht meine frisch gepflanzten Lilienzwiebeln aus der Erde holte. Die galten nämlich in China als Leckerbissen, aber woher sollte ein Ausseer Dachs das wissen?

Ich hätte natürlich aufstehen und zum Fenster hinunterschauen können, um mich zu vergewissern, und ihn dann durch Schreien zu vertreiben suchen, aber es schien mir unmöglich, mich zu rühren. Genaugenommen, brach mir schon beim Gedanken, aufzustehen, der kalte Schweiß aus.

Der Teufel schläft nicht, dachte ich. Warum eigentlich? Mit dem Teufel hatte ich noch nie etwas im Sinn gehabt. Es mußte etwas Atmosphärisches sein, was die Beklemmung erzeugte, und das waren wohl weder Teufel noch Dachs, hatte ich doch für letzteren seinerzeit zwei Stachelbeerbüsche außerhalb des Zaunes gepflanzt, als Geste der Befriedung, aber auch der Zuneigung zu Tieren dieser nächtlichen Art.

Irgendwie schien mir, als wäre der Dachs nicht alleine gekommen, und schon im nächsten Augenblick wurde diese Vermutung zur Gewißheit, als der Klang einer Stimme heraufwehte, die sich selbst auf einem Saiteninstrument – meinem Gehör nach auf einer Langhalslaute – begleitete. Ich lag nun dermaßen wach und dermaßen angespannt da, daß ich sogar die Sprache auf Anhieb identifizieren konnte. Es handelte sich um Azerî, eine Abart des Türkischen, die in Ostanatolien, im Westen Irans und in Aserbeidschan gesprochen wurde. Und die Verszeilen, die ich gerade noch erlauschte, besagten ins Unreine übersetzt: *Bisweilen steige ich zum Himmel auf und betrachte die Welt. / Bisweilen steige ich auf die Erde herab und werde von der Welt betrachtet.* Sie stammten von einem türkischen Derwisch, Dichter und Zahlenmystiker aus dem 14. Jahrhundert, der mich schon seit langem beschäftigte. Er hieß Nesîmî, und man hatte ihm, nachdem er als Ketzer zum Tode verurteilt worden war, bei lebendigem Leib die Haut abgezogen.

Bevor ich mir noch einen Reim auf die Bedeutung der Worte machen konnte, kam das denkwürdige Ständchen zu einem Ende, und ich hörte, wie sich menschliche Schritte, aber auch der Dachs, der noch immer vor sich hinschnorchelte, über die Klinkersteine der Einfahrt entfernten. Wobei die Dachskrallen beim Dahinwatscheln ein deutlich kratzendes Geräusch erzeugten. Je länger ich darüber nachdachte, desto mehr empfand ich das Gehörte als Drohung. Aber was um alles in der Welt drohte mir?

Ich war so erschöpft, daß ich trotz des Unheimlichen, das ich erlauscht hatte, bald wieder einschlief, auch wenn dieser Schlaf alles andere als ruhig war. Sogleich verfiel ich in wildes Träumen, begegnete einem Kabbalisten von der Salzbergstraße, sowie einem praktizierenden Druiden, der dort, wo heute die Altausseer Kirche steht, nach keltischem Brauch rituelle Menschenopfer durch Ertränken darbrachte, allerdings – und das ging zu Lasten des Traums, der sich an keinerlei Korrektheit hält und seinem Träumer beziehungsweise seiner Träumerin gerne einen Streich spielt – verwendete er dabei Wein und vollzog das Ertränken schluckweise.

Auch hörte ich mehrmals den Namen der Wendlgard vom Leisling nennen, die mir schon eine Weile im Kopf umging, eine Äbtissin, die angeblich im 13. Jahrhundert in der Nähe des Kritkogels die Leislinginnen, eine Unterabteilung des Klosters Trunseo, gegründet hatte. Den vielen Legenden nach, die sich um ihren Namen rankten, handelte es sich bei jener Wendlgard jedoch um eine Druidin, die vor Zeiten in Form einer Blumenzwiebel ins Land gekommen war, und zwar spätestens in jenem berüchtigten 8. Jahrhundert, in dem, laut Pollner, der Altausseersee als Folge tektonischer Bewegungen entstanden sein soll.

Als ich endgültig erwachte, regnete es, besser gesagt, es schüttete, und das hielt mich davon ab, rund ums Haus nach Spuren des nächtlichen Dachses zu suchen, denn selbst wenn er welche hinterlassen gehabt hätte, würde der heftige Regen sie längst hinweggespült haben.

Beim Bettmachen fiel mir dann das Päckchen entgegen, an das ich vor lauter Dachs samt Begleitung gar nicht mehr gedacht hatte. Ich nahm mir vor, es gleich nach dem ersten Schluck Tee zu öffnen und aufs genaueste zu prüfen.

Nie noch hatte ein Tag einen guten Verlauf genommen, an dem ich mich beim Frühstück hatte hetzen müssen. Also nahm ich mir die Zeit, ein Sojaweckerl im Toaster aufzurösten, den Tee richtig ziehen zu lassen und meinen täglichen Apfel (an apple a day, keeps our doctor away) in Spalten zu schneiden, um mich dergestalt auf die Welt einzustimmen.

Doch gerade als ich den ersten Bissen im Munde hatte, läutete es schrill und unüberhörbar, so wie nur ein ungeduldiger

Postler mit einer Expreß-Sendung zu läuten imstande ist. Wo einem doch in sämtlichen Postämtern des Landes und völlig uneigennützig von Expreß-Sendungen abgeraten wird, da sie überhaupt nichts brächten, außer daß sich der Briefträger, so wie heute, zweimal auf den Weg machen mußte.

Während ich mich, noch kauend, erhob, stand der Postler bereits in der Küche – einem alten keltischen Brauch gemäß, blieben die Haustüren hierorts von der Früh bis in die Nacht hinein offen – und hielt mir den Stift entgegen, mit dem ich den Empfang eines weiteren Päckchens, diesmal einer gefütterten Postversandtasche, bestätigen sollte.

Als ich fragte, ob etwas zu bezahlen sei, war er schon wieder aus dem Haus, und sein *Na nix!* vermischte sich mit dem Starten seines Postautos. Es hatte sich also tatsächlich um eine jener rar gewordenen echten Expreß-Zustellungen gehandelt.

Der Absender des neuen Päckchens war ein Ignaz Mustel aus Oberlaa. »Mustel, Mustel...«, sagte ich laut vor mich hin, »an was erinnert mich das?« Mustelidae, Marderartige, fiel mir nach dem zweiten Schluck Darjeeling ein, und – gehörten nicht auch die Dachse zu einer Unterfamilie der Marder?

Aus dem Brief, der beilag, ging hervor, daß Ignaz Mustel Mitarbeiter jener Gartenzeitschrift war, für die auch ich gelegentlich schrieb, und daher meinen sehnlichsten Wunsch kannte, wenigstens ein Exemplar von *Iris elegantissima* auf meiner Veranda zu beherbergen, um sie später, wenn sie sich an mich gewöhnt hatte, im Garten, als dessen Höhepunkt, auszusetzen. Ihre aparte Anmut sollte ihresgleichen suchen, aber leider war ich ihr bei meinen Reisen durch ihre Ursprungsländer, Nordostanatolien, Westiran sowie die ehemalige Sowjetrepublik Armenien, nie begegnet. Das einzige lebende Exemplar ihrer Art hatte ich in Nymphenburg, im Botanischen Garten von München, bewundern dürfen.

Ignaz Mustel teilte mir mit, daß es ihm unter größten Mühen gelungen war, die Firma Susam in Erzurum, die ansonsten nur botanische Gärten in Europa und Übersee belieferte, zu überreden, ihm einige der kostbaren Rhizome zukommen zu lassen, von denen er mir hiermit eines abtrete, hätte ich ihn doch durch meine enthusiastische Beschreibung erst auf die

Idee gebracht, seiner ansonsten ziemlich kompletten Iris-Sammlung auch noch eine *Elegantissima* hinzuzufügen.

Ich schwamm im Glück, wickelte das zugegebenermaßen etwas runzelige, knollenartige Wurzelstück aus dem Schartensäckchen und hastete – Frühstück ade! – in den Schuppen, um der Kostbaren so rasch wie möglich ein angemessenes Bett zu bereiten, in dem sie den Winter verschlafen konnte.

Allein das Herstellen der entsprechenden Erdmischung erforderte seine Zeit, ebenso wie die Wahl des richtigen Topfes. Der Splitt, der das Austrocknen verhindern sollte, mußte erst noch vom Straßenrand gekratzt werden, und das bei anhaltendem Regen und so weiter und so fort.

Mit einem Wort, der Vormittag ging damit hin, gar nicht zu reden von all den Beschwörungsformeln, die mir gebetsmühlenartig von den Lippen troffen, die Hochgeschätzte möge sich bei mir wohl fühlen und mich und die Besucher meines Gartens dereinst mit ihrer Erlesenheit erfreuen, und was man eben so sagt, wenn das Herz laut zu sprechen beginnt.

Wer beschreibt meine Überraschung, als ich, zurück im Haus, einen Hund antraf, der sich offensichtlich die Tür selbst geöffnet hatte und nun, als folge er einer bestimmten Witterung, mit der Schnauze die Tischkante entlangfuhr und sich gerade mein noch immer nicht geöffnetes Päckchen aus dem Dachsbauch schnappen wollte. Es war der Hund, der den Pfarrer auf seinen Gängen begleitete, gleichzeitig gehörte er aber auch noch einem Journalisten aus Wien, der die Wochenenden hier zu verbringen pflegte und dann selbst mit seinem Hund spazierenging.

»Rufus«, schrie ich, so nämlich hieß der Hund, und konnte gerade noch verhindern, daß er tat, wozu er sich angeschickt hatte. Schuldbewußt und mit dem Schwanze wedelnd, kam er auf mich zu, und ich gab ihm etwas von Dede Sultans Futter, bevor ich ihn unmißverständlich zu seinem Herrn, wer immer das im Augenblick gerade sein mochte, zurückschickte.

Das Päckchen lag neben meiner halbvollen Teekanne und – beinahe hätte ich gesagt – starrte mich an. Ob der Hund im Auftrag gehandelt hatte? Da ich mir nicht vorstellen konnte, welches Interesse der Pfarrer am Dachsbauchinhalt haben konnte, verdächtigte ich eher den Journalisten. Journalisten interessieren sich bald für etwas. Oder doch der Pfarrer?

Ich stellte *Iris elegantissima* in ihrem schönen neuen Terrakottatopf, in dem so gut wie nichts von ihr zu sehen war, außer ein paar vertrockneten Blattresten vom vergangenen Jahr, aufs Fensterbrett, um sie in meiner Nähe zu haben. Dann griff ich nach dem Päckchen, jedoch so ungeschickt, daß ich dabei die Teetasse umstieß. Etwas von dem kalten Tee schwappte auf das Päckchen, und das Zeitungspapier, in das es gewickelt war, wellte sich.

Begann ich mich in etwas hineinzusteigern oder war es wirklich so, daß ich das Päckchen nicht unbeobachtet an mich genommen hatte und man offensichtlich hinter ihm her war? Nur warum?

Ich begann an dem Zeitungspapier zu nesteln. Dem Schriftsatz nach war es ein Vorkriegserzeugnis, das sich schon als ein wenig mürbe erwies und mir sozusagen unter den Fingern zerbröselte. Auch gab es mehrere Schichten davon, und wann immer ich dachte, endlich den Inhalt vor mir zu haben, löste sich noch ein Lappen Zeitungspapier, so daß der ganze Tisch bereits voll davon war.

Doch gerade als ich die letzte Schicht, die, weil zuinnerst, noch am besten erhalten war, abstreifte, läutete das Telefon. Es war ein alter Bekannter, Professor Unumgang, ein pensionierter Kulturhistoriker, der seinen Alterssitz von New York nach Österreich zurückverlegt und den ich schon oft bei Recherchen für meine Bücher zu Rate gezogen hatte. Nach einigen Höflichkeiten kam er erstaunlich rasch zur Sache und fragte mich rundheraus, ob er mich besuchen dürfe, er habe etwas auf dem Herzen, das er mit mir zu besprechen wünsche, und da seine Frau in Bad Waltersdorf zur Kur sei, befinde sich das Ausseer Haus nicht gerade in gästetauglichem Zustand.

Während ich ihm zuhörte, nestelte ich weiter an dem Päckchen herum, bis endlich sein Inhalt zum Vorschein kam, und zu meiner größten Verwunderung stellte sich heraus, daß es viele Bögen leicht vergilbten Papiers waren, auf denen nichts – ich konnte es kaum glauben – ganz und gar nichts stand.

Mein Staunen war so groß, daß ich den Professor am anderen Ende der Leitung vollkommen vergaß, und erst als er in mein Ohr brüllte, »Lassen Sie alles, wie es ist, ich komme gleich zu Ihnen hinüber«, schreckte ich aus meiner Verblüffung auf. Woher wußte er, was vor mir lag? Hatten meine Wahrnehmungen zu streunen begonnen und sich in anderen Köpfen eingenistet oder was? Ein Phänomen, das in zyklischer, also in runderer Zeit durchaus häufiger zu beobachten gewesen war.

Ich versuchte, so gelassen wie möglich zu klingen. »Was sagen Sie da? Ich meine, woher wissen Sie ...«

»Sie sollen sich keine Mühe machen, nichts vorbereiten und mir mit nichts aufwarten. Wo ich mich schon selbst eingeladen habe, werde ich nicht zulassen, daß Sie auch noch einen Kuchen backen, und um das zu verhindern, gehe ich jetzt los und werde – von der Salzbergstraße zu Ihnen hinüber sind es höchstens zehn Minuten – gleich da sein. Wenn Sie unbedingt wollen, können Sie Teewasser aufstellen.«

Ich schaute auf die Uhr. Es war vier. Wo war der Tag bloß hingekommen? Ich nahm ein paar Kekse aus der Packung, steckte eins davon in den Mund, leerte die anderen in eine Schüssel und stellte frisches Teewasser auf.

Ein zartes Rülpsen drang an mein Ohr. Ich blickte in Richtung Fenster, aber Dede Sultan richtete sich aus einem Fauteuil der Sitzgruppe gegenüber auf und gähnte, daß ihm die Kinnladen schier aus den Angeln zu springen drohten. Konnte es sein, daß ich *Iris elegantissima* zu stark angegossen hatte?

Das Teewasser kochte noch nicht, als ich Professor Unumgang hinter seinem Regenschirm herbeieilen sah. Gerade daß er sich nicht wie der *Fliegende Robert* in die Lüfte erhob, dünn genug war er, aber der Wind, der ihn herwehte, hatte wohl anderes mit ihm vor.

Ich ging an die Tür, um ihn hereinzubitten, und mit ihm kam ein Riesenschwall feuchter wirbelnder Luft, der, als wäre er zielgerichtet, bis ins Wohnzimmer vordrang und unter den unbeschriebenen Blättern des Päckchens ein großes Durcheinander anrichtete.

Nicht minder schnell war der Professor an den Tisch gehüpft

und griff nun mit beiden Händen – nicht nach der Zeitung aus dem Jahr 1934, in die das Ganze gewickelt gewesen war und von der ich annahm, daß sie ihn interessieren würde, sondern nach den leicht vergilbten Seiten, und sein Gesicht erstrahlte im Triumph. Mir war sofort klar, daß der Griff kein zufälliger war.

»Tja!« Ich sprach all meinen Verdacht auf einmal aus. »Welche Enttäuschung! Da spricht sich mein Zufallsfund in Windeseile in der Runde der Eingeweihten herum, jeder will als erster ein Auge darauf werfen, und dann das.« Ich klang tatsächlich ziemlich nervenstark.

»Was?« fragte der Professor mit bis an den Haaransatz hochgezogenen Brauen.

»Lauter leere Blätter.« Ich konnte mir ein spöttisches Lächeln nicht verkneifen. Doch wenn mein Lächeln spöttisch gewesen war, so grenzte das des Professors an Hohn.

»Meine Liebe, Sie mögen vielleicht etwas vom Schreiben verstehen, nicht aber von der Schrift.«

Jetzt zog ich die Augenbrauen hoch, während ich den Tee aufbrühte.

»Es war nur eine Frage der Zeit, daß Ihr Zufallsfund gemacht wurde, und der einzige Zufall dabei ist, daß er einer noch immer Ahnungslosen in die Hände fiel. Haben Sie denn vergessen, daß ich es war, der Sie schon vor geraumer Zeit auf die Möglichkeit eines solchen Briefwechsels hingewiesen hat, und daß er in dieser Gegend gefunden werden könnte.«

»Briefwechsel?« Ich zog das Tee-Ei aus der Kanne und brachte das Tablett mit den Tassen und den Keksen an den Tisch. Unumgang holte ein Feuerzeug aus seiner Rocktasche und hielt es unter eines der Blätter. Er war ein starker Raucher, und vielleicht war das auch der Grund gewesen, warum er Amerika nach sechzig Jahren doch wieder verlassen hatte. Sogleich erschienen verschiedene Schriftzeichen auf dem Papier.

»Tausend Rosen!« entfuhr es mir. Aber der Professor wurde noch um einiges professoraler.

»Sobald die gesamte Schrift in Erscheinung gebracht ist, beginnt erst die wirkliche Arbeit.«

»Das Lesen dürfte wohl nicht so schwierig sein«, meinte ich

vorlaut. »Ich schätze das Ganze auf höchstens zweiunddreißig Seiten.«

»Exakt geschätzt. Aber es geht darum, es auch zu entschlüsseln.«

Ich warf einen Blick auf den ersten Satz, der vom Feuerzeug sichtbar gemacht worden war, und las: »O mildester Bruder, das lebendige Licht, das Wundersames zeigt, spricht …«

Unumgang blickte mich mitleidig an. »Meine Liebe, Sie glauben doch nicht im Ernst, daß Dokumente dieser Bedeutung unverschlüsselt weitergegeben werden. Das Vertrauen in die Sprache ist nicht erst den Dichtern des 20. Jahrhunderts abhanden gekommen. Immer, wenn der Wortlaut zum Gesetzeslaut wurde und als solcher auf zu impertinente Weise zur Unterdrückung der im Geiste Lebendigen diente, begann man, dem Geschriebenen zu mißtrauen und dem Sinn hinter der Bedeutung nachzuspüren.«

Ich verstand nicht ganz, was er meinte, und das mußte mir ins Gesicht geschrieben stehen, denn der Professor ließ sich zu einer Art Erklärung herab. »Woraus besteht dieser Satz?« fragte er, wie man ein Kind nach der Form seiner Klötzchen fragt.

»Aus Wörtern«, antwortete ich erwartungsgemäß.

»Und woraus bestehen die Wörter?«

Ich schenkte Tee ein und deutete einladend auf die Kekse. »Aus Buchstaben.« Der Professor nickte und biß in ein Keks.

»Das ist der Punkt.« Er hielt das zweite Keks bereits in der Hand, meinte aber noch, bevor er hineinbiß, daß jeder Buchstabe einen Zahlenwert besitze, so wie sich auch bestimmte Begriffe aus Theologie und Philosophie in Zahlen ausdrücken ließen. Um nun die Bedeutung hinter der Bedeutung, den verschlüsselten Sinn also, zu erlesen, sei es angebracht, mit einem Rechner zu arbeiten.

Ich schluckte, ohne etwas im Mund zu haben.

»Kurz gesagt, es handelt sich dabei um die einfachste Stufe der Kabbala, der Tradition, die sich auf die numerische Struktur der Sprache stützt.« Jetzt war es also heraus, und ich konnte endlich in Ruhe eine Tasse Tee trinken. Aber nichts da. Der Professor begann weiter auszuholen, versuchte, mir das Wesen der *Sefirot,* beziehungsweise die Werte der 22 Buchstaben des

Hebräischen, der 26 Buchstaben des Deutschen, der 28 Buchstaben des Arabischen sowie der 32 Buchstaben des Persischen zu erklären, und verstrickte sich dabei tiefer und tiefer in die Kulturgeschichte der Schrift.

Bei allem natürlichen Interesse, das ich zeitlebens für entlegene Wissensbereiche empfunden hatte, fehlte mir noch immer die im Augenblick wichtigste Information, nämlich wer die Briefe meines Zufallsfundes verfaßt hatte. Und warum alle Welt, zumindest die des Geistes, ihn mir abspenstig machen wollte. Schon seit dem Anruf Unumgangs dämmerte mir, daß er alles daransetzen würde, ihn mir abzuluchsen.

Ich beobachtete, wie die Hände des Professors selbstvergessen sämtliche Blätter des Konvoluts einsammelten und schlichteten, während er weiter dozierte, aber so, wie er dem Sinn des Geschriebenen durch Berechnungen auf die Spur zu kommen versuchte, dröselte ich seine Absichten anhand seiner gleichsam unschuldigen Gesten auf. Und während er sich mehr und mehr in die buchstäblichen und ziffernmäßigen Entsprechungen verlor, legte ich meinerseits die Hand auf meinen Fund und fragte ungerührt, da ich anders gegen sein Dozieren nicht angekommen wäre: »Sagen Sie mir endlich, aus welcher Zeit und von wem diese Sätze, Buchstaben, Zahlen, oder wie immer Sie es nennen mögen, stammen? Und warum ein Schladmingerträger, zwei sich balgende Damen, Sie, der Journalist, der Pfarrer und wer weiß, wer noch alles, sich so dafür interessieren, daß ich demnächst meine Türe selbst tagsüber werde versperren müssen.«

»Der Pfarrer auch?« Der Professor klang, als hätte er es längst geahnt, und hielt den von ihm geschlichteten Stoß noch immer mit einer Hand fest, obwohl ich bereits daran zog.

»Zumindest sein Hund. Aber es ist mein Fund, und bevor ich Sie noch einmal mit dem Feuerzeug an ihn ranlasse, will ich wissen, was ich überhaupt gefunden habe.«

»Meine Liebe, beruhigen Sie sich«, sagte Unumgang in beschwörendem Ton, »und überstürzen Sie nichts. Ich werde versuchen, Ihnen zu erklären, worum es geht, aber steinigen Sie mich nicht, wenn es nur die halbe Wahrheit ist. Auch ich bin mehr auf Gerüchte und Ahnungen angewiesen, als daß ich

Fakten zur Verfügung hätte. Solange ich diese Schriften, und ich bin überzeugt, daß es der jahrhundertelang verschollene Briefwechsel zwischen ...«

In diesem Augenblick läutete es an der Haustüre. Dede Sultan schien zu vergessen, daß er ein Kater war, und sprang mauzend vom Fauteuil, in einer Manier, die an freudiges Kläffen denken ließ. Unumgang hingegen zeigte alle Merkmale der Irritation, schaute demonstrativ auf seine Uhr und schüttelte befremdet den Kopf.

Ich überlegte, ob es wohl eine der Nachbarinnen oder etwa die Frau von der Caritas wäre, die immer persönlich und immer unangemeldet um die Spendengelder kommt. Aber es war ein Mann, der vor der Tür stand, und dieser Mann war der Schladmingerträger. Zu dem regnerischen Wetter paßte der Schladminger schon viel besser. Wieder grüßte er mit der *Temennah,* fügte dann aber in gepflegtem, wenn auch nicht akzentfreiem Deutsch hinzu: »Ich hoffe, ich störe nicht allzu sehr, aber ich möchte Sie in einer bestimmten Angelegenheit kontaktieren, bevor jemand anderer es tut.«

»Zu spät!« Ich bedeutete ihm, hereinzukommen. Auch er steuerte rascher auf das Wohnzimmer zu, als ich ihm folgen konnte, das heißt, bevor ich noch die verdutzten Gesichter der beiden Herren sehen konnte, hörte ich ihren zweistimmigen Doppelaufschrei: »Sie hier?!« Was nur heißen konnte, daß sie einander auf irgendeine Weise kannten.

Als ich dann dem Schladmingerträger ins Wohnzimmer gefolgt war, konnte ich beide Herren sich mit gesträubten Nackenhaaren gegenüberstehen sehen, so als hielte einer den anderen für den leibhaftigen *Gottseibeiuns*.

Nicht daß mich der Anblick nicht erheitert hätte, aber um ihn entsprechend würdigen zu können, hätte ich wissen müssen, wer der neue Gast eigentlich war.

Als könne er meine Gedanken lesen, drehte er sich mit seinem wiedergewonnenen Lächeln nach mir um und verbeugte sich. »Entschuldigen Sie vielmals, daß ich mich nicht schon längst vorgestellt habe. Ich bin Reha Çamuroğlu, Historiker und Philologe aus Istanbul.«

Auch ich mußte lächeln, war das doch ein sogenannter sprechender Name, der wörtlich übersetzt *der gerettete Schmutzsohn* oder aber *der erlöste Sohn des Unverfrorenen* bedeuten konnte.

Unumgang schien den Namen zu kennen und steuerte eine dritte Möglichkeit der Übertragung bei. »*Der entkommene Mistkerl* also ...«, sagte er mit beinah tonloser Stimme, als sei nun doch eingetroffen, was er insgeheim befürchtet hatte.

Ich reichte Çamuroğlu wortlos die Hand, da ich annahm, daß der so Eingedeutschte meinen Namen kannte und wußte, zu wem er auf Besuch kam.

»Und was verschafft mir die Ehre?« Ich holte eine dritte Teetasse und bot Herrn Çamuroğlu Platz an. Die beiden Herren standen nämlich noch immer. Unumgang hatte das Konvolut wieder zu sich hin gezogen und hielt es demonstrativ mit beiden Händen fest, während er sich, als der um einiges Ältere, nun doch setzte.

Ich schenkte uns allen Tee ein und brannte natürlich darauf, endgültig zu erfahren, zu welcher Art von Unter- oder Oberwelt ich da unvermutet eine Schleuse geöffnet hatte.

»Das Schicksal«, sagte der Errettete, Befreite, Entkommene, »hat Ihnen gestern etwas zugespielt, dessen Spur ich im tiefsten Anatolien aufgenommen und bis zum Mittelpunkt dieses Landes verfolgt habe ...«

»Der von manchen für den Mittelpunkt der Welt gehalten wird ...«, monierte Unumgang mit einem Anflug von Ironie.

»Die Welt ist rund«, erwiderte Çamuroğlu ernst, »also ist ihr Mittelpunkt überall und daher Glaubens- oder besser gesagt Vereinbarungssache. Doch gerade als ich mich in besagter Angelegenheit am Ziel wähnte, tauchten zwei mir aus der Fachliteratur bekannte Forscherinnen auf, eine Amerikanerin irischer Herkunft und eine Deutsche, doch konnte ich beide aus dem Feld schlagen.«

O Gott, dachte ich, das werden doch nicht die beiden Germanistinnen gewesen sein, die mir schon vor Wochen ihr Kommen in Aussicht gestellt haben.

»Um dann erleben zu müssen, wie Sie ...«, fuhr Çamuroğlu fort und sah mich an, daß es mir durch Mark und Bein ging.

»Wie ich aus unmittelbarer Nähe beobachten konnte« – Unumgang war also auch beim Fetzenmarkt gewesen, ohne daß ich ihn bemerkt hatte –, »haben Sie sich nicht gerade auf ritterliche Art in den Besitz des Geheimnisträgers gebracht.«

Langsam wurde es mir zu bunt. Ich stand auf und nahm dem Professor kurz entschlossen das Konvolut aus den Händen, und zwar so rasch und unerwartet, daß er handgreiflich hätte werden müssen, um mich daran zu hindern. Aber das konnte er jetzt schon gar nicht, ohne sich vor Çamuroğlu fürchterlich zu blamieren.

»Wenn ich nicht auf der Stelle erfahre, was ich da in Händen halte …« Da klopfte es an der Terrassentür. Es war der Pfarrer, ein junger Mann heiteren Gemüts, auf der Suche nach seinem Hund. Unumgang und Çamuroğlu erhoben sich, als ich den Pfarrer ebenfalls auf eine Tasse Tee hereinbat. Und so groß die Vorbehalte, mit denen sie einander zuvor gegenübergestanden waren, auch sein mochten, was den Pfarrer anging, wirkten sie geradezu wie Verbündete.

Auch der Blick des Pfarrers fand sofort die richtige Richtung. Er starrte verwundert auf das Bündel Blätter, das ich noch immer in der Hand hielt, und wahrscheinlich hätte er auch nicht viel anders dreingeschaut, wenn ich mich an einer Hostie vergriffen hätte.

Ich holte eine vierte Tasse, öffnete eine weitere Packung Kekse und stellte frisches Teewasser auf, wobei ich das Konvolut mit in die Küche nahm, denn mittlerweile traute ich keinem mehr.

Als nun auch der Pfarrer versorgt war, wandte ich mich geradewegs an ihn, schließlich war er von berufswegen dazu verpflichtet, die Wahrheit zu sagen. »Würden Sie mir vielleicht erklären, warum Sie alle an diesen Seiten« – ich ließ sie forsch durch meine Finger schlittern – »dermaßen interessiert sind, daß Sie Ihre begehrlichen Blicke nicht im Zaum halten können.«

Dem Pfarrer war es sichtlich peinlich, daß die Sache an ihm hängengeblieben war. »Also« – er verschränkte seine wohlgeformten Hände ineinander – »die Nachricht, die ich in meinem Kopf empfangen habe, besagt, daß es sich um die Briefe der Wendlgard vom Leisling aus dem 13. Jahrhundert handelt, die in ihren Schriften – formulieren wir es vorsichtig – nicht immer mit der christlichen Lehrmeinung konform gegangen ist. Sie vertrat wohl Ansichten, die für kirchliche Kreise auch heute noch von einer gewissen Brisanz sind.«

»Wohingegen der Derwisch, Dichter und Zahlenmystiker Nesîmî, an den ihre Briefe laut der Inspiration, die mir zuteil wurde, gerichtet waren, im 14. Jahrhundert gelebt hat, eine Zeitverschiebung, die bei näherer Betrachtung gewiß zu klären sein wird. Und eben aus diesem Grund müßte ich so rasch wie möglich Einsicht in dieses Manuskript haben.« Çamuroğlu legte sanft seine Hand auf die meine, mit der ich die Blätter festhielt.

»Was auch immer Wendlgard vom Leisling und dieser Nesîmî – im Semitischen heißt das *Morgenwind* – einander mitzuteilen hatten, ist gewiß nur halb so interessant wie die Weise, in der sie es taten. Ich meine damit die Art der Verschlüsselung. Gestatten Sie, Kollege Çamuroğlu, den Hinweis auf die *Takkiye*, die Möglichkeit der Verleugnung, um sich nicht in Gefahr zu bringen, die bei heterodoxen Gruppierungen schon immer eine große Rolle gespielt hat«, versuchte Unumgang seinen Blickwinkel ins Spiel zu bringen.

Es hatte zu regnen aufgehört, und durch das straßenseitige Fenster konnte ich die beiden Damen, die sich gestern noch um den ausgestopften Dachs gebalgt hatten, einträchtig plaudernd vorübergehen sehen. Offenbar hatte man ihnen mein Haus falsch beschrieben, jedenfalls gingen sie daran vorbei, ohne auch nur den Blick zu heben. Ich atmete erleichtert auf, hatte ich doch die sechste Teetasse vor einigen Tagen fallen lassen, und überhaupt – es begann langsam eng zu werden.

»Wendlgard vom Leisling? Ist das die, die in Form einer Blumenzwiebel eingewandert sein soll?«

Unumgang, der Pfarrer und Çamuroğlu zeigten sich gleichermaßen überrascht. »Das heißt wohl«, meinte der Professor, »daß sie sich auch in Ihrem Kopf bemerkbar gemacht hat.«

»Daß Ihr Zufallsfund womöglich gar kein Zufall war?« Çamuroğlu räusperte sich.

Der Pfarrer lächelte betreten. »Eine gewisse Geistesverwandtschaft könnte dabei möglicherweise ...«

Mein Blick streifte *Iris elegantissima,* und ich hätte schwören mögen, daß ihr Blattansatz sich ein wenig gehoben hatte.

»Was schlagen Sie also vor?« Ich wollte zu einer Entscheidung finden, bevor noch weitere Interessierte daherkamen, wie zum Beispiel der Journalist, den ich nun mit dem Hund des Pfarrers am oberen Waldweg erspähen konnte.

Alle drei begannen gleichzeitig zu sprechen, und das einzige, was ich in diesem Durcheinander zu verstehen glaubte, war, daß ein jeder das Konvolut zur Erstbesichtigung für sich beanspruchte. Da aber nun einmal das Schicksal – oder wer auch immer – mir das Bündel Briefe in die Hände gespielt hatte, war wohl mir auch die Rolle zugedacht, zu entscheiden, was damit geschehen sollte.

»Ruhe!« gebot ich also mit einer Strenge, die ich mir fünf Minuten zuvor noch nicht zugetraut hätte. »Da Sie sich offenbar ohne meine Hilfe nicht einigen können« – Männer! dachte ich insgeheim und ohne deshalb gleich die beiden eben vorübergegangenen Damen herbeizuwünschen –, »schlage ich selbst etwas vor. Schließlich sind wir alle daran interessiert, zu erfahren, was und wie Wendlgard vom Leisling an jenen türkischen Dichter namens *Morgenwind* geschrieben hat …«

»Und umgekehrt«, fügte Çamuroğlu leise, wenn auch bestimmt, hinzu.

»Weil aber auf den Blättern nichts steht, was man lesen könnte, werde ich wohl zuerst Professor Unumgang bitten, die Schrift zum Erscheinen zu bringen. Da jedoch nicht sicher ist, wie lange sie leserlich bleibt, müßte man sie sogleich festhalten.«

Der Pfarrer machte sich erbötig, die Schrift in seinen Computer einzuscannen und so etwas wie einen für alle einsehbaren Text herzustellen.

»Dann werde ich Herrn Çamuroğlu bitten, uns bei den Hintergründen für den Nesîmî-Text behilflich zu sein, während ich mich um Wendlgard, die mich schon immer interessiert hat, kümmern könnte.«

Ich war stolz auf mich und meine salomonische Lösung und erwartete, daß sich die drei in zustimmender Weise dazu äußerten. Weit gefehlt. Sie redeten wieder alle auf einmal, und das einzige Wort, das ich klar und deutlich verstehen konnte, war *enigmatischer Code*.

Ich rief noch einmal »Ruhe!« und »Bitte, der Reihe nach!« Nachdem sie sich ein wenig beruhigt hatten, stellte sich heraus, daß es um einen Methodenstreit ging. Jeder der drei beabsichtigte, seine eigene Taktik der Sichtbarmachung anzuwenden, und hielt von der der beiden anderen nicht nur nichts, sondern erachtete sie sogar als schädlich und zerstörerisch für das Manuskript.

In diesem Augenblick ging die Türe auf, und der Hund des Pfarrers, der sich wiederum selbst Einlaß verschafft hatte, kam hechelnd auf denselben zugesprungen und begann ihn freudig abzulecken. Nicht genug damit, folgte ihm auch noch der Journalist auf dem Fuße, und da die Tür nun schon einmal offenstand, traten auch die beiden Damen ein, die sich erst, wie sie lachend erzählten, zu mir hatten durchfragen müssen. Es waren tatsächlich die beiden Angekündigten, die sich – zumindest am Rande – auch für mein schriftstellerisches Werk interessierten und mich dazu zu befragen gedachten, weil ihnen das, wie sie brieflich angedeutet hatten, eine Menge anderweitiger Recherchen ersparen würde.

Da ich keine weiteren Teetassen mehr besaß, bot ich Likör an, und der Journalist, der eigentlich nur hatte wissen wollen, ob der Pfarrer *das Rennen gemacht habe* (was mich einigermaßen erboste, schließlich besaß immer noch ich die Briefe), fragte gewohnheitsmäßig so lange, bis er mehr wußte als wir alle, einschließlich der Damen, die sich als Dozentinnen der Sektion *women's studies* vorstellten. Genauer gesagt, die Amerikanerin namens Pat McCall war bereits Professorin für diese Studienrichtung, während die Deutsche Auguste Vormweg, die diesmal die Haare offen und die indianischen Traumfänger am Ohr trug, vage eine Professur in Aussicht hatte. Beide waren obendrein, wie sie betonten, auch noch als Bibliothekswissenschaftlerinnen ausgebildet worden, was das Entziffern alter Schriften mit einschloß.

Keine Frage, daß sie mir ihre Hilfe anbieten würden. Es sei selbstverständlich, daß so wichtige Texte einer mittelalterlichen Mystikerin auch von weiblichen Wissenschaftlern entziffert und danach entschlüsselt würden. Was aber die Texte von jenem Nesîmî anginge, könne man sie gerne Herrn Çamuroğlu als symbolische Wiedergutmachung für die Zeiten des Kolonialismus überlassen.

Ich wagte anzumerken, daß die Türkei keine Kolonie, sondern in Form des Osmanischen Reiches selbst ein Imperium gewesen war, auch wenn ihr Ende des ersten Weltkriegs eine Zerstückelung durch die Groß- und andere rivalisierende Mächte gedroht hatte. Jedoch sei es ihr gelungen, sich selbst aus dem Schlamassel zu befreien und zu einem Nationalstaat zu werden, wie andere Staaten Europas auch.

Egal, meinten die beiden Damen, es interessierten sie nun einmal bloß die Briefe jener sagenhaften Wendlgard, die vor allem für *women's studies* von Bedeutung wären. Nicht von ungefähr hätten sich die Hinweise, die ihnen zuteil geworden waren, nur auf Wendlgard bezogen und nicht auch auf jenen Nesîmî.

Ich konnte mich dieser Haltung nicht anschließen, da für mich ein Briefwechsel die Briefe beider Schreiber bedeutete und erst dadurch lesenswert wurde, wenn zu erfahren war, wer von beiden wie und worauf reagiert hatte. Eine gültige Entzifferung und Entschlüsselung konnte meiner Meinung nach nur aufgrund des gesamten Materials erfolgen, und da die Anwesenden sich zu keiner einvernehmlichen Lösung verstehen konnten oder wollten, beschloß ich, sie alle nach Hause zu schicken. Ich sei, sagte ich abschließend, weiterhin allen Vorschlägen gegenüber offen, doch müsse eine Einigung bei der Vorgehensweise erzielt werden. Wenn nicht, würde ich mich selbst in der Welt der Wissenschaft umtun und weniger voreingenommene Experten zu Rate ziehen. Es gab allenthalben lange Gesichter, aber ich blieb bei meiner Entscheidung und versperrte, nachdem alle gegangen waren, meine Haustüre, und das, obwohl es draußen noch hell war.

Das Erscheinen all der Damen und Herren in Sachen Wendlgard vom Leisling und – nicht zu vergessen – des türkischen Dichters, Derwischs und Mystikers Nesîmî hatte mich dermaßen ermüdet, daß ich im Schaukelstuhl, in dem ich mich bloß ein wenig ausruhen wollte, regelrecht zu Schlaf kam und erst wieder erwachte, als der Mond durch einen See von Wolken über den Himmel gerudert kam und die vertrauten Laute des Dachses erneut an mein Ohr drangen. Ob er wohl wieder in Begleitung gekommen war?

Da ich nun zu wissen glaubte, um wen es sich letzte Nacht gehandelt hatte, war an der Vorstellung nichts Erschreckendes mehr. Um ehrlich zu sein, leuchtete mir das Interesse des Dozenten Çamuroğlu an dem Briefwechsel auch am ehesten ein. Ich trat also auf die Terrasse hinaus und zuckte nicht einmal, als ich Çamuroğlu auf einem der Gartenstühle sitzen sah.

Ich muß zugeben, daß er ein ziemlich gut aussehender Mann war.

»Endlich haben meine telepathischen Bemühungen gefruchtet.«

»Telepathie?« Ich war ein wenig verwirrt.

»Ich wollte Sie nicht durch den Lärm der Hausglocke erschrecken, aber die Nächte hier in den Alpen sind doch ein wenig kühl.« Er erhob sich, und ich beobachtete, wie es ihn trotz des Schladmingers ein wenig beutelte. Also blieb mir gar nichts anderes übrig, als ihn wieder hereinzubitten.

»Es ist die Chance meines Lebens«, setzte Çamuroğlu nun zu einer längeren Erklärung an. »Mein ganzes bisheriges wissenschaftliches Dasein habe ich mit Nesîmî zugebracht. Und dann beginnt plötzlich dieser Briefwechsel in meinem Kopf herumzuspuken, sozusagen aus heiterem Himmel. Ich lasse alles liegen und stehen, mache zu Geld, was sich zu Geld machen läßt, breche nach Mitteleuropa auf, folge gewissermaßen meinem Stern, beziehungsweise dieser einzigen, wenn auch etwas merkwürdigen Spur. Dann gibt es kurz vor dem Ziel eine kleine Irritation – und Ihnen fällt in den Schoß, wofür ich den ganzen Einsatz geleistet habe.«

Es war Çamuroğlu tatsächlich gelungen, mich die Angelegenheit einen Moment lang mit seinen Augen sehen zu lassen. Doch ich faßte mich rasch und öffnete eine Flasche Rotwein. »Und was folgern Sie daraus?«

»Daß Sie und ich wahrscheinlich die einzig wirklich ernstzunehmenden Adressaten sind. Meine Beschäftigung mit Nesîmî und Ihr Interesse an Wendlgard sprechen eindeutig dafür.«

»Wer sagt Ihnen, daß ich mich wirklich mit der Äbtissin beschäftigen möchte?« Ich wollte der Überzeugungskraft von Çamuroğlu zumindest ein wenig Rhetorik entgegensetzen.

»Weil Zufälle dieser Art nicht vorgesehen sind«, erwiderte Çamuroğlu mit einem Blick auf *Iris elegantissima,* die bereits so etwas wie ein kleines, krummes Irisschwert produziert hatte. »Außerdem weiß ich aus der Nesîmî-Forschung, wie man die Geheimschrift des Manuskripts am besten sichtbar macht.«

Mir ging das alles zu rasch. Sogar der Dachs draußen vor meinem Gärtchen schien schneller zu schmatzen. Er hatte wohl die späten Himbeeren namens *Autumn Bliss* entdeckt.

»Das weiß Unumgang auch. Er hat es mir sogar vorgemacht.«

»Wahrscheinlich mit Feuer«, meinte Çamuroğlu mit leicht verächtlichem Unterton. »Das ist die alte Methode, und die kann dem Manuskript gefährlich werden. Ich wage sogar zu behaupten, daß Nesîmî und Wendlgard eine Feuersperre eingebaut haben, die nach dem dritten Satz in Kraft tritt, haben doch auch die Inquisitionsgerichte zu allen Zeiten mit Feuer gearbeitet.«

Merkwürdigerweise überzeugte mich das. »Und welche Methode würden Sie vorschlagen?« Ich hatte gedacht, er würde »Mit Wasser!« antworten. Aber er blies bloß die Backen ein wenig auf.

»Denken Sie an die Bedeutung des Wortes Nesîmî. Was liegt in diesem Fall näher, als den Text mit meinem Hauch in Erscheinung zu locken?«

Diese Art von Logik leuchtete mir ein, und ich reichte Çamuroğlu ein Blatt nach dem anderen. Er geriet zwar gegen Schluß ein wenig außer Atem, aber letztlich pustete er doch alle 32 Seiten herbei. Was für ein Wissenschaftler, dachte ich beeindruckt und reichte ihm ein Glas Rotwein. Er hatte es sich wahrlich verdient.

»Der Fairneß halber sollten wir auch den anderen Einsicht

gewähren, meinen Sie nicht? In ihren Köpfen muß sich ja ebenfalls etwas getan haben, sonst wären sie nicht alle hier angetanzt gekommen.« Çamuroğlu trank einen Schluck und nickte dann, wenn auch nicht gerade begeistert.

Wir ließen die in Erscheinung getretene Schrift durch meine alte Kopiermaschine laufen, und ich stellte genügend Kopien her, bevor das Geschriebene wieder verblaßte, was es zweifellos demnächst tun würde.

»Da Sie, wenn ich es recht sehe, frühestens morgen mittag mit der Verteilung der Kopien beginnen werden« – woher wußte er, daß ich mich nach all dem Erlebten einmal richtig ausschlafen wollte? –, »habe ich zumindest diese eine Nacht Vorsprung.« Er lächelte ausgesprochen gewinnend.

»Sie kennen also den Code?« An diesem Manne überraschte mich nichts mehr.

»Ich glaube einiges darüber zu wissen« – er lächelte noch immer –, »dennoch bedeutet es ein hartes Stück Arbeit. Ich muß auf der Stelle nach Istanbul zurück, ohne die entsprechenden Nachschlagewerke komme ich nicht weit.« Er erhob sich, »Sie gestatten?« Er nahm die oberste Kopie, rollte sie zusammen und steckte sie in die Innentasche seines Schladmingers.

»Sie werden mich Ihre Version wissen lassen?«

»*Elbet*«, sagte er, was so viel wie unbedingt heißt.

»Und der Dachs?« Ich konnte ihn noch immer rumoren hören.

»Den überlasse ich Ihnen. Möge er Sie um Ihrer Gastfreundschaft willen beschützen!« Ich war ein wenig im Zweifel ob dieses Geschenks. Meine Himbeeren konnte ich jedenfalls vergessen, und über kurz oder lang würde er auch die Lilienzwiebeln entdecken. Aber geschenkt war nun einmal geschenkt.

In dieser Nacht träumte mir der unverschlüsselte Inhalt des gesamten Briefwechsels zwischen Wendlgard vom Leisling und dem türkischen Dichter Nesîmî. Das Dumme war nur – Fluch der Vergänglichkeit allen Wissens, das nicht auf einer Festplatte gespeichert ist –, daß ich mich schon am Morgen nur mehr dunkel daran erinnern konnte, und als ich nach dem

Frühstück darangehen wollte, das Ganze zumindest in groben Zügen niederzuschreiben, blieb das Papier so leer wie das wieder verblaßte Manuskript auf meinem Tisch. Ich hatte es Wort für Wort vergessen.

Ein milchiger Dunst flockte um die Berggipfel und setzte sich dann in deren Achseln fest, so daß der Wind schon zulegen mußte, um sie aus den Kammfalten wieder hochzuscheuchen. Dennoch, von Regen keine Spur, auch wenn es nicht mehr ganz so heiß wie am Vortag werden würde.

Ich stand am Fenster und betrachtete *Iris elegantissima*, besser gesagt das, was von ihr über der Erde zu sehen war – es schien mir auf jeden Fall mehr zu sein als gestern –, als ich ein lautstarkes Röcheln und Keuchen zu hören vermeinte.

Doch nicht schon wieder der Dachs! Und das am hellichten Tag! Nicht daß ich tatsächlich etwas gegen den Dachs gehabt hätte, aber was zu viel war, war zu viel. Womöglich schmeckten ihm auch noch meine Kürbisse.

Es war aber gar nicht der Dachs, sondern Pat, die Professorin unter den beiden *women's studies*-Gelehrtinnen, die in einem grünen Jogginganzug den Berg heraufgelaufen kam und nun in der Einfahrt erst ein wenig auf der Stelle treten mußte, um ihren Körper nicht allzu abrupt in den Ruhezustand zu überführen. Sie japste noch ein wenig beim Sprechen, und ihre Sommersprossen waren dunkel geschwitzt.

Sie wolle mich nicht bedrängen, meinte sie, als sie hinter mir her ins Haus gefedert kam, aber es sei wohl klar, daß in der bewußten Angelegenheit etwas zu geschehen habe. Bei aller Wertschätzung meiner Person könne sie nicht umhin, mich auf meine Verantwortung gegenüber dem Text aufmerksam zu machen. Es dürfe mit diesem Briefwechsel um Himmels willen nicht passieren, was mit den gnostischen Schriften von Nag Hammadi geschehen sei, in denen die Rolle der Magdalena als eine ganz andere beschrieben worden wäre, nämlich nicht als die der Sünderin, sondern als die der Gefährtin Jesu. Es handle sich dabei um frühe Evangelien, die, im 4. Jahrhundert in Urnen gesteckt, um sie vor den Razzien wild gewordener Mönche zu retten, erst 1945 durch Zufall wiederentdeckt worden waren und dann jahrzehntelang der Veröffentlichung geharrt hätten, da ihre Bearbeitung strittiger Besitz- und Verwertungsrechte wegen blockiert worden war.

Sie halte den Briefwechsel Wendlgard – Nesîmî für genauso wichtig, wenn auch auf anderer Ebene und in anderem Zusammenhang, und gerade ich als Schriftstellerin – sie appelliere da an meine Berufsehre – müsse doch daran interessiert sein – müßte ich das wirklich? –, einer gediegenen wissenschaftlichen Edition mit auf die Sprünge zu helfen. Und was diese angehe, könne sie sich selbst, ohne falsche Scham, als die bestmögliche Bearbeiterin empfehlen.

Wir waren beim großen Tisch im Wohnzimmer angelangt, auf dem die wieder verblaßten Blätter des Originals und daneben die gezogenen Kopien lagen. Während ich ein Kopienpäckchen von dem Stoß abhob, fragte ich wie beiläufig nach Auguste, und ob sie denn keine sportliche Natur sei.

Pat antwortete ungeniert, wie unter Frauen üblich. »Dieses Faultier schläft noch, und das obwohl wir zur gleichen Zeit ins Bett gegangen sind. Na ja, man merkt es an ihren Hüften und an der Professur, die sie noch nicht hat.«

Natürlich sei sie mit Auguste solidarisch, solange es darum gehe, die Bearbeitung des Briefwechsels in weibliche Hände zu bringen, aber es sei auch klar, daß sie innerhalb ihres Fachs Konkurrentinnen seien. Da mahle nun einmal zuerst, wer zuerst komme.

Verwundert blickte Pat auf das Päckchen, das ich ihr in die Hand drückte. »Kopien?« fragte sie, ein wenig aus der Fassung gebracht. Ich erklärte ihr, daß Çamuroğlu die Schrift letzte Nacht in Erscheinung gebracht und ich sie sogleich kopiert hätte. Für jeden der Interessierten einen Abzug.

»Freier Wettbewerb«, fügte ich noch hinzu, da sie in mir plötzlich so etwas wie eine Verräterin zu sehen schien. »Laßt tausend Blumen blühen!« Diese verunglückte, frühmaoistische Aufforderung zur Vielfalt mußte mich in ihren Augen als Relikt eines vorsintflutlichen Akademikerstreits ausgewiesen haben. Ihr Lächeln war niederstreckend, als sie mir für die Mühe dankte und sogleich wieder zu sprinten begann, die Kopien an die Brust gedrückt, wo sie wahrscheinlich im Schweiße des Abwärtsjoggens ertranken. Oder schwitzte man gar nicht, wenn man den Berg hinunterlief?

»Ach was«, meinte Auguste, die eine halbe Stunde später – ich schnitt gerade das Abgeblühte von einem Rosenstrauch namens *Hero* – zu mir heraufspaziert kam. »Nicht auf die Geschwindigkeit, sondern auf die Qualität kommt es bei einer so bedeutenden Entschlüsselung an. Der meditative Charakter einer solchen Unternehmung erfordert Zeit, um in sich hineinhorchen zu können.« Die Traumfänger baumelten wieder von ihren Zöpfen, und ihr rundes, ein wenig plattnasiges Gesicht nahm einen entrückten Ausdruck an.

»Intuition und Einfühlungsvermögen sind erforderlich, ein großes Maß an Hinwendung und eine Portion Geschick, um nicht zu sagen Glück. Das gelingt nicht mit *Alpha-Bravo-Charlie* und auch nicht mit primitiven Zahlencodes. Man darf nicht vergessen, daß die Menschen damals die Zeit hatten, sich Zeit zu lassen. Da geht nichts auf die Schnelle.«

Ich fragte, was *Alpha-Bravo-Charlie* bedeute, und sie nahm die erste Seite der Kopie, die mit *O mildester Bruder, das lebendige Licht, das Wundersames zeigt, spricht* … begann.

»*Alpha-Bravo-Charlie* ist ein im internationalen Sprechfunkverkehr gebräuchliches Alphabet, das sich zur Codierung einfacher Mitteilungen eignet. Bildlich gesprochen«, sie buchstabierte: »Oscar, Mike, India, Lima, Delta, Echo, Sierra, Tango, Echo, Romeo, Bravo, Romeo, Uniform, Delta, Echo, Romeo, Delta, Alpha, Sierra, Whiskey, Uniform, November, Delta, Echo, Romeo, Sierra, Alpha, Mike, Echo, Sierra, Zulu, Echo, India, Golf, Tango, Sierra, Papa, Romeo, India, Charlie, Hotel, Tango …«

Ich war verblüfft, wie schnell sie es trotz ihrer Parteinahme für die Langsamkeit heruntersagen konnte.

»Ein naives, zur Überstürzung neigendes Gemüt würde es erst einmal auf ähnliche Weise versuchen und sich daraus eine Geschichte zusammenreimen. Wenn man nämlich weiß, wofür Romeo steht oder Mike – denken Sie nur an den *deutschen Michl* –, was es mit einem Hotel oder einer Uniform auf sich haben kann, dann ist die Botschaft rasch zusammengeschustert.

Kokolores, sage ich, auf Husch und Pfusch hinschluderndes Gesocks, dem es nur darum geht, als erstes publiziert zu werden. Aber was wollen Sie, ein Großteil der unter Zeit- und Erfolgsdruck geschriebenen wissenschaftlichen Arbeiten ist ohnehin bereits zur Zeit ihres Entstehens Makulatur. Und das nicht nur auf dem Gebiet von *women's studies*.« Sie seufzte. Gleichzeitig überflog sie die Seiten, wie ich an ihren raschen Augenbewegungen merkte, sagte plötzlich »Oh!« und hob ein Blatt näher an ihre ein wenig kurzsichtigen Augen – offenbar hatte sie vergessen, sich die Kontaktlinsen einzusetzen –. »Oh, oh, oh!« Und plötzlich konnte sie es gar nicht eilig genug haben. Sie klemmte die Kopien unter die Achsel, nahm meine Hand verbindlich in ihre beiden, die tatsächlich ein wenig gepolstert waren, und dankte mir überaus herzlich, daß ich so unkompliziert im Umgang sowie der Wissenschaft gewogen wäre, und entschwand.

Ich rief ihr noch nach, daß ich als Gegenleistung für meine Unkompliziertheit über die Entschlüsselungsergebnisse auf dem laufenden gehalten zu werden wünsche, was sie, bereits vom Ende der Einfahrt her, leichthin versprach. Von der Veranda aus konnte ich sie dann mit breiter Flanke talwärts galoppieren sehen, so als hätte der sprichwörtliche Hafer sie gestochen.

Augustes viele »Oh!«s hatten mich neugierig gemacht. Ursprünglich hatte ich mich erst am Nachmittag und in aller Ruhe mit dem Text beschäftigen wollen, denn vormittags gab es immer zu tun, ein Haus verlangt einem so einiges ab, vom Garten ganz zu schweigen.

Ich hatte nur noch rasch das zum Lüften auf der Veranda ausgebreitete Bettzeug hereingeholt und die Balkonblumen gegossen, während meine Gedanken Romeo, der einen Golf fuhr und dann in Uniform einen Whiskey trank, in ein Hotel namens Sierra zum Tango-Tanzen kam und sich über das Echo freute, das der Auftritt seines Vaters in Lima gehabt hatte, nachhingen. Natürlich fand ich die Geschichte blöd, aber Auguste hatte recht – ein paar dem Anschein nach wahllos aneinandergereihte Hauptwörter, und schon beginnt der Kopf eine Geschichte zu produzieren, so als sei es ihm unerträglich, daß etwas ohne Zusammenhang bleibt.

Was aber hatte die Noch-nicht-Professorin Auguste an unserem Text, von dem alle annahmen, daß es sich um einen Scheintext, besser gesagt, um einen Anscheintext handelte, dazu gereizt, dieses abgehackte »Oh, oh, oh!« auszustoßen? Irgend etwas mußte wohl auch an dem in Erscheinung getretenen Text dran sein, daß er die eher ein wenig phlegmatisch wirkende Auguste so in Erregung versetzen konnte.

Ich beschloß, mich fürs erste mit dem Anscheintext zu begnügen, das heißt, den Text, so wie er war, gründlich zu lesen und dann seine Entschlüsselung abzuwarten. Insgeheim war ich der Meinung, daß der Text gar nicht verschlüsselt war, wozu auch?

Ich stand also noch auf dem Treppenabsatz, als die Türglocke schellte und ich vor lauter schnell-schnell – ich vermutete den Rauchfangkehrer, der dieser Tage fällig war – über die letzte Stufe stolperte.

Humpelnd öffnete ich, aber vor der Türe saß nur der Hund. Der Pfarrer sah sich bereits in meinem Gemüsegärtchen um, prüfte meine sich rötenden Paradeiser, kostete von den Himbeeren und begutachtete meinen Stielmangold der Sorte *Vulkan*.

Ich hinkte zu ihm hin, wir erörterten die Grundregeln des Kürbisanbaus sowie den Herbstschnitt der Beerensträucher, und als ich ihm auch noch die Vorteile meiner kleinen Bewässerungsanlage auseinandergesetzt hatte, meinte er unvermittelt: »Eine Ahnung sagt mir, daß Sie heute nacht eine Entscheidung getroffen haben.«

Ich war verblüfft und gab zu, daß ich mich mit Çamuroğlu dahingehend geeinigt hatte, allen gestern bei mir vorstellig Gewordenen eine Kopie zukommen zu lassen.

»Und das Original?« So wie der Pfarrer das fragte, erhärtete sich in mir der Verdacht, daß er möglicherweise gar nicht sosehr an dem Text und seiner Entzifferung als an dem ursprünglichen Manuskript interessiert war.

Ich zuckte die Achseln. Darüber hatte ich noch gar nicht nachgedacht.

»Glauben Sie nicht, es würde sich in der Schatzkammer der

Spitalskirche gut machen? Ich meine als Dokument religiösen Inhalts, noch dazu wo es teilweise aus der Region stammt?«

»Ketzerischen Inhalts, wie Sie wahrscheinlich zu Recht vermutet haben.«

Er lächelte sein gewinnendstes Lächeln. »Haben Sie nicht gesagt, daß die Schrift wieder verschwunden ist. Und selbst wenn man sie gelegentlich zu Schauzwecken wieder in Erscheinung brächte, nehme ich in Kenntnis der Kirchengeschichte an, daß die«, er räusperte sich, »daß die nicht affirmativen Stellen verschlüsselt sind.«

Im Argumentieren war der Pfarrer unschlagbar, dennoch blieb ich unerbittlich. »Vorderhand gehört der Inhalt des Dachsbauches mir, so wie mir auch der Dachs geblieben ist. Schließlich sind es meine Himbeeren, die er frißt.«

»War ja nur ein Gedanke, der mir durch den Kopf ging.« Er bemerkte erst jetzt mein Hinken und empfahl Essigkompressen, die ihm neulich bei einer ähnlichen Verrenkung sehr geholfen hätten.

Ich holte seine Kopie, er bedankte sich höflich und steckte sie eher achtlos in die Innentasche seines anthrazitfarbenen Sakkos. Sein Hund hatte inzwischen eine Menge Gras gefressen und es vor meiner Haustüre wieder ausgewürgt. Sobald er merkte, daß der Pfarrer im Aufbruch war, sprang er kläffend an ihm hoch und konnte sich vor Freude gar nicht lassen. Ich winkte den beiden nach, schloß die Tür und fand endlich Zeit, meine Kopie zu studieren, bevor ich in die Küche gehen und mir etwas zum Mittagessen kochen würde.

Die Wege der Schrift zielen auf den hohen Berg, wo Blumen und kostbare Gewürzkräuter wachsen, wo das Wehen eines sanften Windes ihnen starken Duft entlockt, wo Rosen und Lilien mit leuchtendem Antlitz prangen … Das klang vertraut und gar nicht so, als sei es Jahrhunderte entfernt. Demnächst würde ich in diesem Brief der Wendlgard auch auf Iris stoßen, dessen war ich gewiß. Wo Rosen und Lilien an so prominenter Stelle vorkamen, konnte Iris nicht fehlen. Oder konnte sie doch?

Das mobile Telefon, das neben mir auf dem Tisch lag, riß mich aus meinen floralen Phantasien. Wie hatte ich nur auf

Unumgang vergessen können? Er klang, als hätten wir uns seit Tagen nicht gesehen, und erwähnte den Briefwechsel mit keinem Wort. Im Gegenteil, er fragte mich, ob ich Lust hätte, mit ihm in Gößl, respektive am Toplitzsee, eine Forelle zu essen. Dieser Herbst sei einfach zu schön, um am eigenen Herd zu stehen, was er ansonsten ja auch nicht tue. Aber da seine Frau nun einmal auf Kur sei ... doch das wisse ich ohnehin. Er würde mich also in den nächsten paar Minuten abholen kommen und dabei gleich seine Kopie übernehmen. Wer mochte ihm das mit den Kopien nur erzählt haben? Pat, Auguste, der Pfarrer oder gar Çamuroğlu selbst, kurz vor seiner Abreise?

Ich malte mir die Lippen rot, schlüpfte in andere Schuhe, und während ich noch nach meiner Handtasche suchte, hörte ich schon, wie Unumgangs Wagen in die Einfahrt bog. Ich nahm also die letzte verbliebene Kopie – außer meiner eigenen natürlich – und versperrte die Türe, so daß Unumgang im Wagen sitzen bleiben konnte.

Es war ein verführerisch schöner Tag, trotz des dünnen Belags von Federwolken und des leichten Windes, der stark nach Föhn roch. Unumgang deutete einen Handkuß an, nahm die Kopie kommentarlos an sich und warf sie auf den Rücksitz. Zum Glück hatte ich sie mit einer Büroklammer zusammengeheftet, die die einzelnen Seiten festhielt, die sich ansonsten im hinteren Teil des Wagens verteilt hätten.

Während ich mich anschnallte und Unumgang rückwärts aus der Einfahrt fuhr, konnte er sich eine Bemerkung nicht verkneifen. »Das hätte ich mir gleich denken können, daß Sie dem Charme dieses *entkommenen Mistkerls* erliegen, der weder Schalmeientöne noch Mühen gescheut haben wird, um Ihnen das Original für seinen fragwürdigen Entzifferungsversuch herauszulocken.«

»Der übrigens einen makellosen Text enthüllt hat«, erwiderte ich trocken, »zumindest was das Erscheinungsbild betrifft. Und immerhin haben auch Sie jetzt eine Kopie.«

»Was Nesîmî angeht, kann ich seinen Ehrgeiz ja verstehen. Was tut man nicht alles, um als junger Wissenschaftler in einer Welt voll der schmutzigsten Konkurrenz zu bestehen. Na ja, fort mit Schaden ...«

Dieser unpassende letzte Satz des Professors erinnerte mich wieder daran, was für ein schlechter Autofahrer er war. Ein berüchtigt schlechter, über den diesbezüglich im Ort jede Menge Anekdoten kursierten. Auch jetzt war es so, daß er mich während der einigermaßen rasanten Fahrt den Berg hinunter darüber informierte, daß er neuerdings Probleme mit seinen Augen habe. Ich schaute ihm besorgt ins Gesicht und bemerkte, daß er noch immer seine Lesebrille aufhatte. Um ihn nicht zu erschrecken, wartete ich, bis wir auf ebener Straße angekommen waren, und fragte ihn dann wie beiläufig, ob er seine andere Brille vielleicht im Handschuhfach verwahre.

»Andere Brille?« rief er und blieb so jäh stehen, daß ich, unangeschnallt, zum Heckfenster hinausgeschleudert worden wäre. »Du liebe Güte!« Er nahm seine Lesebrille ab, betrachtete sie kopfschüttelnd eine Weile, und erst als hinter uns mehrere Hupen abwechselnd und dann zugleich ertönten, holte er seine *andere Brille* aus der Sakkotasche, in der er nun die Lesebrille verstaute.

»Mein Gott, welch Scharfblick mit einem Mal!« Unumgang rieb sich die Hände, sagte mit einem Nicken in die entgegengesetzte Richtung »Nur die Ruhe, meine Herrschaften«, und zu mir gewendet, »also dann, auf auf zum fröhlichen Jagen!« Der Wagen machte sogleich einen Sprung, ruckelte ein wenig und schoß dann zur Kreuzung vor, wo er, ohne sich weiter aufzuhalten, sogleich nach rechts, Richtung Bad Aussee, einbog.

Durch den Brillenwechsel schien auch Unumgang wie ausgewechselt. Er summte etwas vor sich hin, das fatal an einen Schlachtgesang erinnerte, und hielt das Lenkrad so, als ziehe er mit ihm den Wagen bei jeder Steigung eigenhändig hoch.

Und natürlich nahm er die Abkürzung über die Obertressen, eine schmale Schotterstraße, gut zum Gehen, aber schlecht zum Fahren, da einspurig und da es nur an bestimmten Stellen Ausweichmöglichkeiten gab.

Mir lag, wie man hierorts zu sagen pflegt, keine Haut an, und als Unumgang sich auch noch, während wir eine steil abfallende Wiese entlangfuhren, eine Zigarette anzündete, war ich soweit, das englische, weil international verständliche Stoßgebet meiner Flugreisen – who ever is in charge of the air, be kind – auf die Straße umzulegen und halblaut vor mich hinzusagen: »Who ever is in charge of this road, help the professor!«

Unumgang, der an sich schon ein wenig schlecht hörte, hatte dennoch sofort erfaßt, welche Art Spruch ich da aufsagte – oder war ihm nach all den Jahren das Englische einfach geläufiger? –, und lächelte geradezu satanisch. »Gnädigste werden doch nicht etwa Angst haben?«

In diesem Augenblick fuhren wir mit überhöhter Geschwindigkeit das letzte steile Stück zum Grundlsee hinunter. »Halt!« rief ich mit dem Effekt, daß der Motorradfahrer, der von rechts gekommen war, noch um Haaresbreite an uns vorbeizischte.

»Das war knapp«, stellte Unumgang mit Befriedigung fest. »Vielleicht erwischen wir ihn noch, dann werden wir ja sehen, was er zu einer Retourkutsche sagt.« Ich gab meine allgemein verständliche, international adressierte Stoßgebetshaltung auf, all die postmodernen Relativierungsstrategien fielen von mir ab, und ich wandte mich auf deutsch an den Herrn meiner Klosterschulenzeit und sagte laut und verständlich: »Lieber Gott, ich bitte dich, laß uns heil in Gößl ankommen!«

»Aber, aber«, meinte Unumgang verwundert, »ich hätte nie gedacht, daß Sie so leicht zu beeindrucken wären. Sie, die Sie einst im wilden Kurdistan gereist sind und es auch jetzt noch fertigbringen, sich unbeschadet zwischen den Stämmen der hiesigen Eingeborenen zu bewegen, fürchten sich vor einem läppischen Zweiradfahrer. Ein paar angedeutete Ausfälle eines Ritterspiels der Straße – schon schmeißen Sie die Nerven weg und behelligen den Herrn der Gewitter, der weiß Gott anderes zu tun hat.«

Ich machte mich so klein wie möglich, schließlich hatten wir noch ein paar Kilometer Uferstraße entlang des Grundlsees vor uns, und meinte nur: »Wie Sie sich denken können, habe ich wenig geschlafen heute nacht, nach all dem Kopienziehen und so.« Aber damit setzte ich mich erst recht in die Nesseln.

»Ich möchte gar nicht wissen, das heißt, natürlich würde ich gerne wissen, was *und so* bedeutet, aber da ich noch immer über ein wenig Phantasie verfüge …«

»Sie irren, was immer Sie sich unter *und so* vorstellen«, schnitt ich ihm das Wort ab, und um weitere *Phantasien* gar nicht erst aufkommen zu lassen, fügte ich auf meine Kosten hinzu: »Leider!«

»Veit oder Ranftlmühle?« fragte Unumgang, als wir uns dem Ende des Sees näherten.

Da man von Gößl bis zum Toplitzsee auf jeden Fall zu Fuß gehen mußte, bedeutete die Frage einfach nur, ob man vorbei am Gasthaus Veit, an den Gößler Holzhäusern und dann die Gößler Traun entlang oder ob man vom Parkplatz hinter dem *Rostigen Anker* über die Ranftlmühle und die Gößler Wiesen gehen sollte.

»Ranftlmühle!« Wenn er mir schon die Entscheidung überließ, war mir der Weg über die Ranftlmühle lieber.

Der Föhn hatte den Himmel ziemlich leergefegt und war nun zu einer leichten mittäglichen Brise abgeflacht, gutes Wetter für einen Spaziergang also.

Ich war so erleichtert, als ich heil aus dem Wagen stieg, daß ich mich geradezu überschwenglich dehnte und streckte, so als hätte ich die Fahrt nicht in einem geräumigen Audi, sondern verschnürt in einem Bücherkarton verbringen müssen.

Wir gingen ein Stück durch den Wald an einem Bach und Nebenfluß der Traun entlang bis zur Mühle, deren Zufluß sich nun im Gegensatz zum Frühjahr, als er dermaßen gegischtet hatte, daß er zu rauchen schien, ruhig daherwälzte und die natürlichen steinernen Auffangbecken an seiner Seite leer ließ.

Die Brücke, schmal, aber einigermaßen stabil, gab den Blick weit hinauf in die Felsschlucht frei, aus der sich das Wasser stürzte, und auf der anderen Seite, im sich verbreiternden Flußbett, lag ein Stein, der mit mehrerlei Pflanzen bewachsen war und sich als kleine Insel aus dem Wasser reckte.

Unumgang war ein guter Geher und meisterte das kurze, steile Stück zum Grillkogel hinauf, ohne anhalten zu müssen. Und wie immer blieben wir, kurz bevor wir zu den Gößler Wiesen hinunterstiegen, vor dem Marterl der neunzehn lawinentoten Holzknechte stehen, die Ende des 18. Jahrhunderts hier unter einer sogenannten *Lahn* ihr Leben hatten lassen müssen, während der einzig Davongekommene, der zwanzigste, fürderhin der *Lahnmichel* genannt wurde.

Des guten Herbstwetters wegen waren die Wiesen noch einmal nachgewachsen, und auch wenn sie sich nicht mit der Vielfalt der Heuwiesen, in denen die meisten Blumen in den leuchtendsten Farben wuchsen, oder mit den Grummetwiesen, die mit ihrem weißen Schaumkraut und den Kerbeldolden wie mit Geklöppeltem durchwirkt erschienen, messen konnten, stand ihr Gras noch immer üppig, und an den Wegrändern, aber auch dem Geröll zu, blühte noch so einiges, was mir das Herz aufgehen ließ.

»Haben Sie den Schwalbenschwanzenzian gesehen? Den Eisenhut? Die Königskerze dort drüben?« Ich konnte es nicht lassen, Unumgang an meinen Entdeckungen zu beteiligen, und er erwiderte jedes Mal ergeben, wenn auch mäßig interessiert, »Oh ja-natürlich-längst«, je nachdem, was ihm gerade passend erschien.

Er hatte diese Antworten beinahe ein Leben lang eingeübt, da seine Frau, die nach einer Knieoperation nun zur Kur hatte müssen, eine große Pflanzenliebhaberin war, und das, obwohl sie die meiste Zeit ihres Lebens in New York verbracht hatte. Auch sie hatte die Angewohnheit, jede ansehnlichere Blume, der sie bei Spaziergängen begegnete, laut beim Namen zu nennen und damit Aufmerksamkeit für sie einzufordern.

Ich hegte seit Jahren den Verdacht, daß Unumgang nicht eine einzige dieser Pflanzen, käme sie ihm je alleine unter, wiedererkennen, geschweige denn, sie benennen würde können. Hinter seiner »O ja-natürlich-längst«-Tarnung hing er unbeirrt den eigenen Gedanken nach, und nur das Läuten einer Kuhglocke ließ ihn für einen Augenblick den Kopf heben.

Es war eine einzelne Glocke, die zu einem einzelnen Jungtier gehörte, das mit beidseitig markierten Ohren breitbeinig in der kleinen, wellblechgedeckten Hütte stand und genauso besorgt zu uns herausblickte wie wir zu ihm hinein. Weidevieh war keine Merkwürdigkeit auf diesen von Wald durchsetzten Wiesen, merkwürdig war nur, daß es innerhalb der ganzen Umzäunung, die wir von Viehgatter zu Viehgatter durchquert hatten, nur dieses eine junge Tier gab, das aussah, als hätte es sich in dieser Hütte versteckt. Nur die Glocke hatte es verraten, und das auch nur durch einen einzelnen, abgehackten Ton, als habe das Tier bei unserem Näherkommen unwillig den Kopf geschüttelt und sofort wieder verhalten, als der Ton seiner eigenen Glocke erklungen war.

»Dem Schlachthof entgangen«, meinte Unumgang, als er mir das Gatter aufhielt, durch das wir die Weide wieder verließen.

»Zur Zucht zurückbehalten«, vermutete ich.

»Sie meinen, es handelt sich um einen jungen Stier?«

Ich nickte, glaubte ich doch etwas erblickt zu haben, was diese Annahme rechtfertigte.

Unumgang schloß das Gatter umsichtig, und wir stiegen einen Pfad empor, der unter einer Höhle entlangführte, deren oberer Felsrand dermaßen überhing, daß die riesige, ausgeschwemmte Baumwurzel auf dem Felswulst jeden Augenblick herabzustürzen drohte, obgleich sie sich schon seit vielen Jahren in dieser Stellung hatte halten können.

Das Stück Wald, durch das wir nun gingen, war voll von jenen natürlichen Skulpturen, die aus vor Zeiten herabgestürzten Felsbrocken, ausgerissenen Baumstümpfen oder Windbruchstämmen entstanden waren, zum Teil mit Moos überwachsen oder vom Wasser blank wie Gebein gespült. Manch himmelragende Wurzelklaue hielt noch den Stein umklammert, um den sie sich einst in den Boden gesenkt hatte.

Je filigraner die Formen, desto näher am Zerfall, und wenn man sich nicht beherrschen konnte und eines dieser Objekte tatsächlich *begriff* oder es gar transportieren wollte, zermorschte es einem unter den Händen. Der nächste Samen jedoch, der auf eine solche *Figur* fiel, wuchs bald darauf als Baum aus ihr hervor, und es dauerte Jahre, bis die Form, aus der die neue ihren Saft sog, sich zur Gänze aufgelöst hatte und unkenntlich geworden war.

Schon in meiner Kindheit hatte ich viel Zeit damit verbracht, diesen Skulpturen Namen zu geben. *Falada, da du hangest, Felsen, hinter dem Prinz Ahmet seinen Pfeil verschoß, der langbärtige Zwerg aus Schneeweißchen und Rosenrot, Drache ohne den Hl. Georg* und so weiter.

Unumgangs Frau spielte dieses Scharadenspiel beinah ebenso gerne, und selbst Unumgang konnte den *Skulpturen*, wie auch Liesl Unumgang sie nannte, etwas abgewinnen, allerdings behauptete er, diese willkürliche Vermischung von Natur und Kunst sei strenggenommen unzulässig.

Wir waren nun wieder auf jener Schotterstraße, die auch die meisten anderen herbstlichen Wanderer benutzten, und näherten uns dem Toplitzsee, der wahrhaftig dem Auge jenes Fisches der Unterwelt gleicht, das nur ungern preisgibt, was sich in ihm schon alles gespiegelt hat.

Seit Kriegsende versuchte man, aus dem See herauszuholen, was vor Kriegsende in ihn gekippt worden war. Wobei Gerüchte, daß Einheiten der Waffen-SS sich dabei von Wertvollerem getrennt hätten als von Kisten voller gefälschter Pfundnoten und deren Druckstöcken, noch längst nicht verstummt waren.

Immer wieder tauchten Bergeteams auf, die die Presse über Monate hin mit Legendenstoff versorgten, doch schien die Ausbeute eher gering, sah man von der Entdeckung eines besonderen Wurms ab, der in großer Tiefe so gut wie ohne Sauerstoff leben konnte und von dessen Existenz die Welt nur über den Umweg der Suche nach dem *Nazigold* erfahren hatte.

Der Fluch der bösen Tat, nämlich der der Nazis, zeichnete auch für den Tod einiger Taucher verantwortlich, die sich immer tiefer zum Grund hinabwagten und dabei durch den berüchtigten zweiten Boden des Sees gebrochen waren. Beim Versuch, wieder aufzutauchen, hatten sie sich dann offenbar in jenen abgestorbenen Stämmen und Ästen, aus denen er bestand, verhaspelt und waren an der heillosen Verstrickung zugrunde gegangen.

Natürlich war es in erster Linie der Goldschatz, der – ähnlich dem der Nibelungen im Wasser vergraben – das Interesse der Medien und verschiedener Organisationen wachhielt. Wobei es sich, verteilt auf die Region, gleich um eine ganze Reihe von Schätzen gehandelt haben soll, angefangen bei dem im

Mistbeet der Villa Kerry, der entdeckt wurde, weil die Salatpflanzen auf ihm nicht so recht gedeihen wollten, über jene der kroatischen, rumänischen und bulgarischen Exilregierungen – alle auf ihrem Treck nach Westen in der sogenannten *Alpenfestung* zwischengelandet –, den 3 Lastwagen voller Gold des SS-Standartenführers Josef Spacil aus dem Stab des einstigen Oberabschnitts *Ukraine*, den 22 Kisten Gold von Adolf Eichmann, den Schätzen Kaltenbrunners, den Brillanten des Gauleiters Eigruber, dem Reichsbankschatz, dem Gold aus Ungarn und dem Gold aus dem Kaukasus, ja sogar ein Tatarenschatz von der Krim und ein Morphiumschatz sollen darunter gewesen sein, wobei letzterer weder versenkt noch vergraben, sondern auf mehr oder weniger organische Weise versickert sein soll.

Neuere Schatztaucher behaupteten allerdings, nicht mehr hinter jenen legendären Edelmetallschätzen her zu sein. Sie jagten nach Metallbehältern mit Dokumenten wie jenen ausständigen Nummernkonten bei Schweizer Banken, auf die geraubte jüdische Vermögen verschoben worden waren, aber auch nach Unterlagen, die die gezielten Vernichtungsstrategien der Nazis detaillierter belegen würden.

Grund genug also, immer wieder zu versuchen, dem See seine geheimen Schätze und Botschaften zu entreißen. Aber der See war kein Dachsbauch und hielt wie im Krampf an so gut wie allem fest, was auf seinem Grunde lag.

Unumgang, seine Frau Liesl und ich waren schon öfter gemeinsam zum Toplitzsee gegangen, um in der Fischerhütte eine Forelle zu essen, aber bei aller natürlichen Schönheit der Landschaft, die gleichzeitig etwas Bizarres an sich hat, war es uns nie gelungen, die Taten unerwähnt zu lassen, die dazu geführt hatten, daß überhaupt so etwas wie ein Schatz, was auch immer der See noch als solchen ausspucken würde, in ihn versenkt werden mußte.

Unumgang und seine Frau, die sich erst in Amerika kennengelernt hatten, kannten den See aus den Ferien ihrer Kindheit, einer Zeit, in der sie einander noch nicht gekannt hatten und in der auch noch kein Schatz in ihm ruhte oder nicht ruhte, der die Menschen in Unruhe versetzte. Während ich – in Altaussee geboren und aufgewachsen – zur Zeit der Versenkung der Raubgüter, denn nur um solche konnte es sich bei einer tatsächlichen Versenkung gehandelt haben, noch keine vier Jahre alt gewesen war.

Unsere Erinnerungen unterschieden sich also in einigen wesentlichen Punkten, so wie auch insgesamt im Blickwinkel. Ich konnte mich noch, wenn auch eher verschwommen, an jene Baracke für die Kriegsgefangenen erinnern, die – nämlich die Kriegsgefangenen – nicht, wie von manchen irrig angenommen, in der Marinestation der Chemisch-Physikalischen Versuchsanstalt arbeiteten, schließlich waren jene Versuche streng geheim, sondern zumeist in der Land- und Forstwirtschaft, während Unumgangs erst zu einer Zeit wieder hierher in die Ferien kamen, als man diese Baracke bereits abgerissen hatte.

Auch war meine Erinnerung durch die persönliche, regional bedingte Bekanntschaft mit Menschen geformt, die ich in ihrer Privatheit anders erlebt hatte als jene, denen sie geschadet hatten.

Der große ungarische Dichter Sándor Weöres hat dieses Dilemma in einem kurzen Gedicht, das von Dschingis Khans der Rührung fähigem Herzen erzählt, auf treffliche Weise kenntlich gemacht. Dabei geht es darum, daß Dschingis Khan beim Anblick seines Kanarienvogels, der sich ein Bein gebrochen hat, Tränen in die Augen getreten sein sollen.

Ich hatte noch einige der größeren und kleineren Helden des Widerstands gekannt, die privat so ihre Mucken und Tücken gehabt hatten, so daß ich sie nie in den Olymp meiner persönlichen Heldenverehrung erhoben hatte, obgleich sie darin durchaus einen Platz hätten beanspruchen dürfen.

Zum Glück hatte ich durch eine Kindheit so gut wie ohne Parolen gehen dürfen, bis auf die katholischen, und als ich denen dann im Internat vermehrt ausgesetzt wurde, war ich immerhin schon zehn, ein Alter, in dem einem das langsam zu denken gibt.

Daß man mir in meiner Jugend wenig über die Jahre vor der angenommenen Schatzversenkung erzählte, hatte zur Folge, daß ich mich zur gegebenen Zeit umso mehr dafür interessierte, auch wenn es Jahre, viele Jahre dauerte, bis ich nicht nur die böse Tat an sich, sondern auch das Umfeld, aus dem sie resultierte, in den Blick bekam. Ihr Fluch spielte auch in meinem Leben eine Rolle, denn mein Denken wurde immer von neuem auf sie zurückgeworfen, und ich mußte darauf achten, nicht einem Rassismus mit umgekehrtem Vorzeichen zu erliegen, nämlich dem, daß es den Tätern im Blut gelegen wäre, andere aufgrund ihres Andersseins vernichten zu wollen, und das mit Hilfe eines gut funktionierenden bürokratischen Apparats.

Ich entstammte jenem der Tätervölker, das es einst in der Handhabung imperialer Bürokratie zu legendärer Perfektion gebracht hatte. Nicht von ungefähr sehnten sich Teile der ehemaligen k. u. k. Monarchie nach dem Funktionieren dieser Bürokratie im zivilen Bereich zurück. Wer dachte schon jede Konsequenz mit? Die Frage blieb andererseits bestehen, ob alles, was gut und reibungslos funktionierte, sich unweigerlich in sein tödliches Gegenteil verkehren mußte. Wenn das der Fall war, wäre es für die Menschen wahrlich besser gewesen, gar nicht erst von den Bäumen herunterzusteigen.

Unumgang, seine Frau Liesl und ich hatten uns immer auf dem Weg zum Toplitzsee oder spätestens in Erwartung unserer Forellen beziehungsweise während ihres Verzehrs darüber unterhalten, wie es zum Versenken der sogenannten Nazischätze gekommen war, und was alles hatte geschehen müssen, damit es überhaupt zu so vielen Kisten mit Falschgeld, Dokumenten und wer weiß was noch allem, das man für eine Weile – oder für immer – dringend loszuwerden wünschte, hatte kommen können.

Wir kannten alle drei die Fakten, so weit man sie kennen konnte. Unumgangs die globalen ein wenig besser, ich die regionalen, aber wir alle drei alles gut genug, um mit der Nennung eines Namens seine Geschichte mitzusprechen. Es genügte, zu erwähnen, daß Eichmanns Kinder eine Zeitlang dieselbe Volksschule besucht hatten wie ich oder daß Obersturmbannführer Dr. Wilhelm Höttl, der ein enger Mitarbeiter Adolf Eichmanns in Budapest gewesen war und danach für SS-Obergruppenführer Ernst Kaltenbrunner in der Schweiz Verhandlungen über eine österreichische Regierung nach Kriegsende geführt hatte, Begründer und Direktor jenes Gymnasiums war, das auch ich zweieinhalb Jahre lang besuchte, nachdem ich es in der Klosterschule nicht mehr ausgehalten hatte, um mich im nachhinein auf eine Weise schaudern zu machen, die weniger mit den genannten Personen als solchen zu tun hatte – siehe Dschingis Khan – als mit dem Morden, für das sie standen.

Unumgangs hatten mit ihren Familien gerade noch rechtzeitig das Land verlassen können. Ihr Lebensmittelpunkt war jahrzehntelang New York gewesen, auch wenn sie bereits seit vielen Jahren wieder ihre Ferien hier verbracht hatten. Nun lebten sie wieder hier und alles, was den Landstrich betraf, war somit gegenwärtiger.

Wir sprachen also jedes Mal von den Zeiten, die sie in Amerika und ich im Schutze der Kindheit hier verlebt hatte. Wir redeten mit einer gewissen Sachlichkeit darüber, die Gefühle zuließ, aber sie nicht zur Schau stellte, und wohl gerade deshalb mehr war als jenes ritualisierte Herbeten eines Vokabulars, das längst nicht mehr zum Ausdruck brachte, was es begreifen machen sollte.

Da der Professor einem der Opfervölker entstammte, waren auch seine Kenntnisse der neueren Geschichte des Landes vielschichtig und detailliert. Er hatte sich sogar mit der Geschichte des Widerstands im Salzkammergut befaßt, die zwar nicht besonders heroisch, aber, gemessen an den Verhältnissen, immerhin eine gewesen war. Daß es hier, im Gegensatz zu anderen Regionen des Landes, überhaupt zu so etwas wie Widerstand gekommen war, hatte nach Unumgangs Meinung damit zu tun, daß die Menschen hier aufgrund ihrer relativen Autonomie – der Salzbergbau war reichsunmittelbar gewesen, das heißt, dem Kaiser direkt unterstellt – und des früh beginnenden Tourismus wegen weniger autoritätshörig waren als jene, die unter ihren Grundherren, Grafen und Vögten so gut wie unmündig geblieben waren. War es wirklich so gewesen?

Zumindest hatte es ein gewisses Sich-Wehren gegeben, und das freute mich noch immer, so wie die Tatsache mich empörte, daß dennoch so viele zum Nationalsozialismus konvertiert waren. Hinzu kam, daß die Schönheit der Landschaft, der auch viele Parteikader erlegen waren, den umliegenden Orten eine Menge evakuierte Angehörige höchstrangiger Nationalsozialisten beschert hatte, Namen, die dem Landstrich noch immer an- und nachhingen.

Auch diesmal redeten wir gerade davon, daß der Chef des Reichssicherheitshauptamtes, Kaltenbrunner, hier im steirischen Salzkammergut gar keine Dienststelle unterhalten hatte, sondern sich eher mit seiner Geliebten, einer Gräfin Westhardt, ebenfalls einer Evakuierten, die ihm im Februar 45 Zwillinge geboren hatte, treffen wollte. Die einzige Dienststelle war die der Marineversuchsstation am Toplitzsee gewesen, und zu der hatte der SS-Offizier, der für den Transport der Kisten verantwortlich war, wohl vorstoßen wollen. Unumgang erwähnte auch einen mißverständlichen Befehl dieses Dr. Höttl, der, als die Nachricht von den Kisten ihn aus Gmunden erreichte, gesagt haben wollte: »Werfen Sie das Glump doch in den See!«, so daß der Offizier die Kisten aus einem der fahruntüchtig gewordenen LKWs tatsächlich ins Wasser schmiß, worauf, wie Dr. Höttl Jahre später in einem Interview erklärte, »Pfingsten 1945 im Traunsee die falschen Pfundnoten wie ein Heer von Seerosen schwammen«.

»Merkwürdig«, sagte ich, »daß er sogar die Seerosen militarisieren mußte, das heißt, gar nicht merkwürdig, bei einem, der dem Krieg so effektiv gedient hat.«

Unumgang fragte sich noch immer, warum ein Teil der Lastwagen doch bis Gößl weitergefahren war, von wo aus die Pfundnoten dann mit Fuhrwerken bis zum Toplitzsee hatten gebracht werden müssen, da die Schotterstraße für die LKWs zu schmal gewesen war.

Auch wir waren inzwischen am Ende dieser Schotterstraße und bei der Fischerhütte angelangt und hatten, da sie von vornherein feststand, unsere Bestellung sogleich aufgegeben, ohne uns erst lange mit der Speisekarte aufzuhalten. Die Stühle um den Tisch, an den wir uns setzten, waren noch warm, es war auch noch nicht abgeräumt, und eine aufgeschlagene Zeitung lag zwischen einer fast leeren Kaffeetasse, in der eine dicke bräunliche Zuckerschicht zurückgeblieben war, und einem Dessertteller, auf dem ein letzter Rest Schlagobers in der Sonne schmolz.

»Womit wir wieder bei unserem Briefwechsel und seiner Entzifferung wären«, sagte Unumgang so unvermittelt, daß ich beinahe erschrak. »Wissen Sie, was das bedeutet?« Er zeigte auf ein Bild in der Zeitung, das den Hinterkopf eines Mannes sehen ließ, in dessen Haar die Zahl 88 einrasiert war.

Ich nahm die Zeitung und überflog den Text. Der Mann hatte drei Polizisten und dann sich selbst erschossen, und dies war ein Foto aus seiner Jugend, die noch nicht allzu weit zurücklag.

»Ich sehe nur 88«, sagte ich und blätterte weiter auf der Suche nach einer entsprechenden Erklärung. »Aber was hat die Zahl 88 mit unserem Briefwechsel zu tun?«

»Es handelt sich hierbei um die primitivste Form der Verschlüsselung. Zählen Sie das Alphabet durch, bis Sie zum achten Buchstaben kommen.«

Ich zählte. »A, b, c, d, e, f, g, h.« H war der achte Buchstabe. Es bedeutete also H.

»Sie können es ruhig aussprechen.« Ich hatte noch immer nicht begriffen. »Es heißt Heil Hitler! Aber diese Form der Codierung ist genauso primitiv wie die jungen Leute, die dafür ihr Geld ausgeben, anstatt sich eine Therapie zu leisten.«

Die Kellnerin räumte den Tisch ab und nahm auch die Zeitung mit, die offenbar zum Lokal gehörte und, da wir keinen Einspruch erhoben, wieder an die Theke zurück sollte, um einem einsamen Biertrinker die Länge seiner Halben zu verkürzen.

»Wohingegen diese Wendlgard und Nesîmî sich schon etwas Komplexeres haben einfallen lassen müssen, um ihre gedanklichen Annäherungen dem Zugriff allgegenwärtiger Zensoren und Zensurbehörden zu entziehen.«

So schied also eine Methode nach der anderen aus. Weder *Alpha-Bravo-Charlie* noch *A=1, B=2, C=3* kamen in Frage. Kaum lernte ich eine Art der Verschlüsselung kennen, stellte sich heraus, daß sie unbrauchbar war. Ich kam mir vor wie eine Klavierschülerin, der jedesmal, wenn sie einen neuen Ton greift, eins auf die Finger gehauen wird.

»Aber mit Zahlen haben doch alle Codes zu tun«, meinte ich kleinlaut, wenn auch mit einem aufmüpfigen Unterton. Wer hat es schon gerne, immer auf die Lücken in seinem Wissen hingewiesen zu werden. »Es heißt doch nicht umsonst Ent-zifferung.«

Unumgang schaute durch mich hindurch. »Aber ja, die ganze Welt besteht aus Zahlen. Auch die Sprache hatte ursprünglich eine numerische Struktur, und jeder Buchstabe korrespondierte mit einer Zahl. Wie am Zusammenhang von Zahl und erzählen selbst im Deutschen noch immer abzulesen ist.«

Mir war zwar bei Mathematik zu Schulzeiten immer das Hirn eingeschlafen, aber wenn Zahlen der Entzifferung des Briefwechsels dienen konnten, hatten sie mich wohl zu interessieren.

»Jedoch hat dieser ursprüngliche Zusammenhang zu vielerlei Deutungen geführt, so wie er auch auf vielerlei Weise benutzt worden ist.«

»Das klingt mir zu sehr nach Abrakadabra«, entschlüpfte es mir.

»Da liegen Sie genau richtig. Ursprache und absolute Zahlen waren das gleiche, und das Wort ließ die Dinge entstehen. Sie würden aus dem Staunen nicht herauskommen, wenn Sie sich näher mit den Entsprechungen befaßten. Aber selbst nach der Babylonischen Sprachenverwirrung läßt sich anhand des Zahlenwertes der Wörter noch so mancher Zusammenhang herstellen.«

»Zahlenwert? Was heißt Zahlenwert?«

»In unseren modernen Sprachen ist es die Summe der Werte der Buchstaben, im Deutschen von 1-26. In den Sprachen aber, in denen die einzelnen Buchstaben Namen hatten, werden auch die Werte der Namensbuchstaben gezählt, was den vollen Wert bezeichnet, undsoweiter undsofort.«

Was hieß das nun wieder? Zum Glück waren inzwischen die Getränke und der Salat gekommen, und wir nickten einander mit erhobenen Sommerspritzern über den Tisch hin zu. Ich wollte so nahe wie möglich an der konkreten Entzifferung bleiben und interessierte mich daher eher für die Nutzung der Beziehungen zwischen Buchstaben und Zahlen als für ihren

Anteil an der Erschaffung der Welt, was ich Unumgang umgehend wissen ließ.

»Beides ist schwer voneinander zu trennen. Die einen lasen die heiligen Schriften, als wären sie verschlüsselte Botschaften, die man erst anhand von Spekulationen mit Ziffern und Zahlenwerten richtig lesen und verstehen könnte, und die anderen versuchten, Gott nachzuahmen, indem sie ihre eigenen geheimen Botschaften auf ähnliche Weise verschlüsselten.«

Inzwischen waren auch die Fische gekommen, knusprig gebraten, mit weißen, hervortretenden Augen, wie es sich gehört. Und während wir beide darangingen, zuerst die Wangen, die aus dem kompaktesten und zugleich zartesten Fleisch bestanden, sozusagen als kleine Vorspeise, aus den Köpfen zu lösen, bevor der schwierigere Part der Filetierung des Ganzen an die Reihe kam, mußte ich kurz, wenn auch mit einem gewissen Gruseln, an den wandernden Derwisch und Dichter Nesîmî denken, dem man seiner Buchstaben- und Zahlenkorrespondenzen wegen bei lebendigem Leib die Haut abgezogen hatte, wobei die Legende darauf bestand, daß ihn auch das nicht habe unterkriegen können. Vielmehr habe er seine Haut geschultert und sei damit ins Unvergängliche eingegangen.

»Nehmen wir zum Beispiel den Fisch. Er ist im alten Hebräisch der Buchstabe Nun, das N also, und zugleich 50. Sein voller Wert aber ist 50 – 6 – 50, Nun – Waw – Nun. Im althebräischen Alphabet sprangen die fortlaufenden Buchstabenwerte nach dem Buchstaben Teth auf die Zehner und nach dem Buchstaben Zade auf die Hunderter über. Das nur als Fußnote.« Unumgang konnte seine akademische Karriere nie ganz vergessen lassen.

»Der Fisch aber repräsentiert, allgemein gesprochen, das Leben im Wasser, sozusagen das Leben überhaupt. Nach der Überlieferung und nach Friedrich Weinreb ist das Weltall auf den Rücken des Fisches gegründet. Das will sagen, daß der Buchstabe Nun das Fundament der Existenz dieser Welt ist. Denken Sie auch an die Rolle des Fisches im Neuen Testament, und daß Menschen, die mit Fischen zu tun hatten, zu seinen Protagonisten gemacht wurden.«

In diesem Augenblick kam der Wirt der Fischerhütte an

unseren Tisch und machte die Honneurs, indem er uns freundlich begrüßte, auch sogleich nach Liesl Unumgang fragte, ihr Knie bedauerte und der Hoffnung Ausdruck verlieh, sie möge bald wieder so weit hergestellt sein, daß sie den Weg zur Fischerhütte bewältigen könne.

Der Wirt hatte vom letzten Tauchunternehmen bestens profitiert, da es ihm die Gäste nur so zugetrieben hatte, und das, obwohl sich der einzige nennenswerte Fund als Schabernack von Einheimischen entpuppt hatte. Mittlerweile war er auch gewissermaßen zum Experten geworden, der sämtliche Fakten zur Verfügung hatte, bis hin zu dem Umstand, daß die Unterwasserrakete, die seinerzeit von der Chemisch-Physikalischen Versuchsanstalt der Kriegsmarine im Toplitzsee entwickelt werden sollte – was er, wie auch ich, aus der Dissertation von Markus Köberl wußte –, von den Mitarbeitern den Namen URSEL erhalten hatte. Was zwar nichts mit Dachsen, sondern eher mit Bären und Pferden zu tun hatte, war doch URSEL eine Sachsengöttin gewesen, die manchmal HORSEL genannt wurde und der das Pferd geweiht war. Auch hatte URSEL keinen Briefwechsel, dafür aber Sprengstoff im Bauch getragen.

Wahrscheinlich hatte das ständige Inbeziehungsetzen des Professors längst auf meine Gedanken übergegriffen.

»Bedenkt man also«, fuhr Unumgang, nachdem der Wirt zum nächsten Tisch gegangen war, fort, »was aus einem einzigen Buchstaben für den Wissenden heraus- beziehungsweise in ihn hineinzulesen ist, läßt sich ungefähr abschätzen, wie viele Möglichkeiten der Deutung oder besser gesagt der Entschlüsselung eines ganzen Briefwechsels gegeben sind.«

Es war mir gelungen, das Skelett des Fisches in einem einzigen geschickten Filetierungsvorgang vom Fleisch zu befreien und auf den Grätenteller zu heben. Was Unumgang nicht fertigbrachte. Aber er konnte schließlich nicht in allem der große Zampano sein. So wie er an dem auseinanderfallenden Rückgrat herummantschte, mußte ich schon froh sein, wenn er sich nicht auch noch an einer steckengebliebenen Gräte verschluckte.

Da bei unseren früheren Essen immer Liesl Unumgang ihrer beider Fische zerteilt hatte, bot ich, um die Gefahr, die von den Gräten drohte, zu bannen, meine Hilfe an, und siehe da, Unumgang nahm sie ohne jegliches beschönigende Herumgerede an.

Während ich nun auch aus seinem Fisch die Gräten wie Heftfäden aus einem Kleidersaum zog, war er in Gedanken den Möglichkeiten der Entschlüsselung auf der Spur geblieben. »Bevor man überhaupt darangeht, nach einem bestimmten Zahlencode zu suchen, empfehle ich, sich die pragmatische Frage zu stellen, wie den wenigen Bekannten nach die Unbekannte überhaupt aussehen könnte.«

Da das Rückgrat des Fisches in mehrere Stücke zerfallen war und viele Gräten sich davon gelöst hatten, war es ziemlich mühsam, sie einzeln aus dem Fleisch herauszuholen, und so blieb dem Professor genügend Zeit, seine Gleichung weiter auszurechnen.

»Eine katholische Äbtissin, was eine gewisse Bildung voraussetzt, die von Trunseo aus, sprich aus dem Kloster Traunkirchen, was wiederum bedeutet, daß sie Benediktinerin war – und somit einer ziemlich strengen Ordensregel unterworfen –, mit ihren Nonnen, den späteren Leislinginnen, in dieser damals erst recht abgelegenen Gegend eine Niederlassung gründete, und das gegen Ende des 13. Jahrhunderts ... Fragen Sie sich, was eine solche Frau, der auch noch ein Hang zur Mystik sowie zur Renitenz, was auf einer bestimmten Ebene beinahe dasselbe bedeutet, nachgesagt wird, was also eine solche mittelalterliche Powerfrau, wenn Sie den rüden Ausdruck gestatten, einem Dichter wie Nesîmî, mit dem sie wohl bloß eine bestimmte Insubordination und der Durst nach anderen spirituellen Quellen in Kontakt gebracht hat, geschrieben haben kann? Worin liegt der Witz? Was überhaupt könnte man der Mitteilung für wert befunden haben?

Nesîmî hat sich von Haus aus in den Kreisen der Heterodoxie bewegt und war sich dessen bewußt, daß die sogenannte Mainstream-Bewegung ihn als Ketzer sehen mußte. Ihm ist viel eher zuzutrauen, daß er offen genug war, sich mit einer Nonne über die Namen Gottes zu verständigen oder über den

Begriff der Liebe im Hinblick auf alle Dinge und Gestalten. Das Rätsel ist und bleibt jene Wendlgard. Und der Zeitsprung. Was also könnten sie einander geschrieben haben? Und was hat die Ungleichzeitigkeit zu bedeuten? Oder ist auch sie ein reines Rechenproblem?«

Ich hatte es geschafft, goß ein wenig zerlassene Butter über Unumgangs Fischteile und schob ihm den Teller hin. Er setzte auch sogleich seine Gabel in Bewegung, ohne daß seine Gedanken Notiz davon genommen hätten, was er tat, obgleich er automatisch den Mund aufsperrte, als der erste Bissen ihm in die Nähe kam.

Vielleicht verhielt es sich mit dem Zeitsprung ebenso? Nämlich daß etwas, das die Geschichtsschreibung nicht als synchron – im Grunde waren es nur die Jahreszahlen, die abwichen – empfunden hatte, sich dennoch und wie automatisch synchron ereignet hatte?

Wie weit aber war der Geschichtsschreibung in diesen Jahrhunderten überhaupt zu trauen? Gab es da nicht jemanden, der behauptet hatte, das halbe Mittelalter sei eine Fälschung, und es hätte Karl den Großen nie gegeben? Und einen anderen Gelehrten, der zu beweisen versucht hatte, daß das Christentum, das er auf einen sumerischen Pilzkult zurückführte, viel älter als das Judentum wäre?

Jenes 13. Jahrhundert war weltweit voller Aufbrüche gewesen, und wenn Wendlgard vom Leisling tatsächlich in ihm gelebt hatte, dann hatte sie es sich mit Franz von Assisi, Celaleddin Mewlana Rumî und Hadschi Bektasch Veli geteilt. Der Rat des Professors war sicher ein guter, erst einmal zu fragen, was nach menschlichem Ermessen in diesen Briefen stehen konnte. Nur wer ermaß es?

Verstellte man sich nicht dadurch, daß man bereits ein bestimmtes Ergebnis ins Auge faßte, all die anderen möglichen? Ich würde mich lieber überraschen lassen und erst einmal abwarten, wie die anderen an das Problem der Entschlüsselung herangingen. Obwohl ich natürlich längst nicht mehr unbeteiligt war. Zu viele lose Enden dieser Geschichte lagen offen oder versteckt um mich herum.

Wir hatten unsere Teller leergegessen, die Kellnerin brachte unaufgefordert ein zweites Mal die Karte, und Unumgang gustierte rauchend zwischen Moor im Hemd und Preiselbeerpalatschinken.

»Jedenfalls bin ich gespannt, wer von Ihnen als erster zu einem brauchbaren Ergebnis kommt.« Da hatte ich wieder einmal genau das Falsche gesagt. Unumgang sah mich scharf von der Seite an. »Sie glauben doch nicht im Ernst, daß ich mich an einer Art Wettbewerb beteilige.«

Ich wandte ein, daß ich bei ihm ein gewisses Interesse an dem Manuskript zu erkennen geglaubt hätte.

»Nun ja, wenn Sie es mir exklusiv überlassen hätten, wäre es vielleicht der Mühe wert gewesen, aber so …«

»Was meinen Sie mit so?«

»Daß diese jungen Wissenschaftler ihren ganzen Ehrgeiz darein setzen werden, wenn auch höchstwahrscheinlich vergeblich, und ich keine Lust habe, mich in Zugzwang bringen zu lassen.«

Klang da nicht so etwas wie Gekränktheit durch? Es überraschte mich dennoch, nach all dem, worüber wir während der Fischzerteilung gesprochen hatten. Wie auch immer, ich würde mir, sobald ich wieder zu Hause war, das heißt, wenn ich die Rückfahrt in Unumgangs Wagen lebend überstand, den Briefwechsel vornehmen, um herauszufinden, was meine eigenen Sinne und Wahrnehmungen dazu sagten.

Das motorbetriebene Schnabelboot, eine sogenannte Plätte, das Touristen vom Kammersee, einem hinter dem Toplitzsee gelegenen, noch kleineren See, abgeholt hatte, legte in der Nähe der Fischerhütte an und entließ unter anderen – wir trauten unseren Augen kaum – Pat und Auguste, beide in Überlebenstrip-Kleidung, als hätten sie sich auf eine Expedition ins Herz der Finsternis gewagt.

Kurz darauf kamen sie auf die Fischerhütte zu, und als sie uns erblickten, lächelten sie, Pat mehr, Auguste weniger, aber beide freundlich, und fragten, ob sie sich zu uns setzen dürften.

Unumgang erhob sich höflich und rückte den beiden germanistischen *women's studies*-Gelehrtinnen die Stühle zurecht.

»Wir dachten, Sie würden bereits mit glühenden Ohren an

Ihren Kopien sitzen.« Es war wohl nicht der Tag, an dem es mir gegeben war, das Richtige zu sagen. Pat und Auguste sahen einander an, als würden sie zum ersten Mal von den Kopien hören. Vergessen war die Balgerei um den Dachs am vergangenen Sonntag. Ihr Ehrgeiz schien ganz und gar erloschen.

»Ach«, sprach Auguste gedehnt, »ohne Bibliothek ist da nicht viel zu machen.«

In Pats Gesicht kam so etwas wie Begeisterung auf. »Wenn wir schon einmal hier sind, können wir uns doch diesen Originalschauplatz des Dritten Reiches nicht entgehen lassen.«

»Ich hätte es mir ein Leben lang zum Vorwurf gemacht, mich hier nicht näher umgesehen zu haben. Dies ist doch eine jener raren Schnittstellen zwischen Traumzeit und Zeitgeschichte.«

»Traumzeit?« Irgendwie hatte ich das Gefühl, etwas nicht ganz mitbekommen zu haben.

»Mythische Zeit«, säuselte nun wiederum Pat, wobei ihr amerikanisches *th* durchschlug.

»Man kann die Schatten der Druidinnen sich förmlich im Wasser kringeln sehen.« Auch Augustes Gesicht schien sich auf kuriose Weise zu verklären.

»Haben Sie auch etwas von dem Schatz erblickt?« Unumgang hatte sich die Palatschinken einverleibt und wischte nun deren letzte Spuren aus seinen Mundwinkeln. »Ohne Schatz können Sie Ihr Geld zurückverlangen.«

Auguste und Pat wechselten ähnliche Blicke wie zuvor und beschlossen, Unumgang zu ignorieren.

»Sie müssen sich sehr inspiriert fühlen in einer Gegend wie dieser«, wandte sich Pat an mich. »Ein Ort der Kraft, das spürt man.«

»Möglicherweise auch einer negativen. Das kann ich nicht so genau sagen. Aber ein Ort der Kraft ganz gewiß. Jeder Rutengänger wird Ihnen das bestätigen«, fügte Auguste hinzu und griff nach der Speisekarte.

Unumgang, dessen Scherz ins Leere gegangen war, hatte inzwischen der Kellnerin bedeutet, daß er zu zahlen wünsche. Ein Wunsch, dem sie sogleich nachkam, hatte sie doch die neuen Gäste bereits bemerkt.

Wir räumten also das Feld, indem wir – wie Unumgang es

auf etwas altväterische Weise ausdrückte – den beiden *wohl zu speisen* wünschten und uns auf den Rückweg zum *Rostigen Anker* machten.

Ich hatte überlebt, mußte mich allerdings im Anschluß an die Rückfahrt, die sich als nicht weniger lebensbedrohlich als die Hinfahrt erwiesen hatte, ein wenig auf den Diwan legen und verschlief, durchzogen doch Wesen meinen Schlaf, die sich verbaliter als *Druidinnen* zu erkennen gaben, obwohl ich nicht einmal im Traum genau wußte, was ich mir darunter vorzustellen hätte.

Ihr Zahlenwert ergab die Ziffer 112, was sich, wie ich nach einiger Zählarbeit feststellte, mit Idealismus, Gesundheit, Navigation, Langsamkeit, Matriarchat, Humanität und Sinngebung deckte. Ich war zwar noch immer einigermaßen benommen nach dem allzu tiefen Mittagsschlaf, konnte aber bereits mit einer Tasse Kaffee ganz gut addieren, was ja nun wirklich keine große Kunst war.

In einem Zustand wie diesem läutet das Telefon immer zu laut. Ich erwog kurz, den Stecker herauszuziehen oder zumindest das mobile in den Geschirrspüler zu stecken, drückte aber dann doch den entsprechenden Knopf und hielt es ans überforderte Ohr.

Es war der Pfarrer. »Ich grüße Sie«, sagte er, wie er es immer tat, »geht's Ihnen gut?«

Ich versagte mir den heftigen Wunsch, zu gähnen. »Was gibt's?«

»Haben Sie sich die Kopien näher angeschaut?«

Ich stellte mit Erschrecken fest, daß ich noch immer nicht dazugekommen war, und fragte gewitzt: »Wieso?«

»Ich habe den starken Verdacht, daß es sich bei dem ersten angeblichen Wendlgard-Text um einen Brief der Hildegard von Bingen handelt.«

Ich zuckte zusammen.

»Wie kommen Sie darauf?« Die typische Frage, um Zeit zu gewinnen.

»Ich habe seinerzeit für meine Dissertation ein Zitat daraus gebraucht. Und nun kommt mir das alles so bekannt vor. Haben Sie zufällig eine Ausgabe der Briefe?«

»Schon möglich!«

»Kann ich vorbeikommen und darin nachschlagen?«

»Wenn ich sie finde, gerne!«

Ich hatte seinerzeit sogar etwas über Hildegard geschrieben. Also sprang ich auf, ging zur Bücherwand und begann nach dem Briefband zu suchen.

Ein Wetterleuchten, das sich dann doch als Blitz entpuppte, schien grell durch den Wilden Wein, und während der Donner behäbig nachgrollte, fiel mein Blick auf *Iris elegantissima*, die ihr kleines Krummschwert mittlerweile beträchtlich geschärft hatte. Ich ging näher heran, es war eindeutig. Sie wuchs. So wie jene Iris, deren Samen meine Schwägerin aus Nepal mitgebracht hatte. Es war letzten Herbst, als einer der Sämlinge es nicht erwarten konnte und Pionier spielte, die anderen zogen dann im Frühjahr nach.

Als ich zur Bücherwand zurückkam, fiel mir statt des Hildegard-Bandes als erstes das Buch über Blumenzwiebeln in die Hände. In diesem Buch war *Iris elegantissima* als *Iris iberica ssp. elegantissima* verzeichnet. Ihr heller, leicht gemaserter Dom kontrastierte zu den viel dunkleren, wie strichliert gezeichneten Hängeblättern, auf denen der braunrote Bart wie eine herausgestreckte Zunge auflag. Der Name *iberica* war irreführend, denn sie wurde als aus der Nordosttürkei, östlich von Erzurum, stammend, beziehungsweise dem Nordwestiran und Sowjet-Armenien, beschrieben und als auf Grassteppen gedeihend sowie auf Lehmhügeln und auf unbebautem Boden zwischen Getreidefeldern. Da pflegt sie in 1100-2250 m Höhe, und zwar von Mai bis Juni, in größeren Mengen zu blühen.

Die Stadt Erzurum war mir aus meiner Jugend vertraut, ich hatte ein Jahr dort studiert und war auf einer Reise nach Aserbeidschan auch am Ararat vorbeigekommen, an dessen trockenen Hängen sie sich angeblich besonders entfaltete. Aber wenn ich mich recht erinnerte, war damals ebenfalls Herbst gewesen, und ich hatte keinerlei Blumen im Gedächtnis, bloß kahle Hänge, durch deren nacktes Gestein die in ihm enthaltenen Metalle in verschiedenen Farben hindurchschimmerten.

Versunken in den, wie ich hoffte, zukünftigen Anblick meiner Fensterbankbewohnerin, hatte ich die Hausglocke nicht gehört und schreckte hoch, als es plötzlich an der Wohnzimmertür klopfte. Das kann nur der Pfarrer sein, dachte ich, aber es war Auguste, die sich mehrmals für ihr Eindringen entschuldigte und mich dann ebenfalls fragte, ob ich nicht zufällig eine Hildegard-Ausgabe besäße, in die sie rasch einen Blick werfen könnte.

»Wenn Sie mir suchen helfen ...« Wir standen beide vor dem Bücherregal, und Auguste erzählte, daß der Urlaub interessant zu werden verspreche. Sie müßten unbedingt noch ins Salzbergwerk, um zu sehen, wo all die Kunstschätze, die geraubten sowie die evakuierten, gegen Ende des Krieges untergebracht und dann von jenem Gauleiter Eigruber beinahe in die Luft gesprengt worden wären.

Ich machte sie darauf aufmerksam, daß es neben dem Eingang zum Schaubergwerk auch ein Literatur- und Heimatmuseum gebe, in dem Kuriosa wie das Fahrrad von Jakob Wassermann und die Wachsfigur des Schauspielers Klaus Maria Brandauer zu besichtigen seien.

»Oh, oh, oh!« machte Auguste, als sie auf die Hildegard-Bände gestoßen war. Sie standen merkwürdigerweise nicht unter H, sondern unter B, also ziemlich weit oben, und Auguste war mindestens einen Kopf größer als ich. Sie mußte sich also nur auf die Zehenspitzen stellen, um sie herunterzuholen, ich hingegen hätte eine Leiter oder zumindest einen Schemel gebraucht.

Auguste zog ihre Kopie aus der Innentasche ihrer Survival-Jacke, die sie noch immer trug. »Hier, gleich der erste Brief: *Das lebendige Licht sagt: Die Wege der Schrift zielen auf den hohen Berg, wo Blumen und kostbare Gewürzkräuter wachsen ...*«

Mir war schon klar, warum die Stelle so vertraut geklungen hatte. Aber sowie ich von Blumen und Bergen hörte, dachte ich bloß noch an meine eigene gärtnerische Befindlichkeit, wohl kurz auch an den Ararat, und war blind gegenüber anderweitigen Entsprechungen.

»Warum ausgerechnet Hildegard?«

»Das frage ich mich auch«, sagte der Pfarrer, den wir offensichtlich beide nicht kommen oder auch nur an die Tür klopfen gehört hatten. Oder hatte er gar nicht geklopft?

»Es sei denn«, auch er hielt nun seine Kopie in der Hand, »es wäre zwischen ihr und jenem Häretiker Nesîmî von einem Schleierstreit die Rede gewesen, und Wendlgard vom Leisling hätte ihn mit einem Hildegard-Text darüber belehren wollen, daß es im Abendland den Jungfrauen durchaus gestattet war, das Haar offen und in Locken, ja sogar Schmuck und goldene Krönchen sowie weiße Kleider zu tragen. Warum sollte Gott sich nicht an ihrem Anblicke erfreuen?«

Wie mir nun wieder einfiel, spielte der Pfarrer auf jenen Briefwechsel zweier Äbtissinnen im 12. Jahrhundert an, nämlich dem zwischen Hildegard von Bingen und Texwind von Andernach, in dem es tatsächlich um die Frage der Verschleierung gegangen war.

Auguste und der Pfarrer steckten die Köpfe zusammen, und Auguste scheute sich nicht, so nah wie möglich an den Gesalbten heranzurücken, während sie die Stelle, die leicht zu finden gewesen war, laut vorlas.

Der Vergleich mit der Kopie zeigte bald, daß Wendlgard die Texte in der Folge ineinandergeschoben und vermischt hatte. Steckte also doch eine tiefer gehende Absicht dahinter? Auch deckte sich der Wortlaut nicht immer. Ihre Version klang um einiges antiquierter als die uns zur Verfügung stehende.

Ich mußte an Çamuroğlu denken und fragte mich, ob auch er sich mit irgendeiner Form von Verschleierung herumschlagen mußte. Nun aber wetterleuchtete es in meinem Kopf. »Denken Sie daran«, rief ich, »daß dieser Text nur die Oberfläche darstellt. Es ist mit an Gewißheit grenzender Wahrscheinlichkeit ein verschlüsselter Wendlgard-Brief.«

»Dennoch stammt er textmäßig von Hildegard«, beharrte der Pfarrer auf seiner Entdeckung.

»Genau.« Auguste legte ihren Arm um den Pfarrer, um ihn zum Tisch zu führen. »Kommen Sie, setzen wir uns. Wir dürfen doch?« fügte sie an mich gewandt hinzu, und damit war es ihr gelungen, den Pfarrer und sich selbst in eine Wir-Situation zu bringen, die allein auf der Tatsache beruhte, daß sie beide bei mir zu Besuch waren.

»Könnte es nicht sein«, dachte ich laut vor mich hin, »daß die eine, aufmüpfige, sich hinter jener anderen versteckte, die zwar sehr viel Temperament hatte und eine begnadete Schimpferin gewesen war, sich aber dennoch nie der Häresie verdächtig gemacht hatte?«

»Wie das?« Auguste fragte für eine Gelehrtin etwas zu arglos, ja geradezu unbedacht.

»Immerhin gehörten sie beide zum Orden des Hl. Benedikt, OSB, was soviel bedeutet, wie daß Wendlgard Hildegards Schriften kennen mußte, die zu ihrer Zeit wohl schon die höheren Weihen erhalten hatten.«

»Sie meinen«, der Pfarrer hob den Blick, »sie könnte die Briefe Hildegards als hieb- und stichfeste Verschlüsselung für ihre eigenen, von der Lehrmeinung abweichenden Texte benützt haben?«

»Genau das.«

»Was erst noch zu beweisen sein wird«, schaltete Auguste sich ein, »obgleich es durchaus erwägenswert klingt.«

Die Teezeit war eigentlich schon vorüber, dennoch bot ich an, für uns alle Tee zu kochen. Was an Sadismus grenzte, wußte ich doch, daß der Pfarrer keinen Tee mochte.

»Haben Sie zufällig eine offene Flasche Wein herumstehen?« Wahrscheinlich hatte er die Flasche längst erspäht. Es war die zweite, die ich letzte Nacht für Çamuroğlu und mich geöffnet, die wir dann aber nicht mehr getrunken hatten.

Ich brachte die Flasche samt Gläsern und ging noch einmal in die Küche, um ein paar Brote zu schmieren. Der Rotwein verlangte geradezu danach, etwas dazu zu essen. Dabei fiel mir eine der Regeln des Hl. Benedikt ein, nämlich nicht zu viel zu essen und zu trinken. Und prompt sagte der Pfarrer, obgleich er kein Mitglied des OSB war, ich solle mir doch um Himmels willen keine Arbeit machen, und auch Auguste meinte, daß sie schon längst wieder im Hotel hätte sein wollen, Pat würde nämlich auf sie warten.

In diesem Augenblick zischte ein Blitz ins Tal hinab, wo er im See das Wasser zum Kochen brachte, und der Donner, der ihm hinterher böllerte, mußte die Wolken zum Bersten gebracht haben, denn der Regen klatschte in einem Schwall hernieder, der das Erdreich nur so aufspritzen ließ.

»Und das im September!« Der Pfarrer schlug demonstrativ

ein Kreuz, das möglicherweise nicht nur dem heftigen Herbstgewitter, sondern auch Auguste galt, die eine liebenswürdige Koketterie an den Tag legte, wie ich sie ihr gar nicht zugetraut hätte. Ich schrieb ihr Verhalten jenem reflexartigen Balzgehabe zu, wie es viele Frauen, auch intellektuelle, überkommt, wenn sie Männern begegnen, die eine zölibatäre Lebensweise gelobt haben.

Bei diesem Wetter mußten die beiden bleiben, zumindest solange es sich dermaßen gebärdete, und ich schien mit Brot und Wein zum ersten Mal an diesem Tag das Richtige zu treffen. Der Wind schlug den Wilden Wein ans Fenster, und es gluckerte, als verschluckten sich die Dachrinnen immer wieder. Man konnte annehmen, daß bei einem solchen Gewaltausbruch der Elemente kein Mensch zur Abendandacht kommen würde, und Auguste schien das bißchen Vorsprung, das sie sich mit der Hildegard-These verschafft hatte, sowie den Gottesmann an ihrer Seite deutlich zu genießen.

Die Brote waren rasch gegessen, schließlich sollten sie auch kein Abendessen darstellen, bloß einen beiläufigen Imbiß. Und so begann ich, während ich von dem Wein nachschenkte, davon zu erzählen, was Unumgang von den Zahlen gesagt hatte, nämlich daß der beziehungsweise den Sprachen eine numerische Struktur zugrunde läge, die es auch im Deutschen zuließe, durch das Addieren von Buchstabenwerten Zusammenhänge herzustellen.

»Zahlenspielereien, die im 13. Jahrhundert wie ein Rumor durch die Klöster gingen und zu den abstrusesten Spekulationen Anlaß boten.« Hochwürden schien eher nicht amüsiert, doch Auguste, als Frau der Wissenschaft, bestand sogleich auf einem Experiment, das wie ein Gesellschaftsspiel gehandhabt werden konnte.

Ich holte einen Block und drei Stifte, und jeder sollte, was immer ihm zu unserer Entschlüsselungsgeschichte einfiele, sogleich ausrechnen. Es war klar, daß von Wendlgard vom Leisling ausgegangen würde, als deren Zahlenwert wir einmütig und einstimmig 225 errechneten, und zwar indem wir die Buchstaben von 1-26 mit ihrem jeweiligen Nennwert zusammenzählten.

Der Pfarrer, der ein ausgeprägtes rechnerisches Talent und im Augenblick nichts Besseres zu tun hatte, errechnete daraufhin 170 für Hildegard von Bingen.

»Was als nächstes?« Auguste schien durch ihr Augenspiel – der Ausdruck *jemandem schöne Augen machen* war mir nie angebrachter erschienen – jede wissenschaftliche Kompetenz eingebüßt zu haben.

Ich schlug *Chiffre* vor. Schon rief der Pfarrer 55. Und da er nun einmal wirklich ein begabter Rechner war, fiel ihm natürlich sogleich auf, daß 170 + 55 …

»Na was gibt das?« fragte er wie der sprichwörtliche Schneekönig.

»225!« Ich war frappiert von der Tatsache, daß Hildegard von Bingen plus Chiffre zahlenwertmäßig soviel wie Wendlgard vom Leisling bedeutete.

Spielleidenschaft kam auf. »Innerer Zusammenhang«, rief Auguste aufs Geratewohl.

»Bingo«, platzte der Pfarrer nach ein paar Sekunden heraus, als er den Zahlenwert dieses Wortes ebenfalls mit 225 errechnet hatte.

»Das gibt es doch gar nicht!« Er wandte sich an mich: »Ich bitte Sie, sagen Sie irgendein Wort, das Ihnen gerade einfällt. Aber ohne nachzudenken …«

Gehorsam, was eben bedeutete, ohne nachzudenken, sagte ich »querschnittgelähmt«, weiß der Himmel woher dieses Wort in mein Bewußtsein gedonnert kam.

»Ha!« Der Pfarrer und Auguste taten, als hätten sie den Zufall beim Schwanz gepackt, und der Pfarrer machte sich ein Vergnügen daraus, die Werte der einzelnen Buchstaben aufzuschreiben und sie vor unseren Augen zusammenzuzählen.

Das »Ha!« wurde zu keinem »Ha, ha, ha!« Im Gegenteil, für einen Augenblick hielten wir alle den Atem an. »Querschnittgelähmt« hatte exakt denselben Zahlenwert wie Wendlgard, nämlich 225. Ich beschloß, auch diese Spur insgeheim nicht aus den Augen zu lassen.

»Das ist ja wie beim Tischchenrücken!« Auguste klang leicht erregt, wenn auch ein wenig verunsichert, und ihr girrendes Lachen entzauberte die Situation keineswegs.

»Geht es auch mit Wortgruppen?« Der Pfarrer war nicht nur ein guter Rechner, sondern auch ein guter Spieler.

Ich zuckte die Achseln. »Keine Ahnung, kommt auf einen Versuch an. Los, Sie sind dran. Und vergessen Sie nicht, ohne nachzudenken.«

Er hielt sich zwar nicht daran, wie man an den Falten auf seiner jungen Stirn sehen konnte, sagte dann aber, ohne uns allzu lange warten zu lassen, »alles mit allem verbinden« und rechnete es anschließend gleich selber aus. Das Resultat ließ uns nur scheinbar ein wenig aufatmen. Der Zahlenwert betrug 227, lag also ganz knapp neben dem von Wendlgard, was immerhin große Nähe bedeutete, wie immer man diese Nähe auslegen wollte.

Ich überlegte, ob ich, um die Situation ein wenig zu entspannen, ganz unterschiedliche Begriffe ins Spiel bringen sollte. Schließlich gab es ja noch die legendäre Version von Wendlgard, nämlich als keltischer Druidin. Wo immer ich darüber gelesen hatte, ich würde die Quelle wieder ausfindig machen, auch wenn sie nicht gerade üppig floß; ein paar Angaben würden sich ihr schon entnehmen und in diesem Zahlenspiel neutralisieren lassen.

»Wie wär's mit Druidin? Ich beziehe mich dabei auf eine mündliche Überlieferung, die besagt …«

In diesem Augenblick läutete das Handy im Priestersakko. Jemand forderte in harschem Ton die Andacht ein, es seien immerhin zwanzig Leute anwesend. Der Pfarrer begann einen ziemlich profanen Diskurs, der letztlich damit endete, daß ihm, wie er sagte, nun doch nichts anderes übrigbliebe, als die Erwartungen der Gemeinde zu erfüllen.

Es regnete noch immer heftig, ich holte meinen größten Schirm, und Auguste ließ keinen Zweifel daran, daß sie denselben über sich und den Pfarrer, den sie ebenfalls überragte, halten würde, bis sie beide trocken im Dorf unten wären. Da sie ohnehin an ihrem Hotel vorbeikämen, könnte sie den Schirm dann ganz dem Pfarrer überlassen.

Ich wunderte mich ohnehin, schließlich gingen mir zwei Dinge ab. Das war einerseits das Auto des Pfarrers und andererseits sein Hund. Es stellte sich heraus, daß das eine in der

Werkstatt und der andere mit seinem zweiten, dem Journalisten-Herrchen nach Wien gefahren war.

Und so verließ ein persönlich etwas vereinsamter Seelenhirte unter dem Schutz und Schirm einer Gelehrtin von *women's studies* meinen Berg in Richtung Kirche, die im Tal unten, am Ufer des, weithin als des schönsten aller Salzkammergutseeen bekannten, Altausseersees lag.

Kaum war ich mit dem Rest der Rotweinflasche allein geblieben, griff ich mir Papier und Bleistift und rechnete das Wort *Druidin* aus. Es betrug, wie ich nach mehrmaligem Gegenrechnen eindeutig feststellen konnte, 79.

Der Wein machte die Assoziationen locker, und es dauerte nicht lange, bis mir ein Wort zuflog, das für mich ganz natürlich im Zusammenhang mit Druidin stand, nämlich Neugier. Ich brauchte wesentlich länger als der Pfarrer, aber das Ergebnis war eindeutig 79. Nur der Form halber versuchte ich es auch noch mit dem Wort Ergebnis. Ebenfalls 79.

Langsam sträubten sich mir die Nackenhaare. Ich schrieb alles der Wirkung jenes spanischen Rotweins zu, dessen leicht harziger Nachgeschmack mir so angenehm auf der Zunge lag, stellte die Gläser in den Geschirrspüler und ging zu Bett. Bevor ich einschlief konnte ich noch den Dachs in den späten Himbeeren wüten hören.

Am nächsten Morgen stieg zum ersten Mal in diesem Herbst Nebel vom Seegrund auf und hing dann wie ein schweben gebliebener Fallschirm über dem Aufstieg nach Wildensee. Ich fröstelte, als ich die Minze zum Frühstückstee schnitt, und während ich gleichzeitig ein paar späte Schnecken mordete, die nun überall die weißen Kügelchen ihres Geleges versteckten, kam Pat angejoggt. Ich hoffte, sie würde vorüberlaufen, aber da sie mich angezogen im Garten erspähte, lief sie sogleich auf mich zu, und wir begannen ein Gespräch, so daß mir nichts anderes übrigblieb, als sie hereinzubitten.

Sie schwitzte, wahrscheinlich des Berges wegen, dermaßen, daß ich ihr ein Handtuch bringen mußte, das sie mehrmals unter ihrem T-Shirt an Rücken und Brust entlangzog, bis sie sich zu mir setzen konnte. Nein, sagte sie, sie habe noch nicht gefrühstückt, aber ich solle mir um alles in der Welt keine Mühe machen, ein Schlückchen Tee genüge ihr vollkommen, im Hotel würde ohnehin ein komplettes Frühstück auf sie warten. Doch das Hotel war unten im Tal, die Sojaweckerln samt Brombeermarmelade aber nah, und so griff Pat wacker zu, das eine wie das andere über den grünen Klee lobend.

Ob ich ihr sagen könne, wo der Leislinggraben sei, und ob sie dahin laufen könne. Sie habe sich nämlich in den Kopf gesetzt, die Reste des Klosters der Leislinginnen ausfindig zu machen. Genaue Lokalisierung habe sie bei ihren bisherigen Forschungsarbeiten noch immer ein gutes Stück voran und manchmal geradezu auf entscheidende Ideen gebracht sowie dem jeweiligen Projekt insgesamt genützt.

Mir blieb beinahe der Bissen im Hals stecken. Ich wußte nichts von irgendwelchen Klosterruinen. Das einzige, was mir seit Kindertagen bekannt und vertraut war, war die Ruine der Burg Pflindsberg, die der Salzburger Erzbischof Philipp von Sponheim, als er Mitte des 13. Jahrhunderts das Lehen Aussee mit Gewalt an sich brachte, hatte erbauen lassen. Darüber berichtet der steirische Reimchronist Ottokar von der Geul. Und diese Ruine lag auch nur auf dem Weg dorthin, keinesfalls bereits im Leislinggebiet.

»Hm«, sagte ich, »die Leislinginnen und ihre Äbtissin scheinen nicht für die Ewigkeit gebaut zu haben, und was von ihrem Kloster übriggeblieben ist, muß im Kampf gegen die Natur unterlegen sein.« Und als Pat eher ungläubig dreinschaute, fügte ich noch hinzu: »Die Natur ist ziemlich stark in dieser Gegend.«

»Was mag eine Frau wie Wendlgard bloß dazu bewogen haben, mit einem Türken wie diesem Nesîmî in Briefverkehr zu treten?«

Aufs neue rülpste es zart vom Fensterbrett her. Hatte ich wieder zu viel gegossen? Ich weiß auch nicht, woher mir der nächste Satz zuflog, aber ich sagte ihn, noch bevor ich ihn dachte. »Vielleicht war sie selber eine.«

»Eine was?«

»Eine Türkin.«

»Wie kommst du darauf?« Wir hatten plötzlich begonnen uns zu duzen, schließlich war sie Amerikanerin und Feministin obendrein, da war es beinahe selbstverständlich.

»Weiß ich nicht. Aber es wäre doch möglich, daß sie mit dieser byzantinischen Prinzessin, mit der einer der Babenberger, Friedrich der Streitbare, eine Zeitlang verheiratet war, ins Land kam und es ihr bei Hof nicht gefallen hat.«

»Sie war doch Benediktinerin?«

»Das kann man werden, nachdem man katholisch gemacht worden ist.«

»Die Byzantiner waren Griechen.« Pat tat sich sichtlich schwer mit der Vorstellung.

»Byzanz war ein Weltreich, und die türkischen Stämme befanden sich seit dem 11. Jahrhundert in Anatolien. So gut wie jeder bewaffnete Überfall konnte zu einer Reihe von Mischehen führen. Die Sieger fragten nicht lange, hopp aufs Pferd, und für Familiengründung war gesorgt. Der Adel machte es nicht viel anders. Angenommen, Wendlgards Mutter war Türkin und ihr Vater irgendein byzantinischer Würdenträger, ein Aufsteiger, der es für eine große Ehre erachtete, seine Tochter mit der Kaiserstochter außer Landes zu schicken. Eine Mitgift ersparte er sich damit obendrein. Oder wie siehst du das?«

Pat verschluckte sich an einem Minzenblatt und hustete es wieder aus.

»Ich sage das nur als Denkmöglichkeit.«

»Umgekehrt könnte auch die Mutter von diesem Nesîmî byzantinische Griechin gewesen sein«, spann Pat die Denkmöglichkeit weiter.

»Oder Tscherkessin oder Araberin oder Kurdin oder weiß Gott wer. Die Reiche waren groß, das byzantinische, das seltschukische, das mamlukische, das osmanische – und viele Völker lebten in ihnen.«

»Geschenkt. Aber wie in Gottes Namen ist eine Frau wie Wendlgard dann auf die Idee gekommen, sich in eine so abgelegene Gegend zu begeben?« Die vielen geschlossenen e's machten Pats amerikanischer Zunge zu schaffen.

Ich war in der peinlichen Situation, auf Fragen zu antworten, die ich mir selbst noch nie gestellt hatte. Mein Kopf arbeitete auf Hochtouren. »Nimm an, es hat ihr auch in Traunkirchen nicht gefallen. Und nimm an, sie hat aus ihrer Heimat ein paar Ideen mitgebracht, die den Traunkirchner Benediktinerinnen nicht geschmeckt haben. Vielleicht ist sie mehrmals unangenehm aufgefallen. Es war noch nicht allzu lange her, daß man gegen die Katharer und die Albigenser zog, auch versetzten Bettelmönche von Zeit zu Zeit das Land in Aufruhr. Man muß sich nur vorstellen, was das damals hieß, Ketzerverfolgung.«

»Mutmaßungen, nichts als Mutmaßungen!« Pat seufzte angelegentlich. »Wenn ich bloß wüßte, wo anfangen.«

Ich empfahl ihr den Pollner, *Grundzüge einer allgemeinen Geschichte des Salzkammergutes und einiger angrenzender Landesteile, mit besonderer Berücksichtigung des Ausseer Landes. Eine Gesamtübersicht von den Anfängen bis in die zweite Hälfte des 20. Jahrhunderts*, ein fünf Kilogramm schweres Buch, das, auf Anfrage computertechnisch hergestellt und von Hand in Leinen gebunden, zum Selbstkostenpreis vom Autor direkt zu beziehen war.

Pat bat mich um Zettel und Bleistift, um sich die Daten aufschreiben zu können. Die Reste unserer Rechnerei lagen noch auf dem Tisch, ich hatte sie einfach zusammengeschlichtet. Als ich nun nach einem Zettel griff, stob der Stapel auseinander, und Pat bekam einen davon zu fassen.

»Ha, und damit glaubst du des Rätsels Lösung zu finden? Daß ich nicht lache.«

Ich schüttelte ein wenig beschämt den Kopf. »Das ist nur Teil eines Gesellschaftsspiels. Allerdings eines amüsanten.« Dennoch überraschte mich, daß sie sofort verstanden zu haben schien, was die Zahlenkolonnen bedeuteten. Hatte sie diese Phase am Ende schon hinter sich?

»Es geht nichts über Feldforschung.« Sie erhob sich und machte ein paar Lockerungsübungen. »Nachdem du so freundlich warst, mich zum Frühstück einzuladen, kann ich gleich los. Ich will mir zumindest diese Ruine anschauen, wie sagst du, Pflindsberg? Sie stammt doch aus derselben Zeit, nicht wahr?«

Von der Haustüre aus beschrieb ich ihr den Weg. Bei dem Tempo, in dem sie lief, würde sie keine halbe Stunde brauchen.

Allerdings ging es die meiste Zeit bergauf. Zurück solle sie den Weg am Wasserfall vorbei nehmen, es lohne sich wirklich, allein von der Landschaft her. Sie trat ein paar Augenblicke auf der Stelle, dann sprintete sie durch die Einfahrt auf die Straße hinaus. Sie hatte insgesamt etwas von einer Pfadfinderin an sich.

Ich warf einen Blick auf die Himbeeren. Wenn ich noch ein paar einkochen wollte, mußte ich sofort mit dem Pflücken beginnen. Der Dachs hatte sich in der Nacht richtig ausgetobt. Zum Glück war er an die höher wachsenden nicht herangekommen. Aber so, wie ich ihn einschätzte, würde er demnächst die Büsche einfach niedertreten. Bei einigen hatte er es bereits versucht. Ich holte also eine Schüssel und begann zu pflücken. Dabei schaute ich wohlgefällig auf meine siebenerlei Kürbissorten, die der Küche entgegenreiften.

Ich war immer schon eine große Verehrerin der materiellen Erscheinungsform Kürbis gewesen, die sich in beinahe 800 verschiedenen Gestalten verwirklichte. Natürlich mußte ich auf meinem Berg den klimatischen Bedingungen Rechnung tragen, aber auch in 750 m Seehöhe ließ sich einiges aus dem Programm Kürbis in die Realität umsetzen. Was wohl Wendlgard vom Leisling zur Versorgung der Leislinginnen gepflanzt haben mochte?

Wieder in der Küche, stellte ich fest, daß meine Vorräte an Butter, Tee und Keksen auf unbedeutende Reste geschrumpft waren, aber auch Eier und Käse fehlten, von Katzenfutter ganz zu schweigen. Der Gang ins Dorf hinunter war überfällig. Ich schrieb wie immer einen Zettel, auf dem alles aufgelistet stand, was zu besorgen war, und ließ ihn, wie immer, auf dem Küchentisch liegen. Und wie immer war ich schon zu weit im Tal unten, als ich es bemerkte.

Ich ging zuerst in die Tabak-Trafik, in die alle mußten, die eine Zeitung oder Zigaretten kaufen wollten. Beides traf auch auf Unumgang zu, und so war es keineswegs erstaunlich, daß ich ihm dort begegnete.

Die meisten Menschen des Ortes trafen sich wie zufällig in der Trafik, und so gab es auch immer ein großes Gedränge, denn kaum hatten die besser Bekannten einander entdeckt, vergaßen sie – und sei es mitten im Satz –, was sie kaufen wollten, und fingen mit der ewig gleichen gegenseitigen Befragung nach Befinden und Neuigkeiten an. Wenn dann die Hinzugekommenen zu drängeln begannen, zog man sich bei Schlechtwetter in einen Winkel der Trafik zurück, um sich dort weiter auszutauschen. Bei Schönwetter jedoch standen die Gesprächspartner alle vor der Trafik, blockierten deren Eingang oder die Straße, und es fehlte eigentlich nur mehr der Dorfbrunnen, um das Gleichbleibende menschlichen Verhaltens zu dokumentieren.

Die Sonne schien, also traten Unumgang und ich auf den Gehsteig hinaus, um uns nach einem Gespräch wieder drinnen nach Zeitung und Zigaretten anzustellen. Das heißt, Unumgang hatte seine Besorgungen bereits gemacht, ja sogar die Zeitung kurz überflogen, und so verständigten wir uns über das politische Geschehen im Lande und auf dem ganzen Kontinent, mit jenen durch tausendfachen Gebrauch ziemlich wertlos gewordenen Sprachklumpen, indem wir sie extrem verkürzten, oft nur mit einer Handbewegung andeuteten und dazu eine Grimasse schnitten, die Zustimmung, Ablehnung oder Verwirrung zum Ausdruck brachte. Das funktionierte deshalb ganz gut, weil jede Nachricht ununterbrochen wiederholt wurde, sich daher kurzfristig überdeutlich einprägte und man sie somit als bekannt voraussetzen durfte.

Kleine Länder neigen dazu, sich einerseits zu verniedlichen, um nach dem Lorenzschen Kindchenschema – großer, runder Kopf, Glubschaugen, patschierlicher Körper – um die Sympathie der großen zu buhlen, und sich andererseits aufzublasen, um mit einem Mittelpunkt-der-Welt-Gehabe die Aufmerksamkeit auf sich zu lenken. Demgemäß wirkt auch die mediale Berichterstattung so, als würde sie durch ein Vergrößerungsglas wahrgenommen.

Es dauerte nicht lange, und wir hatten die neuesten Bizarrerien durch und konnten zum informativeren Teil übergehen. Er würde heute seine Frau in Oberwaltersdorf besuchen, erklärte Unumgang. Es gehe ihr bereits viel besser, und sie könnten wohl schon gemeinsam einen kleinen Spaziergang wagen. Liesl habe am Telefon etwas von einem wunderschönen Park voller interessanter Büsche und Stauden, die sie ihm zeigen wolle, gesagt, und ich stellte mir vor, wie Unumgang mit vielen »O ja-natürlich-längst« neben ihr herging, während sie die Pflanzen benannte.

»Sie werden Arbeit bekommen.« Unumgangs Ton hatte sich mit einem Mal verändert, und das Lächeln, das er dabei lächelte, erschien geradezu anzüglich.

»Davon habe ich bereits genug«, gab ich in leichter Abwehrhaltung zurück, ohne gleich zu begreifen, daß es schon wieder um den Briefwechsel ging.

Unumgang half mir umgehend auf die Sprünge. »Ich meine das Türkische, den türkischen Part.«

Ich antwortete nicht.

»Sagen Sie bloß, Sie haben sich diesen Teil Ihrer Kopie noch gar nicht angeschaut.«

So peinlich es mir war, ich beschloß, bei der Wahrheit zu bleiben. »Sie läuft mir ja nicht davon, oder?«

»Aber demnächst wird man Sie bestürmen, wenn es um die Sache geht. Ich meine, um die Interlinear-Übersetzungen der Nesîmî-Texte, wobei sich gerade durch die Übersetzung die Zahlenwerte der einzelnen Wörter wieder verschieben dürften.«

Das also war es, was ihm Sorgen machte, es waren die Zahlenwerte.

»Sie meinen die Zwischenzeilen, wahrscheinlich Versuche einer Ausdeutschung.«

»Ich weiß nicht, ob wir davon ausgehen sollten, daß Wendlgard Türkisch verstand, möglicherweise mußten die Texte übersetzt werden, was jedoch nicht durchgehend geschah.«

»Also hat sie sie doch verstanden.«

»Was schwer zu beweisen sein dürfte. Dennoch bin ich mir nicht sicher, ob diese Interlinear-Übersetzungen nicht erst ein späterer Bearbeiter hat einfügen lassen, der des Türkischen nicht mächtig war und daher eine Übersetzung brauchte. Um das festzustellen, müßte ich natürlich das Original zur Hand haben.« Es klang wie beiläufig, aber auf diesem Ohr hörte ich prinzipiell schlecht.

»Es wird die Sache des Dozenten Çamuroğlu sein, nicht meine, den türkischen Part, wie Sie sagen, richtig einzuschätzen, und vielleicht mit einer ausführlicheren Übersetzung zu ergänzen. Ich warte gerne, bis die ersten Nachrichten aus Istanbul kommen.«

Ich war bis zum äußersten entschlossen, mich arbeitsmäßig trotz allem aufkeimenden Interesse zurückzuhalten. Schließlich gab es eine ganze Reihe junger Wissenschaftler, die nach so einer Aufgabe lechzten. Warum ihnen ins Handwerk pfuschen? So eilig, wie sie es alle zu haben schienen, durfte ohnehin bald mit ersten Ergebnissen zu rechnen sein. Es war also wirklich nicht meine Aufgabe, die Wörterbücher zu wälzen.

»Ich fürchte nur, man wird Sie nicht lassen«, meinte Unumgang noch immer lächelnd. Und tatsächlich kam Auguste in diesem Augenblick vom See her auf uns zu.

»Gut, daß ich dich treffe.« Auch sie duzte mich plötzlich feministisch selbstverständlich. »Ich muß unbedingt deinen Rat einholen, das heißt, an dein Sachverständnis appellieren.«

Ich konnte mir bereits denken, worauf sie hinauswollte, und machte deshalb ein eher abweisendes Gesicht, was aber keineswegs half. In ihrem wissenschaftlichen Eifer war sie nicht gewillt, Hindernisse auf dem Weg der Forschung als solche anzuerkennen. Unumgang, den Auguste nur mit einem leichten Kopfnicken seiner Existenz versichert hatte, verabschiedete sich diskret, und ich fand gerade noch Gelegenheit, ihm Grüße an seine Frau aufzutragen.

Als Unumgang außer Reichweite war, meinte Auguste mit einem leichten Anflug von Emotionalität und Verschwörertum: »Euer Pfarrer ist wirklich süß!«, um mich gleich darauf mit einem Satz auszuhebeln, »Sag, ist dein Türkisch eigentlich noch etwas wert?«

Gegen jede andere auf das Thema bezogene Frage wäre ich gewappnet gewesen, nur nicht gegen diese. »Erlaube«, sagte ich, »ich habe viel Zeit darin investiert, noch immer gelegentlich ein türkisches Buch lesen zu können.« Auguste jedoch fragte anstands-, schonungs- und gnadenlos weiter, ob das heiße, daß ich auch mittelalterliche türkische Dichtungen und Briefe lesen könne, wie die von Nesîmî zum Beispiel. Ich wand mich wie eine Ringelnatter, die von einem Storch gespießt wird.

»Das kann ich so überhaupt nicht sagen. Ich erinnere mich jedenfalls vom Studium her, daß ältere Texte schon von ihrer arabischen Schriftform her ziemlich schwierig zu entziffern sind, und für mich ist es ein Entziffern, schließlich ist mir diese Sprache keinesfalls eingeboren; ich habe alles, was ich in ihr weiß, durch bewußtes Lernen erworben und nicht durch Geburt oder Nomadentum.«

»Schon gut, schon gut, ich dachte ja nur, du könntest dir diese etwas unbeholfenen Interlinear-Übersetzungen genauer ansehen und herausfinden, ob sie überhaupt korrekt sind.«

Ich führte wieder einmal Reha Çamuroğlu ins Treffen und daß er der Experte für die Textherstellung und -auslegung des türkischen Teils wäre.

Auguste verdrehte die Augen. »Mag sein, daß du eine Schwäche für diesen Menschen als Mann hast, seine wissenschaftliche Qualifikation aber hat er erst noch zu beweisen.« Sie hatte es nötig, die unseren Pfarrer süß fand und bislang noch überhaupt nichts beigetragen hatte, außer ihrem »Oh, oh, oh!«

»Immerhin hat er den ganzen Text in Erscheinung gepustet.«

»Gepustet?« Augustes Augen wurden genauso rund wie ihr Gesicht.

Ich hätte mir auf die Zunge beißen mögen. »Mit dem langen Atem seiner wohlriechenden Beharrlichkeit. Eine alttürkische Redewendung«, fügte ich noch hinzu, um Auguste von dieser Spur wieder abzubringen. Aber das mit der Beharrlichkeit traf wohl eher auf sie selbst zu, denn nachdem sie mich kurz und ein wenig mißtrauisch gemustert hatte, ließ sie mich wissen, daß sie sich dennoch erlauben würde, sich in dieser Angelegenheit nochmals an mich zu wenden, zuvor aber gelte es, das Besichtigungsprogramm in puncto Zeitgeschichte zu absolvieren.

»Wenn man schon einmal die authentische Geographie einer düsteren Vergangenheit zu sehen bekommt«, meinte sie und verschwand, während ich mich noch einmal in der Trafik nach meinem Wochenmagazin und den Drehbleistiftminen anstellte.

Es schien einer jener überaus klaren Septembertage zu werden, wie sie manchmal eine längere, geradezu spätsommerliche, stabile Wetterlage einleiteten, und ich dachte sogleich an einen Ausflug oder an eine Wanderung. In niederschlagsreichen Gegenden wie dieser ist es üblich, schönes Wetter zu nutzen, wer weiß, wie lange es anhielt. Schließlich konnte es ab Ende September jederzeit bis ins Tal herunter schneien.

Mir wurde richtig warm auf dem Nachhauseweg, und kaum hatte ich meine Einkäufe verstaut, klopfte die Nachbarin ans Küchenfenster. Ihrem Gesicht konnte ich ablesen, daß sie etwas vorhatte, denn sie war bereits in Jagdkleidung. Der Ausdruck mag irreführend sein, denn er bezog sich keineswegs auf die Jagd nach lebendigem Wild, sondern eher auf Dinge, die wir von unseren *Jagdausflügen* in unwegsames Gelände mitzubringen hofften. Das waren einmal hohle Baumstämme, aus denen die Nachbarin eine Art Blumenbehälter schnitt und schliff. Das hieß dann *Objekt*, zumindest solange noch keine Blumen drinsteckten. Aber auch Steine in vielen Größen und Formen, die sowohl sie als auch ich zu allem möglichen brauchten und gebrauchten, sowie Äste und Baumstrünke in bizarren Formen, die in unseren Gärten die Rolle von Skulpturen spielten.

Jagdkleidung hieß also Kleidung, um die es nicht schade war, wenn sie zerriß oder verschlammte, gutes Schuhwerk sowie eine entsprechende Ausrüstung, Handschuhe, Säge, Baumschere, Plastiktüten, Rucksack undsoweiter.

Unsere Jagdkleidung unterschied sich von der Überlebenskleidung der beiden Gelehrtinnen vor allem hinsichtlich ihrer Modischkeit, die diese im Gegensatz zu jener gar nicht aufwies.

Ich nickte schon, während ich die Tür aufmachte.

»So einen Tag muß man nutzen, ich brauche ohnehin ein paar Fludergrabenmarmorsteine für meine vordere Terrasse.« Dabei rupfte die Nachbarin ein kleines Grasbüschel aus, das sich in den Topf der vanillefarbenen Studentenblume gesetzt hatte.

»Gib mir zehn Minuten.« Ich war wie befeuert von einer Idee, die mir gerade durch den Kopf gegangen war.

Als wir etwas später, für alle Eventualitäten ausgestattet, im Landcruiser der Nachbarin saßen, ging es nur mehr darum, wohin wir unseren *Jagdausflug* machen würden. Ich hatte mich bis dahin zurückgehalten, denn das Fragespiel gehörte zum Ritual. Hätte ich als erste gefragt, hätte sie mit einem Vorschlag geantwortet, und es wäre dann schwierig gewesen, zu begründen, warum nicht dahin, sondern anderswohin. Also wartete ich, bis sie fragte. Was sie auch tat, bevor wir an das Sträßchen kamen, an dem wir uns entscheiden mußten, in welche Richtung es gehen sollte.

»Leisling, wie wär's mit dem Leislinggraben?«

Sie wiegte ein paarmal den Kopf hin und her, und ich fürchtete schon, etwas von der Briefwechsel-Geschichte preisgeben zu müssen, um ihr den Leisling schmackhaft zu machen, aber sie hatte schon angebissen. »Bestens. Leisling ist bestens.«

Ich lehnte mich erleichtert zurück, denn ich war so lange nicht mehr im Leislinggraben gewesen, daß ich meiner Erinnerung nicht traute und mir auch nicht vorstellen konnte, wo es in aller Druiden Namen dort Platz für ein Kloster, und sei es auch nur ein kleines, gegeben haben sollte.

Wir fuhren das schmale Sträßchen nach Lupitsch hinauf, zuckelten dann wieder bis zur Pötschenstraße hinunter, dann wieder ein steiles Sträßchen nach Oberlupitsch hoch und stellten den Wagen kurz vor dem Waldgraben, in dem es leider kein Wirtshaus mehr gab, ab, um uns auf den Weg durch den Leislinggraben, eine Forststraße, zu machen.

Die Nachbarin hatte sich zwar beim zuständigen Förster eine Genehmigung zum Steinesammeln und -transportieren geholt, doch machten wir nur im Falle eines wirklichen Fundes, der zu bergen war, von dieser Genehmigung Gebrauch, um die echten Jäger, die nur sich selbst und das Wild im Walde dulden wollten, nicht unnötig zu provozieren. Die Gegend war ziemlich menschenleer, und man wußte nie, was einem Mann, der ein Gewehr bei sich trug, im Affekt alles einfiel.

Nichts verzaubert eine Schattenschlucht mehr – und der Leislinggraben, durch den der Michlhallbach fließt, ist eine solche – als die Sonnenstrahlen eines verspäteten Sommertages, die, durch das Gespinst der Zweige gefiltert, auf den Waldboden fallen, wo man ihren Ursprung nicht mehr erkennen kann und es einem vorkommt, als rühre das Leuchten von verborgenen Schätzen in der Tiefe her.

Nach einem gehörigen Personalabbau bei den Bundesforsten blieb ein Großteil der Wälder mehr oder weniger sich selbst überlassen, was bedeutete, daß man aus ihnen die wertvollen Stämme herausschlägerte – je nach Alter –, sich aber so gut wie gar nicht um Wind- oder Schneebruch kümmerte. Viele Festmeter Holz verkamen und verrotteten, in erster Linie natürlich Knüttelholz, das niemand mehr sammelte, aber auch Stämme mit totem Kern, hinter denen die Nachbarin her war.

Innerhalb weniger Jahre waren aus diesen einst sorgfältig genutzten und gehegten Wäldern mit ihren berühmten Beerenschlägen wieder Urwälder geworden, in denen Totes und Lebendiges, Abgestorbenes und aus dem Abgestorbenen Sprießendes, Holz und Gestein zu einem Dickicht verwuchs, das es leicht machte, sich in Gedanken in jene frühe Zeit zu versetzen, in der Wendlgard mit ihren paar Getreuinnen hier Zuflucht gefunden haben mußte.

Der Zuflucht war wohl eine Flucht vorausgegangen, doch enthielten die Berichte über sie, die ohnehin spärlich genug aufschienen, so gut wie keine Hinweise darauf, vor wem und unter welchen tatsächlichen Gefahren sie diese Gegend hier auf sich genommen hatte.

Wenn ich *auf sich genommen* sage, versuche ich, es mit ihren Augen zu sehen. Eine Benediktinerin mittleren Alters, wobei das mittlere Alter zur damaligen Zeit gewiß weit unter dem anzusetzen war, was man heute als mittleres Alter bezeichnen würde, die womöglich, und der Gedanke hatte sich ein für alle Male in meinem Kopf festgesetzt, als eine der begleitenden Jungfrauen mit Sophia Lascaris ins Land gekommen und dann, während Sophia, als *geschiedene Frau*, wieder nach Byzanz zurückging, bei den Benediktinerinnen geblieben, gelassen, vergessen worden war.

Warum? Ihres aufmüpfigen Charakters wegen? Das wäre die einfachste Erklärung dafür, daß man sie zuerst den Benediktinerinnen zur Zähmung übergeben und sie dann, als Wendlgard

– ein Name, den sie gewiß erst im OSB erhalten hatte –, nach wiederholtem Auffälligwerden, in diese abgelegene Gegend hatte flüchten lassen. Womöglich ohne sie ernsthaft zu verfolgen, in der weisen Erwägung, jedes Aufsehen, das um sie und ihre Person gemacht würde, könnte ihr in jenem unruhigen 13. Jahrhundert nur noch mehr Getreuinnen bescheren?

Worin aber bestand ihre Auffälligkeit? Und welche Gedanken, Thesen, Lehrmeinungen ließen die Getreuinnen an ihr festhalten? Welche Art von Abweichung, Häresie oder Heterodoxie hatte sie in ihrem geistigen Reisegepäck aus Anatolien mitgebracht, das dazu führte, daß man sie in diesem verwunschensten Teil des Salzkammerguts sich selbst als *versiegelte Botschaft* deponieren ließ? Hatte sie am Ende mit den Katharern ...?

»Ich werd verrückt!« Die Nachbarin deutete ins Flußbett hinunter. »Hast du die Hand gesehen?«

Ich mußte mich erst aus meinen Gedanken zurückholen, um zu erspähen, was sie begeisterte. Tatsächlich. Vom gegenüberliegenden Ufer hing kopfüber ein bereits rindenloser Baumstamm ins Wasser, dessen Äste fatal einer riesigen gespreizten Hand glichen.

»Und die Steine ...« Es lagen große Brocken aus jenem rosafarbenen Fludergrabenmarmor im Wasser, rundgeschliffen und ansprechend, so daß es jedem Steinesammler zu Herzen gehen mußte. Doch wer sollte, wer konnte sie bergen?

Wir stapften mit geschulterten Rucksäcken bergab, eingehüllt in ein Rauschen, das Gespräche zwar nicht unmöglich machte, aber auch nicht begünstigte. Hin und wieder mühte sich ein behelmter Mountainbiker mit hochrotem Kopf – wenn er bergauf trat – oder glücklicher Miene – wenn er es bergab laufen lassen konnte – an uns vorbei, ansonsten blieb die Menschheit auf erholsame Weise unsichtbar.

Auf der einen Seite ging es nun steil zum Michlhallbach – was soviel wie großer Salzbach heißt – hinab, und auf der anderen Seite stieg der Wald finster und unwegsam in Richtung Pötschenpaß wieder hinauf. Jedes Mal, wenn wir einen Stein fanden, dessen spätere Bergung einigermaßen realistisch schien, markierten wir den Fundort mit Ästen oder Zweigen, und wann immer wir einen hohlen Baumstamm, der sich zum

Objekt eignete, oder totes Holz, das als Skulptur in Frage kam, entdeckten, markierten wir es mit Steinen.

Ich will nicht verhehlen, daß die ganze Region bereits voll von unseren Markierungen war und wir verständlicherweise nur einen Bruchteil der entdeckten Dinge ihrer von uns vorgesehenen Verwendung zuführen konnten. Aber das ist für Gebilde dieser Art ganz und gar nicht ungewöhnlich. Es bedarf Hunderter toter Äste, um ein als Skulptur überzeugendes Fundstück herauszukennen.

Mein Jagdinstinkt hatte sich zur Zeit grundsätzlich verlagert, und ich war nicht mehr auf bizarre Äste oder in Natursteinen verborgene Figuren aus, sondern auf mögliche Standorte. Wo, fragte ich mich die ganze Zeit, wo könnte sie gestanden sein, wenn es diese kleine Abtei tatsächlich gegeben hätte?

Auf dem Berg, von dem der Michlhallberg ein Teil war, nämlich dem Sandling, wurde *cum grano salis* bereits seit mehr als dreitausend Jahren Salz abgebaut. Zuerst über Tag, später in Stollen. Auch nahm man an, daß sich in der Siedlung auf dem Michlhallberg die erste römische Saline im Alpenraum befunden hatte, aber zuvor waren bereits Illyrer und Kelten – oder etwa doch, wie neuere Forschungen zu beweisen trachten, die Veneter – am Werk gewesen.

Bei der Schotterstraße durch den Leisling handelte es sich um eine Römerstraße, auch wenn sie für eine Römerstraße nicht besonders gut gebaut war. Als später die Bajuwaren die seßhaft gewordenen Slawen vertrieben, etwa um das Jahr 800, wurde auch mit dem Salzabbau wieder ernst gemacht. Mitte des 16. Jahrhunderts wurde das Bergwerk dann durch einen gigantischen Felssturz zerstört.

Das alles wußte ich aus dem Pollner und noch einiges mehr, nämlich daß unser See, der Altausseersee, ebenfalls erst im 8. Jahrhundert während eines heftigen Bebens entstanden sein soll. Auch hätten die Nonnen des zu jener Zeit noch nicht einwandfrei nachweisbaren Klosters Trunseo – waren es vielleicht doch noch Druidinnen gewesen, die da in Altmünster am Traunsee siedelten? – die ersten Fische, vor allem Saiblinge, im neu entstandenen Altausseersee eingesetzt.

Die Urbevölkerung, ob keltisch oder nicht, muß sich weit über die, nach dem benachbarten Hallstatt benannte, Zeit gehalten und bis ins Mittelalter als bedeutendstes Bevölkerungselement erwiesen haben. Was Wunder also, wenn Wendlgard den seit Jahrhunderten begangenen Weg von Traunkirchen über das Ischlland nach Goisern und von dort hinauf in den Leislinggraben genommen hatte, wo sie sich zwar abgeschieden, aber nicht von jeglicher Versorgung abgeschnitten in der Nähe von Bergleuten niederlassen konnte, die wiederum das Salz in alle Himmelsrichtungen verbrachten, das heißt, die für sie arbeitenden Fuhrleute erfüllten diese Aufgabe. Und wo ein Fuhrwerk, da auch eine Art Briefbeförderung.

Ich war einigermaßen zufrieden mit der Wendung, die meine Gedanken hinsichtlich des Briefwechsels genommen hatten, und staunte nicht schlecht, als wir plötzlich zur Linken einer hochaufragenden, überhängenden Felswand aus geschichtetem Gestein gewahr wurden, deren Fuß in einer Schotterzunge auslief, auf der mehrere Gebäude Platz gefunden hätten. Als mein Blick sich an dem Felsen emporhangelte, bemerkte ich so etwas wie einen Turm aus demselben geschichteten Gestein, der wie ein Finger emporragte und hinter sich etwa einen Meter Raum bis zur Wand, mit der er gemeinsam anstieg, freiließ. Gleich darauf fiel mir auch noch ein zweiter etwas kleinerer, aber ebenso von seinem Hintergrund getrennter und sich emporreckender Stumpen auf. Beide sahen wie natürlich entstanden aus, was aber war schon natürlich an einer Wand wie dieser, deren unterer Teil bereits einem Steinbruch glich.

»Na, Mahlzeit!« Ich hatte die Nachbarin darauf aufmerksam gemacht. »Der nächste Hagelsturm reißt diese Türme ab, daß es nur so kracht.«

Diese Annahme war nicht abwegig, denn an der oberen Kante der Felswand kragte eine Riesenwurzel samt Baum über eine Rinne, durch die, wie durch ein Bachbett, erst vor kurzem Geröll abgegangen war, und so wie das Ganze da langsam die Bodenhaftung verlor, brauchte es wohl nicht einmal eines Hagelsturms, um den Steinbruch mit weiterem Material zu versorgen.

Dennoch gingen wir näher heran. Die herumliegenden Steine waren zu verlockend. Tatsächlich dauerte es nicht lange, und wir hatten zwei Haufen aufgeschichtet, rosafarbene für die Nachbarin, weiße für mich, die nur mehr transportiert zu werden brauchten.

Ich freute mich vor allem über ein paar flache Trittsteine in Schuhgröße für meine Gartenbeete und über einen merkwürdig hochgestellten Kegel, der am ehesten eine Eule verkörperte. Es war ein sogenannter Lochstein, dessen durchgehende Höhlung einem Auge glich.

Ich hatte immer wieder verstohlen zu den beiden Türmen hochgeschaut, die Meteoraklöster vom Berge Athos kamen mir kurz in den Sinn, ohne daß ich tatsächlich an eine solche Lösung des Abteienproblems in Sachen Wendlgard geglaubt hätte. Aber gesetzt den Fall, die Wand wäre damals, vor dem Felssturz, der das nahegelegene Bergwerk begrub, weniger brüchig gewesen, hätte an ihrem Fuß durchaus so ein kleines Kloster stehen können. Daß man nichts mehr davon sah, mochte mit besagtem Felssturz zu tun haben und mit der Tatsache, daß man den Platz hier wohl schon seit langem zur Entnahme von Steinen benutzte, wobei wahrscheinlich die des Klosters die ersten waren, die bei anderen Bauten Verwendung gefunden hatten. Wir überlegten, ob wir noch weiter talwärts gehen und die Steine später holen sollten, entschlossen uns dann aber, sogleich umzukehren.

Eine halbe Stunde später waren wir mit dem Wagen wieder da und luden ein. Es war Schwerarbeit, und wir schwitzten nicht nur im Gesicht und am ganzen Körper, sondern auch unter den Handschuhen, die wir trugen, um uns an den scharfen Kanten und rauhen Oberflächen mancher Steine nicht die Hände zu schürfen.

Die Nachbarin redete dabei die ganze Zeit vom Großen Leislingsee, der allerdings kleiner als der Kleine Leislingsee ist, zu dem der Michlhallbach sich etwas weiter unten staut und in dem wir uns abkühlen könnten.

Gesagt, getan. Wir fuhren noch ein Stück und kamen zur nächsten überhängenden Felswand, die größer als die erste war, wenn auch ohne Turm, dafür mit mehr Platz an ihrem Fuß und weniger abgestürztem Gestein. So gesehen, hätte das Kloster wohl eher hier stehen müssen. Wir kletterten zu dem kleinen See hinunter, entledigten uns der *Jagdkleidung* und sprangen, hätte ich gerne gesagt, aber in Wirklichkeit tauchten wir nur sehr zögerlich und unter wilden Hexengesängen in das eisige Wasser.

So verlockend es von oben – heiß, wie uns war – auch ausgesehen hatte, so ernüchternd war die tatsächliche Berührung, ja, sie schmerzte beinahe. Also plantschten wir nur ein wenig herum und schlotterten ziemlich rasch in unsere Kleider zurück. Was dann allerdings wirklich ein herrliches Gefühl ergab, als wir wieder im warmen Auto saßen.

Da wir nun schon so weit gekommen waren, fuhren wir gleich in Richtung Goisern weiter, denn die nächste Möglichkeit zu wenden befand sich bereits in der unteren Hälfte des Grabens.

Wir unterhielten uns gerade über die einzig erfolgversprechende Art, Steine zu einer Mauer zu schichten, die nicht nachgab, als wir plötzlich vor uns eine – je näher wir kamen, desto deutlicher lahmende – Joggerin erblickten.

Ich war zuerst noch im Zweifel, aber als sie sich nach uns umdrehte, wurde mir klar, daß es sich um Pat handelte, die so aussah, als wolle sie mitgenommen werden. Die Nachbarin hielt an und fragte, ob sie sich verletzt habe, denn das Hinken war immer stärker geworden.

»Ein wenig«, sagte Pat. Und da erkannte sie mich.

»Hallo! Da scheine ich ja Glück gehabt zu haben. Ihr fahrt gewiß nach Altaussee zurück.«

Die Nachbarin schaute mich verwundert an. »Das ist Pat McCall, Professorin aus den USA. Sie macht hier Urlaub und möchte gelegentlich ein germanistisches Interview mit mir machen. Wir haben uns vor ein paar Tagen kennengelernt.«

Wir hielten an der Stelle, an der der Michlhallbach in den Zlanbach mündet. Ein gewaltiger Felsbrocken ragte am anderen Ufer empor, auf dem mit Leichtigkeit eine Kapelle Platz gefunden hätte, während unter ihr sich der Michlhallbach zwischen zwei ebenfalls beachtlichen Steinen abwärts zwängte, um sich dann mit dem Zlanbach, dessen Name übrigens auch auf Salz hindeutet, zu vereinen. Die Straße war hier frisch geschottert worden, und auf der anderen Seite führte eine Abzweigung zur Haller Alm hinauf. Es war also nicht mehr weit bis Goisern, und von dort konnten wir gut über die alte Pötschenstraße zurück nach Altaussee fahren.

»Kommen Sie«, sagte die Nachbarin. Da die Rücksitze aus dem Landcruiser entfernt worden waren, um mehr Laderaum zu gewinnen, stieg sie aus und verfrachtete Pat in den Fond zu den Steinen. Pat sah ziemlich mitgenommen aus, und ich hätte mich zu wetten getraut, daß ihr Lahmen ein reines Erschöpfungslahmen war, das die Chance, mitgenommen zu werden, erhöhen sollte.

»Und? Irgend etwas entdeckt?« Ich fragte ziemlich beiläufig.

»Interessante Gegend«, erwiderte Pat genauso unbestimmt. »Äußerst interessante Gegend.« Und das war gut so. Die Nachbarin spitzte ohnehin schon die Ohren. Doch da wäre eine Menge zu erklären gewesen.

Im Grunde waren wir wohl alle drei viel zu hungrig, um uns ausführlicher miteinander zu unterhalten. Als die Nachbarin Pat an ihrem Hotel wieder aus den Steinen klaubte, zeigte sich, daß ich richtig vermutet hatte, denn Pat ging, nachdem sie sich mehrfach für den *Lift* bedankt hatte, völlig normal und gerade die Stufen zum Hotel, das heißt, sie hüpfte sogar, hinauf.

Zu Hause fand ich ein Fax von Reha Çamuroğlu vor, in dem stand, daß er gut in Istanbul angekommen war und mittlerweile eine, das heißt, sogar mehrere Entdeckungen gemacht habe, die sich sowohl auf die Nesîmî zugeschriebenen Briefe als auch auf die Herkunft Wendlgards bezogen. Das Wort H e r k u n f t war mit einem Rufzeichen versehen und gesperrt gedruckt. Doch müsse er mir seine Entdeckungen vorenthalten, bis er sie entsprechend belegen könne. Er bedanke sich nochmals für die Gastfreundschaft und meine Bereitwilligkeit zur Kooperation. Ich hätte damit der türkischen Geschichtsforschung einen unschätzbaren Dienst erwiesen. Darunter stand nicht nur seine Adresse an der Bosporus Universität, sondern auch die private mit Fax- und Telefonnummer.

Als ich noch rasch den Telefonanrufbeantworter einschaltete, ertönte zuerst die Stimme von Unumgang, danach die von Auguste. Beide baten um Rückruf.

Obwohl ich mindestens ebenso hungrig wie mein nächtlicher Dachs war, mußte ich die Steine, die noch vor der Haustüre lagen, so wie die Nachbarin und ich sie abgeladen hatten, mit der Scheibtruhe in den Garten fahren. Genehmigung hin, Genehmigung her, es machte sich einfach nicht gut, sie in der Einfahrt zu stapeln.

Nachdem ich zumindest vorläufig einen Platz für sie gefunden hatte, zitterten mir von der Anstrengung Hände und Knie, und ich mußte mir rasch etwas zu essen machen und ein paar Tassen Tee trinken, bevor ich wieder zu irgend etwas zu gebrauchen war.

Es war noch so warm, daß ich mir das Tablett auf die Terrasse hinausnehmen konnte. In den Anblick des Gartens versunken, dachte ich eine Weile an nichts als an die endgültige Plazierung der Steine. Die Büsche hatten sich bereits ein wenig zu verfärben begonnen, und die hohen Astern blühten in starkem Violett, sanftem Altrosa und tief bronzefarben. Die paar Krötenlilien reckten ihre buntgescheckten Krausköpfe schon seit Tagen in die Höhe, ohne daß die Rehe sie gefressen hätten. Vielleicht vertrugen die Rehe sich nicht mit dem Dachs und zogen, seit er im Garten umging, daran vorbei. Wie auch immer, ihr Ausbleiben kam auch den letzten, heftig blühenden Rosen zugute, denen sie ansonsten nur zu gerne die duftenden Blütenkugeln abrasierten.

Ich blieb eine Weile gedankenlos sitzen und ging erst ins Haus, als es zu dunkeln begann, was nun – im Gegensatz zum richtigen Sommer – schon viel früher geschah.

»Unumgang« blaffte Unumgang, seinem Namen alle Ehre machend, in den Hörer, als ich mich schließlich doch dazu aufraffte, ihn zurückzurufen. Seine Stimme wurde zwar um einiges freundlicher, als ich meinen Namen nannte, aber etwas schien an ihm zu nagen. Ich fragte nach dem Befinden seiner Frau Liesl, und er meinte, es gehe ihr den Umständen entsprechend gut, sie lasse grüßen und freue sich schon auf einen gemeinsamen Spaziergang. »Wenn Sie mich fragen«, sagte Unumgang skeptisch, »dann nicht vor nächstem Frühjahr. Damit meine ich, was Sie und meine Frau unter Spaziergang verstehen.«

»Und Ihnen«, fragte ich, »wie geht es Ihnen?« Hatte ich da etwa einen Seufzer gehört?

»Wie soll es einem Wissenschaftler schon gehen, den man auf eine bestimmte Fährte gelockt hat, die sich nun im Sand des Geschehens nicht so recht abzeichnet.«

Ich verstand und gleichzeitig verstand ich nicht. »Bitte um Klartext, werter Professor.«

Unumgangs Stimme zeigte beinahe eine Spur von Charme. »Sie haben leicht lachen.« Ich hatte keineswegs gelacht. »Sitzen an der Quelle und nippen nicht einmal daran.«

Sogleich fühlte sich mein Hals trocken an, und ich räusperte mich. »Wie das?« Ich versuchte fieberhaft, eine strategisch vorteilhafte Position einzunehmen. Mir war einigermaßen klar, worauf Unumgang hinauswollte, und ich ahnte, daß ich irgendwann schwach werden würde, aber was er bisher an Überredungskunst geboten hatte, war gemessen an seinen mir bekannten Fähigkeiten geradezu lächerlich.

»Während Sie banale Feldforschung treiben, für die keinerlei Dokument vonnöten ist« – woher wußte er das nun schon wieder? –, »muß ich mich mit einer äußerst mangelhaften Kopie herumschlagen, die es mir geradezu unmöglich macht, eine Decodierung auch nur zu versuchen.«

»Mangelhaft? Bis jetzt hat sich noch niemand über die Qualität meines Kopierers beklagt.«

»Auch ich sage nichts über Ihren Kopierer. Meine Kritik setzt beim Entzifferer ein. Mag sein, daß Ihr Dr. Çamuroğlu den Text für kurze Zeit in Erscheinung bringen konnte, allerdings für zu kurze, wie sich an meiner Kopie, die wahrscheinlich die letzte war, zeigt. Insbesondere gegen Schluß verblassen die Wörter zusehends, vor allem Punkte, Kommas, Interlinearzeichen und so weiter. Die reine Katastrophe für eine ernstzunehmende wissenschaftliche Arbeit.«

Ich nahm an, daß es eine Finte war, die ihm einzig und allein dazu diente, ans Original, an *mein* Original zu kommen, dessen Schrift er noch immer auf *seine* Weise und nachhaltiger in Erscheinung zu bringen hoffte.

Ich dachte an die Worte Çamuroğlus und daß Feuer die alte Methode sei. Was, wenn er damit tatsächlich das Original zerstörte? Andererseits traute ich Unumgang und dem Schatz seiner langjährigen Erfahrung auch einiges zu. Noch war ich zu keiner Entscheidung gekommen, also mußte ich ihn hinhalten.

»Hat sich nicht eben diese Zeichensetzung im Laufe der Jahrhunderte am meisten verändert?« ein schwaches Argument, ich wußte das, dennoch fand es Unumgang einer Antwort wert.

»Ja, natürlich. Doch lassen mich gewisse Schatten auf meiner Kopie vermuten, daß da im Original Zeichen gesetzt wurden, die mir zur Entzifferung fehlen.«

Es schien ihm ernst damit zu sein, und wenn ich dem Gespräch nicht bald eine andere Wendung geben konnte, würde er seinen Stolz überwinden und mich rundheraus bitten, ich möge das Original ihm und seinen Künsten überlassen. Und dann?

»Was den ersten Wendlgard-Brief angeht, dürfte ja geklärt sein, worauf er basiert.« Ich sagte das so beiläufig wie möglich, um ihn neugierig zu machen.

Für einen Augenblick schien es, als spitze er tatsächlich die Ohren, aber da hatte ich mich zu früh gefreut.

»Ach, Sie meinen das Hildegard-Zitat.« Ich sagte nichts darauf, sonst hätte ich womöglich zugeben müssen, daß ich selbst noch nicht darüber hinausgekommen war.

»Reine Camouflage. Ich vermute, daß darin der Schlüssel für die Codierung der weiteren oder zumindest des nächsten Briefes enthalten ist. Und gerade aus diesem Grunde wäre es besonders wichtig, jedes Zeichen – und sei es auch nur ein Gedankenstrich – in Rechnung zu stellen.«

Das konnte nur heißen, daß er noch immer versuchte, durch die Zahlenwerte etwas über den Text hinter dem Text herauszufinden. Wobei mich natürlich interessiert hätte, ob er sich bloß an den lateinischen Originaltext oder auch an die deutsche Fassung hielt. Schließlich zog sich die numerische Struktur durch alle Sprachen, und warum sollte das Deutsche weniger geeignet sein, solche zugrunde liegenden Zusammenhänge erkennen zu lassen, selbst wenn sich die Bedeutung dabei im einzelnen ein wenig verschob?

»Was mich schon die ganze Zeit über beschäftigt, sind die verschiedenen Schichten der Briefe.« Zum Glück war mir wenigstens irgend etwas zur Sache eingefallen. »Ich meine die Bearbeitungen. Nehmen wir die ersten Sätze des ersten Wendlgard-Briefes. Sie stammen von Hildegard, das heißt, sie sind von ihrem Schreiber lateinisch aufgeschrieben worden. Doch hat jemand eine Übersetzung angefertigt. War es Wendlgard? Handelte es sich womöglich um einen ihrer Übungstexte, an denen sie ihre deutsche Sprachmächtigkeit erprobte? Wenn ja, wäre es durchaus möglich, daß die Übersetzung den von Ihnen vermuteten Schlüssel enthält.«

»Meine Liebe«, unterbrach mich Unumgang, »nichts liegt näher als Erwägungen dieser Art. Doch dürfte Ihrer geschätzten Aufmerksamkeit nicht entgangen sein, daß der Hildegard-Text nur etwa zehn Zeilen vorhält und dann sukzessive in einen von Wendlgard – oder wer auch immer sich hinter der Verfasserin der Briefe verbirgt – übergeht. Zuerst sind es nur eingestreute Nebensätze anderer Herkunft, dann kommen Hauptsätze, die sich zwar im Tonfall ganz an die *prophetissa teutonica* halten, jedoch im Werk von Hildegard, soweit es auf uns gekommen ist, nicht aufscheinen. Dennoch fallen sie noch nicht durch einen anderen Duktus auf, was nur bedeuten kann, daß sie der Verharmlosung der Textoberfläche dienen.«

Ich versuchte, an eine seiner früheren Bemerkungen anzuknüpfen. »Sie vermuten also, daß es sich bei der Briefschreiberin gar nicht notwendigerweise um die historisch verbriefte Wendlgard vom Leisling handelt?«

Unumgang holte tief Luft, um mich dann umso nachhaltiger zu verblüffen. »Was heißt schon historisch verbrieft? Allein daß ein Name in einer Chronik des 13. Jahrhunderts erwähnt wird, bedeutet noch nicht, daß eine Person dieses Namens tatsächlich existiert hat. Die ganze Chronik könnte eine Fälschung gewesen sein. Erst recht jene der Benediktinerabtei Trunseo, deren Original übrigens einem Brand Mitte des 14. Jahrhunderts zum Opfer gefallen ist und die bloß noch in mehreren angeblich wortgetreuen Abschriften existiert, die aber in einer Reihe von Abschnitten stark voneinander abweichen. Vor allem jene, die die letzte Äbtissin des Klosters, Magdalena Dietrichin, angefertigt hat, eine lebenslustige Person mit einem starken Hang zum Protestantismus. Übrigens endete 1572 die Geschichte der Benediktinerinnen von Traunkirchen. Im 17. Jahrhundert, nach vollbrachter Gegenreformation, ging das Kloster in die Hände der Jesuiten über. Ich frage mich also prinzipiell, inwieweit solchen angeblich historisch verbrieften Quellen zu trauen ist.«

»Ja, aber ...« Es hatte mir gewissermaßen die Rede verschlagen.

»Ich höre.« Ich konnte Unumgangs sarkastisches Lächeln deutlich vor mir sehen.

»Ja, aber es hat doch einen Grund, daß wir alle plötzlich auf diesen Briefwechsel gekommen sind. Sie wußten bereits, was Sie aus dem Dachsbauch erwarteten, wohingegen ich als einzige erst im nachhinein erfaßt habe, was mir da zugefallen ist.«

»In den Schoß«, meinte Unumgang unnachgiebig, »sagen Sie ruhig, wie es ist, in den Schoß.«

»Sollte nicht auch das einen Grund haben?« fragte ich, wohl ein wenig zu spitz, denn Unumgang, der noch immer darum bemüht war, mir das Original abzuluchsen, schwächte sogleich ab.

»Aber ja, und sei es nur den, daß Sie als Schreiberin sich wahrscheinlich am besten zur Hüterin des Schatzes eignen. Wenn ich mir vorstelle, dieser Dr. Çamuroğlu oder eine der beiden *women's studies*-Damen, ganz zu schweigen vom Pfarrer, dem an der Entschlüsselung wohl am wenigsten gelegen sein dürfte, wäre im Besitz des Originals ...« Ich konnte hören, wie es ihn schüttelte.

Langsam bekam ich wieder Oberwasser. »Ich achte jedenfalls auf Chancengleichheit, das müssen Sie zugeben.«

Unumgang seufzte. »Im großen und ganzen ja, sieht man von der Entgleisung neulich nachts ab, als Sie dem jungen Kollegen aus Istanbul den Vorzug gaben.«

»Als einziger Vertreter des Nesîmî-Parts hat er sich diesen kleinen Vorteil verdient.«

Unumgang, dem es offenbar peinlich war, sich auch nur den leisesten Anschein von Eifersucht oder Mißgunst zu geben, blieb nichts anderes übrig, als sich mit einer Entschärfung zu beeilen. »Natürlich. Ich fürchte nur, es wird ihm nicht viel nützen. Es sei denn, er wäre auch des Koptischen mächtig.«

»Des Koptischen?« Wie war Unumgang plötzlich auf das Koptische gekommen?

»Vergessen Sie es.« Man konnte ihm die Befriedigung, mich neugierig zurückzulassen, anhören. »Denken Sie lieber an die mythische Gestalt der Wendlgard, die vor allem in Ihrem Kopf herumzugeistern scheint. Vielleicht ist sie wichtiger, als wir alle annehmen, ich meine als Schlüsselträgerin. Es würde mich nicht überraschen. Und nun gute Nacht, meine Liebe.« Damit hängte er ein, und mein Blick fiel unwillkürlich auf *Iris elegantissima*, die sich ihres Daseins auf meinem Fensterbrett unverdrossen zu erfreuen schien.

Es war stockfinstere Nacht geworden. Die schwangere Möndin kam träge über die Trisselwand gestiegen und besah sich eine Weile meine winzige Schwertlilie, die zart ins Licht stach.

Ich zog die Vorhänge zu und dreht die Lampe an. Es war ein langer Tag gewesen, und ich spürte jeden einzelnen Stein, den ich gehoben hatte. Das Klügste war wohl, auf die Bettwärme zu vertrauen, die für Schmerzen dieser Art als das beste Heilmittel gilt.

Unumgang hatte es tatsächlich geschafft, mich hinsichtlich des Briefwechsels zu verwirren. Ach was, dachte ich, Unumgang, der Pfarrer, Pat und Auguste, alle fühlen sich als Experten für Wendlgard, da kann ich ohnehin nicht mithalten. Wie aber sah es auf seiten Nesîmîs aus?

Ich begann vor dem Bücherregal auf und ab zu gehen. Da ich keine Gesamtausgabe von Nesîmî besaß, mußte ich mir seine Gedichte aus mehreren Bänden über türkische Literatur zusammensuchen. Angesichts meiner beginnenden Bettschwere nahm ich nur einen davon und vorsichtshalber auch ein Wörterbuch mit ins Schlafzimmer hinauf, um mich zumindest stimmungsmäßig auf das Studium des Briefwechsels, wofür ich meine wachen Sinne brauchen würde, vorzubereiten.

Ich fand ein kurzes Gedicht, das grob übersetzt folgendermaßen lautete:

Sei gegrüßt und willkommen, du meine Seele, die
  wie Wasser dahinfließt, sei gegrüßt!
Du Schöne, mit den süßen Lippen, die das Herz
  mir raubt, sei gegrüßt!
Außer dir habe ich keine meines Herzens
  für würdig befunden,
Meine Gestalt, mein Verstand, mein Verlangen, mein Leib,
  du meine Seele, sei gegrüßt!
Die Geliebte kam und fragte mich augenzwinkernd: Nesîmî,
  wie ist dir zumute?
Sei gegrüßt, sei willkommen, du meine Seele, die
  wie Wasser dahinfließt, sei gegrüßt.

Ich schlug das Wort *cism* nach. Es war schon richtig, es mit Leib zu übersetzen, aber es bedeutete auch Haut. Die Haut, die Nesîmî einst, geschultert, ins Unvergängliche trug? Auch seine Biographie bestand nur aus ein paar Zeilen. Weder sein Geburtsjahr noch sein Geburtsort schien bekannt. Man glaubte zu wissen, wessen Schüler er gewesen war und daß ausgedehnte Reisen ihn bis nach Westanatolien geführt hatten. Doch selbst über das Jahr seines Todes gingen die Meinungen der Gelehrten weit auseinander. Die einen meinten, er sei 1403 oder 1409, die anderen, er sei 1417 oder 1418, jedenfalls – und darüber waren sich alle einig – in Aleppo hingerichtet worden, nachdem er sich zeitlebens nicht im geringsten um die Geheimhaltung seiner für orthodoxe Muslime ziemlich anrüchigen Gedanken bemüht hatte. Dabei soll er weder zu einem Aufstand noch zur Insubordination aufgerufen haben wie viele seiner Brüder im Geiste. Es schien ihm gleichgültig zu sein, was die Menschen über ihn dachten. Offenbar hatte er sich wissentlich in sein Schicksal gefügt, dessen Unvermeidlichkeit in Kauf und auf sich genommen, und das alles aus einem Wohlbefinden der Seele heraus, das benennbar, aber kaum nachvollziehbar war und dessen Bedeutung nur mehr an dem Preis abgelesen werden konnte, den dieser Dichter dafür zu zahlen bereit war.

Und Wendlgard? Welches war ihr Verlangen, das ihr diese trotz der alten Salzstraße abgeschiedene Gegend als Zuflucht erscheinen ließ? Tatsächlich abgeschieden? Immerhin wurde Salz transportiert. Durch den Leislinggraben in Richtung Goisern und von dort die Traun entlang bis nach Gmunden und weiter an die Donau. Aber viel mehr noch in die andere Richtung, dem Ennstal zu und von dort tief hinein in die Steiermark, nach Kärnten und gelegentlich bis nach Venedig. Eine *via salis*, von der noch die gegenwärtigen Faschingsbräuche zeugten.

Vielleicht aber traf sich Wendlgard gerade in dieser relativen Abgeschiedenheit mit Menschen, die sie von früher kannte, aus Byzanz, oder sogar aus Anatolien. Spuren, die mit freiem Auge zu erkennen waren. Keine dreißig Kilometer vom Leislinggraben in Richtung Ennstal stand in Steinwurfnähe zur ehemaligen Burg Grauscharn in Pürgg mit einem Blick übers Ennstal hinaus jene erstaunliche Johannes-Kapelle aus dem späten 12. Jahrhundert, voller Fresken im byzantinischen Stil und ein Bogen darüber in kufischer, das heißt, in einer frühen, sehr geometrisch wirkenden, arabischen Schrift neunmal der Name Gottes. Ein Relikt aus der Zeit der Kreuzzüge, hieß es, aber was bedeutete das? Doch wohl nicht, daß Kreuzfahrer im Orient malen gelernt hatten. Wohl eher, daß sie Maler aus Byzanz, aus Anatolien, vielleicht aus dem gesamten fruchtbaren Halbmond, mitgebracht hatten. Was mag danach mit ihnen geschehen sein? Ob man sie nach vollbrachter Kirchenausschmückung in ihre Heimat zurückgeschickt hatte? Oder sie als Gastarbeiter weiter beim Kirchenbau einsetzte? Wahrscheinlicher war, daß sie sich irgendwann niederließen. Nach so vielen Kirchen sollten und wollten es wohl keine Moscheen mehr sein. Niederließen? Damals und in dieser Gegend? Warum nicht? Ein Land, das Illyrer, Veneter, Kelten, Awaren, Slawen und Bajuwaren ertragen hatte, würde sich begabten Byzantinern und Anatoliern nicht unbedingt verschließen, dachte ich noch, bevor mir das Buch mit dem Nesîmî-Text aus der Hand fiel und ich es gerade noch fertigbrachte, das Licht auszumachen.

Mir träumte vom Krieg der Mäuse gegen die Katzen, wobei die Katze Dede Sultan war und Stiefel und Sporen trug, ein gestiefelter Dede Sultan also, dem das Gewimmel der Mäuse, die auf kleinen Elefanten einhergeritten kamen und ihre Lanzen schwangen, eher peinlich zu sein schien. Er hüpfte mal hierhin und mal dorthin, und als ich ihn mir genauer ansah, merkte ich, daß das, was ich für seine Schnurrbarthaare gehalten hatte, Mäuseschwänze waren, die ihm links und rechts aus den Mundwinkeln hingen.

Ich erwachte gegen Morgen, als die Siebenschläfer auf dem Dachboden, genau über meinem Kopf, ein Loch in die Decke zu nagen versuchten. Oder waren es wieder einmal die Marder? Ich stand auf, suchte nach meinen Hausschuhen und warf sie einzeln gegen die Holzdecke. Daraufhin blieb es ruhig, und ich legte mich wieder schlafen, schließlich war es noch dunkel draußen.

Als es längst hell geworden war, hörte ich wieder das Rumoren und warf nun meine Pantoffel gleich zweimal gegen die Decke. Wenn ich tagsüber daran dachte, würde ich die metallene Leiter herunter und Dede Sultan hinauf auf den Dachboden lassen, damit er nach dem rechten sah. Nicht daß ich mir darunter ein Gemetzel ähnlich wie im Traum vorstellte, aber vielleicht half schon die Geruchsspur, die er unter dem Dach hinterlassen würde.

Der Himmel war wolkenlos, und der erste morgendliche Abfangjäger aus dem Murtal zog seine blendend weiße Zahnseidenspur über den Horizont. Ich hatte bereits vor dem Frühstück die Waschmaschine laufen lassen, und während ich die erste Partie Wäsche sonnseitig an die Leine klemmte, sah ich Auguste mit hängenden Mundwinkeln auf mich zustapfen. Sie schien ein wenig beleidigt, weil ich sie gestern nicht mehr zurückgerufen hatte, und ich ertappte mich dabei, wie ich den Kopf hob, um nach Pat Ausschau zu halten, aber für Pat war ich wohl zu spät aufgestanden.

»Dabei hätte ich dir tatsächlich von einer Neuigkeit berichten können«, schmollte Auguste kindsköpfig.

»Neuigkeit?« Ich gab Auguste das Plastikkörbchen mit den Wäscheklammern zu halten und bedeutete ihr, mir die Wäscheleine entlang zu folgen.

»Pat hat die Ruinen des Klosters der Leislinginnen ausfindig gemacht.«

»Aber das gibt es doch gar nicht.« Mir fiel eine Unterhose ins Gras, und während ich mich bückte, versuchte ich, mich wieder zu fassen.

»Und ob es das Kloster gegeben hat. Pat kann es anhand eines Mauersteins beweisen, den sie in ihrer äußeren Schenkeltasche mitgebracht hat.«

Wenn ein einzelner Mauerstein schon als Beweis gelten sollte, dann konnte ich nur hoffen, daß die beiden Gelehrtinnen die Philologie auf wissenschaftlichere Weise betrieben als die Feldforschung.

In meinem Kopf begann sich einiges aneinanderzufügen. Dann war das Hinken also von dem schweren Stein in ihrer Hosentasche gekommen. Ich griff mir an die Stirn. Und sie hatte beim Aussteigen nicht mehr gehinkt, um meinen Verdacht nicht zu erregen. Interessante Gegend, hallte es mir im Ohr.

»Und?« fragte ich nach einer Weile so abgeklärt wie möglich. »Hat sie dir die Stelle schon gezeigt?«

Auguste ließ die Mundwinkel noch tiefer hängen. »Heute morgen habe ich verschlafen. Wir waren um sieben Uhr verabredet, aber ich konnte einfach nicht wach werden.«

»Vielleicht wollte sie dir die Stelle gar nicht zeigen. Ich meine, wann in deinem Leben bist du zum letzten Mal um sieben Uhr aufgestanden?«

»Wahrscheinlich hast du recht. Und daher dachte ich, daß vielleicht du sie mir zeigen könntest.«

Ich befestigte das letzte Wäschestück an der Leine und dachte fieberhaft über alles mögliche nach.

»Hör zu« – ich hatte den einen Arm in die Hüfte gestemmt und hielt mit dem anderen den leeren Wäschekorb –, »du glaubst doch nicht im Ernst, daß ich mit dir in den Leislinggraben marschiere. Weißt du, wie weit das ist? Ich meine, ohne Auto.«

»Ich dachte ja nur.« Sie sah aus, als hätten ihr die Hühner das Brot gestohlen. Abgesehen davon, daß mich brennend interessiert hätte, wo Pat hinsichtlich des Klosters der Leislinginnen fündig geworden war, dachte ich gar nicht daran, meine

Unkenntnis zuzugeben. »Übrigens, was verbindest du mit Koptisch?«

»Oh, oh, oh!« machte Auguste, und ihr Gesicht erheiterte sich zusehends. »Wer hat dir denn diesen Floh ins Ohr gesetzt?«

Ich ging kommentarlos ins Haus, und Auguste folgte mir auf dem Fuß.

»Also, wenn du mich fragst«, sie hatte sich gleich an den Tisch im Wohnzimmer gesetzt, auf dem noch immer die vergilbten leeren Blätter des Originals lagen, »wenn du mich schon so fragst, kann es sich dabei nur um einen Hinweis auf die Entzifferung der Hieroglyphen auf dem Stein von Rosette handeln.«

»Wie das?« Ich verstand wirklich nicht, was die ägyptischen Hieroglyphen mit unserem Briefwechsel zu tun haben sollten.

»Der französische Gelehrte Jean-François Champollion konnte die Hieroglyphenschrift erst entziffern, nachdem er erkannt hatte, daß die Hieroglyphen nicht bloß Piktogramme oder Silben, sondern auch eine Lautschrift darstellten und sich manchmal sogar zu einer Rebus-Form zusammenfügten. Und daß die Laute Laute einer Sprache waren, die er kannte. Sprachgenie, das er war, hatte er sich in jungen Jahren unter vielen anderen Sprachen auch das Koptische beigebracht, und das so fließend, daß er sogar sein Tagebuch in dieser Sprache führte. Er mußte also nur darauf kommen.«

»Hm«, machte ich. Ich hatte die Botschaft empfangen, wußte aber noch immer nicht, worauf sie sich eigentlich bezog.

Auguste lachte. »Wer immer dich auf das Koptische gebracht hat, wollte dir bedeuten, daß etwas vor deiner Nase liegt. Übrigens, hast du dir die Nesîmî-Briefe schon angesehen? Manches wirkt dem Schriftbild nach eher wie Runen als wie arabische Schriftzeichen. Ich bin zwar diesbezüglich keine Expertin, aber immerhin habe ich während meines Studiums einige Dokumente in arabischer Schrift zu Gesicht bekommen.«

»Die arabische Schrift hat ihr Erscheinungsbild im Lauf der Jahrhunderte immer wieder verändert. Als kufische zum Beispiel sieht sie ganz anders aus als in Ta'lik, einer persischen Schönschrift.« Ich versuchte, sie auf andere Gedanken zu bringen. »Wenn ihr schon zwischendurch Sightseeing macht, solltet ihr unbedingt nach Pürgg fahren. In der Georgskirche gibt es Fresken von um 1300 und in der Johannes-Kapelle sogar Spuren von kufischer Schrift. Es liegt alles gar nicht so weit auseinander, wie man denken mag.«

»Interessant!« Sie ließ die leeren Seiten des Originals durch ihre Finger gleiten. »Es juckt mich geradezu, den Text mit *meiner* speziellen Methode noch einmal in Erscheinung zu bringen. Ich bin mir sicher, daß ich es könnte.« Die Art, wie sie das sagte, überzeugte mich eher vom Gegenteil. Und um sie gar nicht erst weiter in Versuchung zu führen, nahm ich ihr die Blätter weg und versperrte sie im Schrank.

»Pürgg«, wiederholte ich, »Pürgg ist einen Ausflug wert. Allein der Blick, den du von der Kapelle oben weit ins Land hinein hast, wäre schon Grund genug. Außerdem ißt man dort gut.«

»Vielleicht ein andermal. Heute steht wieder Zeitgeschichte an.« Klang sie nur schwach begeistert oder hatte ich mich verhört?

»Wir sind um elf mit einer ehemaligen Studentin von Pat verabredet, die seinerzeit ein Auslandssemester an ihrer Uni absolviert hat. Ich glaube, sie heißt Barbara. Sie wird mit uns in die Bloo- oder Blaa-Alm fahren und von dort durch den Rettenbachgraben zu jenem Versteck der Widerstandskämpfer, das sie IGL nannten, gehen. Eichmann ist angeblich ebenfalls durch diesen Rettenbachgraben geflohen. Und wie man uns erzählte, sollen die Nazi-Pretiosen, die man in diesem Toplitzsee sucht, eher auf dieser Alm und in deren Umgebung vergraben worden sein. Warum sucht man eigentlich nicht dort?«

»Ich nehme an, daß man sie längst gefunden hat, wenn sie nicht gleich zu Kriegsende, zusammen mit den Verbrechern, verschwunden sind. Jedenfalls erinnere ich mich noch, daß in meiner Kindheit das Schatzsuchen sich zum Volkssport entwickelt hatte. Die ersten privaten Geigerzähler wurden wahrscheinlich in der Blaa-Alm eingesetzt. Der Ort kochte geradezu über vor Gerüchten und Vermutungen, wer was wann und wo und natürlich zu Unrecht gefunden und an sich gebracht hätte. Mit den Jahren beruhigten sich die schatzfixierten Gemüter wieder, und man dachte kaum mehr daran. Gelegentlich erwacht dann das Interesse wieder, die Zeitungen nehmen die Witterung auf, die neueste Bergetechnik kommt ins Spiel, und ein drohendes Sommerloch läßt sich füllen.«

»Und wenn man doch etwas findet? Es könnte ja sein, daß zumindest Dokumente zum Vorschein kommen. Das allein würde den Aufwand ernsthafter Suche rechtfertigen.«

»Das würde es«, sagte ich, »aber Unterschätzung des Gegners hat noch nie viel gebracht.«

»Was meinst du damit?« Sie klang beinah ein wenig aufgebracht, so als hätte ich gegen die Gesetze politischer Korrektheit verstoßen.

»Damit meine ich eine Form der Verharmlosung. Eichmann und seine Spießgesellen waren alles, nur nicht dumm. Und wenn sie etwas konnten, dann war es organisieren. Was glaubst du, wie es ihnen ohne diese Fähigkeit gelungen wäre, dieses Netz von Konzentrationslagern zu errichten, zu füllen und immer wieder zu füllen, nachdem sie die Insassen hatten umbringen lassen. Organisateure dieser Art treten die Flucht nicht mit leeren Händen an. Und selbst wenn sie einiges vorübergehend hatten vergraben müssen, waren genügend von ihnen am Leben geblieben, die sich später holten, was zu holen war. So gesehen, bin ich überzeugt, daß jede Suche nach Schätzen oder auch Dokumenten heute bloß noch ein Ritual für die Medien sein kann. Es sei denn, man würde nach zwangsarisierten Häusern und Liegenschaften fahnden, aber das ist ein anderes Kapitel.«

Auguste dachte einen Augenblick nach. »So erinnert man sich wenigstens von Zeit zu Zeit daran, was hier stattgefunden hat. Allein die Vorstellung, daß Eichmann vor mehr als fünfzig Jahren hier herumspaziert ist, erschreckt mich.«

Ich kannte dieses Gefühl. Es hatte mich nie verlassen. Selbst ein urlaubender Eichmann, der seine Familie fürsorglich hierher hatte evakuieren lassen, erschien mir noch immer als Monstrosität. Ich hatte mir bei einem meiner letzten Wien-Besuche den Film angesehen, den man aus dem gesamten Material über den Prozeß gegen ihn zusammengeschnitten hatte, und war schockiert über die Unscheinbarkeit dieses Gesichts, das ins

Gedächtnis zu rufen mir bereits schwerfiel. Ein Gesicht, das ich zwei Stunden lang in Großaufnahme gesehen hatte und das mir dennoch schon wieder zu entgleiten begann. Nur einige der Antworten hatten sich mir tief eingeprägt, durch Eichmanns Versuch, sie möglichst *korrekt* zu geben. So als müsse über eine Sache, die sich der Vorstellungskraft entzog, in einer für die Zeit, in der sie stattgefunden hatte, gültigen Sprachregelung verhandelt werden, da die, die sie erstellt hatten, ohnehin wußten, was gemeint war, während sie für die nicht mit der Sache Befaßten so selbstverständlich wie möglich klingen sollte.

»Ja«, sagte ich, »und er war nicht der einzige aus dieser Sippschaft, der diesen Ort eine Zeitlang für sicher genug gehalten hat. Kaltenbrunner, Eigruber waren hier, ja sogar Familie Goebbels hat sich kurze Zeit im Grundlsee gespiegelt.«

Auguste schüttelte nachdenklich den Kopf und schaute dann auf die Uhr. Ich folgte ihrem Blick. Es war halb elf. »Wenn du nicht auch dein zweites Rendezvous an diesem Morgen versäumen willst …« Aber da war sie schon aufgestanden.

»Hat sich dieser Dr. Çamuroğlu inzwischen gemeldet?« Sie war schon an der Tür, und in diesem Augenblick fing das Faxgerät zu rattern an. Ich konnte Auguste ansehen, wie leid es ihr tat, nicht mehr warten zu können, bis alle Rollen ausgespuckt waren. Sie vermutete – zu Recht –, daß das Fax aus Istanbul kam. Aber sie konnte es sich einfach nicht leisten, Pat gleich zweimal an diesem Tag zu versetzen.

Ich ging noch rasch durch den Garten. Es war seit Tagen herrliches, trockenes Septemberwetter, und es konnte durchaus sein, daß einige Pflanzen nach einer Kanne Wasser verlangten. Die Hanglage ließ den Regen schnell wieder abrinnen, und der Boden trocknete innerhalb weniger Tage aus. Da es in den Nächten deutlich abkühlte, entstand jedoch am Morgen Tau, und den meisten spätsommerlichen Gewächsen genügte das, wenn auch nicht allen.

Als ich auf die Terrasse kam, sah ich vor der Tür zur Küche einen jener Kadaver, die Dede Sultan mir einlegte, in der fürsorglichsten Absicht, als meinen Anteil an seiner Beute. Ich brachte es noch immer nicht über mich, ihn für sein selbstloses Verhalten zu loben, aber darauf schien er im Gegensatz zu den meisten Katzen ohnehin keinen Wert zu legen, denn er war schon wieder verschwunden.

Ich holte Besen und Schaufel aus dem Schuppen, um die frischen Reste eines ums Leben gekommenen Daseins in der *grünen Tonne* zu versenken, wo es unter all den Pflanzenabfällen für die Würze der auf einer Deponie daraus entstehenden Gartenerde sorgen würde. *Circulus vitiosus*, eine euphemistische Umschreibung, ich weiß, und dann erschrak ich doch. Denn als ich mich bückte, um das gewesene Stück Leben mit dem Bartwisch auf die Mistschaufel zu schubsen, stellte ich fest, daß es die Reste eines Siebenschläfers waren. Womöglich als Folge meines frühmorgendlichen Hausschuhwerfens? Oder hatten sich meine zornigen Gedanken gegen die Siebenschläfer unmittelbar auf Dede Sultan übertragen? Mußte ich von nun an auf meine Gedanken noch besser achthaben? Merkwürdig genug, daß Wendlgard vom Leisling sie sich, indem sie einfach in ihnen vorzukommen begann, zu Diensten gemacht hatte, jetzt griffen sie ihrerseits auf ein Katzengehirn über. Oder wie sollte ich das verstehen?

Gerade als ich den Leichnam auf den Weg alles Vergehens geschickt hatte, tauchte Dede Sultan auf. So als sei nichts geschehen, umschmeichelte er meine nackten Beine, folgte mir in die Küche, und als ich ihm nicht rasch genug ein paar Bröckchen von dem Trockenfutter gab, das er sich als Belohnung erhofft hatte, setzte er zu einem sanften Biß in meine Wade an, der als zärtliche Mahnung gedacht war und eher kitzelte als schmerzte.

Offenbar ging es Çamuroğlu ähnlich wie mir, er scheute sich, Briefe in einer fremden Sprache zu schreiben, und so gut er das Deutsche auch zu verstehen und zu sprechen vermochte, es zu schreiben war eine andere Sache, und wer gab sich schon gerne eine Blöße, noch dazu schwarz auf weiß. Er schrieb also auf türkisch, und ich nahm mir die Fax-Rolle samt Wörterbuch – für alle Fälle – mit auf die Terrasse.

Das Türkische war eine Sprache, die sich seit über einem

Jahrhundert im Umbruch befand. Einmal warf man die arabischen und persischen Wörter, die sich im Lauf der Jahrhunderte eingenistet hatten, raus, holte sich dafür noch ältere aus zentralasiatischen Inschriften in einer Art Urtürkisch und machte daraus Wörter, die ganz wie moderne europäische klangen, nur daß sie auch im alten Türkisch etwas bedeuteten. Für Cognac zum Beispiel erfand man *kanyak*, was soviel wie *erhitze das Blut* hieß. Oder *okul,* was ein wenig nach ecole klang und von dem Wort lernen *okumak* stammte. Dann holte man einen Teil der rausgeworfenen Wörter wieder rein, weil einerseits die Muslime auf deren Ehrwürdigkeit nicht verzichten wollten und andererseits die Intellektuellen damit begonnen hatten, die osmanische Geschichte wiederzuentdecken.

Man erfand nun neue Wörter für neue Dinge, nannte den Computer *bilgisayar*, den *Wissenszähler*, den Etat *bütçe* und den Exzeß *Überschreitung des Maßstabs*. Es stand jedem frei, sich neue Wörter auszudenken, er mußte sie nur bei der Sprachkommission anmelden, und die entschied dann, welches Wort es ins Wörterbuch schaffen würde. Dennoch gingen viele Wörter, die es geschafft hatten, wieder verloren, weil die Menschen sich weigerten, sie auszusprechen oder in ihren Briefen zu verwenden. Und so wurden die Wörterbücher immer dicker und das Übersetzen immer mühsamer. Ich benutzte daher nicht nur eines, sondern mindestens drei, manchmal auch vier Wörterbücher, wenn ich etwas Türkisches zu lesen hatte. Ein normales Deutsch-Türkisches Wörterbuch für den täglichen Gebrauch; für ältere Texte und Autoren, die die Geschichte wiederentdeckt hatten, ein osmanisches Wörterbuch, das die alten osmanischen Ausdrücke ins neuere Türkisch übertrug, und dazu noch ein ganz neues Wörterbuch, in dem probeweise die in den letzten Jahren mit Hilfe des Urtürkischen neu erfundenen Wörter aufgelistet und mit den gerade benutzten, üblichen Wörtern erklärt wurden. Manchmal nahm ich auch noch ein Wörterbuch der Redewendungen zur Hand, denn wie sich bei diesem raschen und ununterbrochenen Wortwechsel leicht vorstellen läßt, erfand auch die alltägliche Rede immer wieder neue Wendungen, die sich oft nicht leicht nachvollziehen, geschweige denn vorhersehen ließen.

Er sei, klagte Çamuroğlu, sein ganzes Leben lang, das heißt, solange er sich mit Nesîmî beschäftige, ein Opfer mangelhafter Quellen gewesen, was dazu geführt habe, daß er seine Intuition überanstrengen und sich dabei auf wissenschaftlich ungesichertes Terrain begeben müsse. Über das Leben von Nesîmî sei, wie ich wisse, so gut wie nichts bekannt, der Spielraum sei also enorm. Daß er zwischen Bagdad und dem Balkan hin und her gewandert sei, davon könne man aufgrund der spärlichen Zeugnisse wohl ausgehen, aber wie weit er sich tatsächlich in den Westen vorgewagt hätte, bleibe ein ewiges Geheimnis, mit einem Wort, unser aller Phantasie überlassen.

Ein wenig mehr wisse man – schließlich war Nesîmî nicht der einzige, der diesen esoterischen Lehren anhing – über den gedanklichen Rahmen, in dem seine Dichtung sich bewegte, aber genau das sei der Punkt. So wie er und sein Lehrmeister Fazlullah immer auf der Suche nach dem Subtext der heiligen Schriften waren, um aus ihm die geheimen Botschaften des Göttlichen zu erschließen, sei er, Çamuroğlu, auf der Suche nach dem Subtext der Briefe Nesîmîs.

Allerdings sei erst einmal einwandfrei zu beweisen, ob es sich bei den türkischen Schriftstücken tatsächlich um Briefe handle. Das heißt, um an eine bestimmte Person gerichtete Schreiben, die auf Fragen und Antworten des oder der Adressatin Bezug nähmen.

Wie ich wisse, verfüge die türkische Sprache über kein grammatikalisches Geschlecht, so daß die Anrede zu Beginn eines Textabschnitts durchaus auch die Anrufung eines höheren Wesens oder gar nur einen Ausruf in der Art von *du lieber Gott* darstellen könne, ohne daß sich daraus ein persönlicher Bezug ergeben müsse.

Auch habe er den Namen Wendlgard im Nesîmî-Textcorpus trotz mehrmaliger Lektüre noch nicht entdecken können, was aber nicht viel bedeute, da sich dieser Name durchaus noch aufspüren lassen könne, nämlich in Form eines Rebus oder als Tautologie, aber um diese zu entdecken, müsse er mehr über den Namen Wendlgard wissen.

Und da wäre er nun bei seiner Bitte an mich angelangt. Ob ich ihm nämlich die etymologische Bedeutung dieses Namens faxen könne und ein bißchen etwas über seine Geschichte, sprich andere Wendlgarden. Es würde ihm die Annäherung an den vorliegenden Oberflächentext enorm erleichtern. Mit den herzlichsten Grüßen und Küssen auf meine Wangen.

Na also. Ich ließ meinen Blick über die Doppelgipfel des Sarsteins bis hin zum eisbedeckten Dachstein schweifen und stellte ernüchtert fest, daß ich außer Grimms Wörterbuch kein geeignetes Werkzeug zur Verfügung hatte, um Çamuroğlus Bitte zu erfüllen. Natürlich besaß ich nur die Paperback-Ausgabe, in der der Druck so klein war, daß man am besten gleich eine Leselupe zur Hand nahm.

Voll der guten Vorsätze stieg ich zu meinem Medizinschrank hinauf in den ersten Stock, Medizinschrank bedeutete nur das Weggesperrte, und griff mir Band 28 WEH-WENDUNMUT heraus. Wendunmut fesselte mich sogleich, und ich schlug Band 28 in Bibeldruckpapier auf der letzten Seite auf. Hätte ich mir beinah denken können, daß es im Fischartschen *Gargantua* vorkam als *dann dise (kinder) sind der eltern schönster wintermeyen, leydvergesz und wendunmut.*

Etwas mehr als siebzig Seiten davor fing das Wendeln an. Da war einmal Wendel für *wanze*, allerdings unter *wändel* gesondert nachzuschauen, was Band 27 bedeutete, und dazu verspürte ich im Augenblick keine Lust. Dann kam alles, was sich wendelte wie eine Wendeltreppe, bis hin zu den Blattwedeln einer Pflanze, die *wendelständig*, das heißt, *in einer schraubenlinie um die achse herumstehend*, sein konnten. Danach stand kurz und ohne Kommentar: als Eigenname.

Ich wollte den Band schon wieder zwischen W-WEG (27) und WENIG-WIKING (29) zurückstellen, als sich mir plötzlich ein Auguste-haftes »Oh, oh, oh« entrang. Stand da doch plötzlich unter b) *epidendrum 5. zunft (der lilien). bastlilien – wendeln. epidendren … pflanzen auf bäumen in heiszen ländern. 1. … die schnurwendeln (epidendrum).* Was dann unter c) folgte, nämlich, daß es *in der ornithologie soviel als gemeiner wendehals* bedeute, ließ mich kalt. Ich hatte ein beziehungsweise mein Stichwort gefunden. Natürlich war *Iris elegantissima* strenggenommen keine Lilie, ebensowenig wie *Epiden-*

drum, dennoch war das *tertium comparationis* das Wort Lilie. Ob Schwertlilie oder Bastlilie. Ich konnte also Çamuroğlu den Hinweis geben, nach dem Wort *zambak* Ausschau zu halten. Wobei *bak* ohnehin schon *schau!* hieß. Und *zam* war *die Erhöhung, die Zulage,* aber auch *die Verteuerung*. Ein ebenso profaner Zusammenhang wie bei dem Wort Çamuroğlu. Doch man mußte ja nicht jedes Wort, das sich die Alltagssprache im Hinblick auf einen Zusammenhang einfallen ließ, todernst nehmen.

Dennoch verfaßte ich sogleich einen kleinen Hilferuf an eine mir befreundete Germanistin in Salzburg und bat sie, für mich die etymologische Herkunft des Namens Wendl- oder Wendelgard zu recherchieren. Mir war bekannt, daß es an den Germanistik-Instituten der Universitäten solche Namensbücher gab. Und vielleicht wußte sie auch noch etwas über weitere historische Wendlgarden. Ich steckte den Brief ins Faxgerät, man würde sehen, ob er von Nutzen war.

Ich ging wieder zur Terrasse hinunter. Was man von Nesîmî sicher zu wissen glaubte, war, daß er einer Form der Mystik anhing, die auf die numerische Struktur der Sprache fixiert war. Ich rechnete also den Zahlenwert des Wortes *Lilie* aus – er betrug 47 – und spielte das Spiel der Entsprechungen. Nach einigem intuitiven Herumgustieren berechnete ich das Wort *Sein*. Sein Zahlenwert betrug 47. Ich wurde kühner, schrieb das Wort *lieben* auf denselben Zettel und zählte zusammen: 47. Mir kam ein weiterer Gedanke, und ich rechnete *Gedanke* aus: 47. Und was ich hier tat, hatte ausschließlich mit Zahlen zu tun. Warum also nicht? Ich schrieb das Wort dazu: es hatte den Zahlenwert 47.

Es reichte. Nein, das bedeutete gar nichts. Numerische Struktur hieß einfach nur, daß so und so viele Wörter denselben Zahlenwert hatten – bedeutungsfrei! Dennoch würde ich die Entsprechungen in dem Fax an Çamuroğlu wie nebenbei erwähnen. Vielleicht brachten sie ihn auf eine Idee. Jede Entzifferung benötigte – und sei der Entzifferer oder Entschlüsseler noch so genial – ein paar *Cribs* – das waren Anhaltspunkte. Und diese Anhaltspunkte hatten es an sich, daß man erst wußte, woran man mit ihnen war, wenn sie tatsächlich als Anhaltspunkte funktioniert hatten. Ansehen ließen sie es sich von vornherein nicht.

Ich konnte das gelbe Postauto des Briefträgers an meinem Rosenbogen vorbeiflitzen sehen und beschloß, meine Post persönlich in Empfang zu nehmen. Dann mußte ich nicht erst den Schlüssel für den Postkasten suchen und die Briefe und Zeitungen aus der Blechbox zerren.

Während ich von der Terrasse durchs Haus zur vorderen Eingangstür ging, geriet mir das zunehmend weniger winzige Krummschwert meiner höchstpersönlichen *Lilie* wieder in den Blick, und ich überlegte, sie den Winter über auf die obere, ungeheizte Veranda zu stellen, damit sie sich nicht der Wohnzimmerluft wegen in der Jahreszeit irrte, wo doch erst Ende April, Anfang Mai ihre große Zeit anbrechen würde.

Der Briefträger, der mich kommen sah, blieb im Auto sitzen und reichte mir den Packen lächelnd durchs Fenster.

»Und *Der Standard*?« fragte ich.

»Nicht gekommen.« Er strahlte förmlich. »Tja, die Bahn …«, seufzte er dann, als er meinen ungehaltenen Blick registrierte, »… auch nicht mehr das, was sie einmal war.«

Die Briefe entpuppten sich als Rechnungen und Drucksachen. Das Werbematerial warf ich im Vorübergehen in den Altpapierkarton, es blieb ein etwas zerfledderter Umschlag, abgestempelt in Istanbul.

Es lohnte sich nicht, die Nietklammern aufzubiegen, mit dem Finger seitlich weiter zu bohren ging rascher. Es waren zwei schmale und ein etwas dickeres Bändchen, in Broschur und auf nicht sehr gutem Papier gedruckt, verfaßt von Reha Çamuroğlu. Ich wunderte mich, und das nicht zum ersten Mal, wie wenig Zeit die Post von Istanbul hierher brauchte.

Der ein wenig dickere Band hatte den Titel *Geschichte, Heterodoxie und die Babaîs*. Ich erinnerte mich noch von meinem Studium her, auch wenn es sehr lange zurücklag, daß die Babaîs, größtenteils Derwische und Anhänger eher esoterischer als mystischer Lehren, um die Mitte des 13. Jahrhunderts einige bedeutende Aufstände gegen die seltschukische Herrschaft angezettelt hatten und nach großen Anfangserfolgen, wie nicht anders zu erwarten, von einer Übermacht in die Knie gezwungen wurden.

Von den schmäleren Bänden hieß der eine *MORGENWIND – Ich bin die Wahrheit, sagte Nesîmî*, und der andere war eine Abhandlung über den Zeitbegriff bei den Bektaschi-Derwischen und hieß *Sie hat sich gedreht*, und ich nahm an, daß damit die Zeit gemeint war. Selbstredend eine zyklische Zeit, wie sie vor allem für matristische Gesellschaften behauptet wurde. Ein Punkt, über den mit Pat oder Auguste zu diskutieren sich wahrscheinlich lohnen würde.

Auch wenn ich mir im einzelnen nicht genau vorstellen konnte, was bei den Bektaschis darunter zu verstehen war, schließlich lebten sie meines Wissens vorwiegend in städtischen Gesellschaften und hatten daher keine so unmittelbare Beziehung zu den Perioden pflanzlichen Wachstums und pflanzlichen Vergehens, wie sie bei den frühen Sammlern und Ackerbauern im Mittelpunkt zeitlicher Betrachtung standen. Dennoch schien dieser von Çamuroğlu untersuchte Zeitbegriff etwas mit Wiederholung zu tun zu haben.

Ich erspähte einen Satz auf einer der letzten Seiten: »Jedes Ende bedeutet einen Anfang in der zyklischen Zeit.« Gab es bei den Bektaschis nicht auch eine Art Inkarnationslehre? Die Möglichkeit der Verkörperung in allen Dingen und Gestalten?

Ich dachte an die Legenden über die historisch ungesicherte Wendlgard aus dem 8. Jahrhundert, die zugleich mit dem Altausseersee aufgetaucht war, womöglich als seine Quellnymphe, eingewandert in Gestalt einer Blumenzwiebel, deren Weg vielleicht der der Awaren gewesen war, aus den Steppen Asiens über Byzanz, Bulgarien, bis an Donau und Enns, wer weiß?

Und wer weiß, wie sie dereinst zu dem Namen Wendlgard gekommen war und welches Ereignis sie hier in der Gegend Zuflucht hatte nehmen lassen, Zuflucht nach welcher Art von Flucht? Eine Perserin, Awarin, das heißt Türkin – die Awaren hatten einst zusammen mit den Persern Konstantinopel belagert –, Bulgarin, Slawin, die als gefangene Prinzessin oder lernwillige Sklavin auf Burgen kaserniert oder im Troß mitgeführt, versehen mit den Zauberkräften des Blühens und Vergehens, eine lange Reise hinter sich gebracht hatte, um hierzulande zu ihrer Wirksamkeit zu finden, deren Spuren mündlich überliefert wurden? Innerhalb einer *Ur*bevölkerung, wenn man von so etwas überhaupt reden kann, die trotz slawischer und bajuwarischer Zuwanderung kulturmäßig – auch das ein fragwürdiger Begriff in diesem Zusammenhang – venetisch-keltisch-hallstättisch, das bedeutete, dem Salzabbau und der Almwirtschaft verpflichtet, geblieben war.

Einer Zeit zugehörig, die unmittelbar erlebt wurde, unregistriert und wenn registriert, dann vom Hörensagen, Generationen später. Nicht im Katastersinn oder eins zu eins, nicht vermerkt nach Vermögensstand und Steuerpflicht, nach gehörig zu, dienstverpflichtet an, zu pfänden durch.

Warum turkmenische Nomaden sich so lange der Schrift verweigert hätten, überflog ich bei Çamuroğlu, habe seinen Grund darin, daß sie zu Recht vermuteten, die Schrift diene in erster Linie ihrer Versklavung. Die Welt hatte sich verändert, seit die Wirklichkeit von ihrer Aufzeichnung abhing. *Ein Sohn der Zeit war nur jener, der immer im Jetzt, im Nu, lebte und nicht für sein Gewesensein.*

Ob jene Wendlgard vom Leisling, deren Briefe wir in der Hand zu halten glaubten, wohl von jener anderen Wendlgard, der Zauberin, Druidin, Hexe, Magierin, weisen Frau, oder was immer die rechte Bezeichnung für sie gewesen sein mag, gewußt hatte? Oder anders gefragt: hatte die Legende der Wendlgard vom Leisling einen Einfluß auf jene andere gehabt, die in der, wenn auch nur spärlich registrierten, Zeit lebte? Glaubte sie an die ewige Wiederkehr ihrer nomadischen Seele oder an ihre eigene Einmaligkeit, die keine Vorgängerin und keine Nachfahrin ihr streitig machen konnte? Vielleicht war es das, was sich in ihren Briefen klären sollte, wie weit die Person ins Rad der Zeit gespannt war oder sich geradewegs auf ein Ziel, ein Ende, zubewegte?

Mir fiel ein, daß auch Nesîmî einen Vorgänger gehabt hatte, das heißt sogar mehrere. Der erste bekannte war wohl jener mythische Satyr Marsyas, ein Anhänger der orgiastischen, kleinasiatischen Kybele, den Apoll, dieser Gott abendländischen Kalküls, auf ebenso grausame Art, nämlich durch häuten, zu Tode gebracht hatte wie jener Mamlukenfürst den Dichter Nesîmî. Und der Grund? Letztlich ein künstlerischer. Nesîmîs Gedichte konnten und wollten nicht toleriert werden. Und was war mit Marsyas? Er konnte auf seiner Flöte ebenso schön spielen wir Apoll auf seiner Leier. Mit dem Unterschied, daß Marsyas seine Flöte selbst hergestellt hatte, während die Leier Apolls aus den Händen von Hermes stammte. Der Gott war wütend, neidisch, eifersüchtig. Und verlangte, daß Marsyas sein Instrument, wie Apoll, auch verkehrt herum spielen sollte, was mit der Flöte nicht ging. So wie Nesîmî seine Verse nicht verkehrt herum, das heißt, verharmlost, verschlüsselt, abstrakt, schreiben konnte.

Daß Marsyas, als Anhänger der Göttin Kybele beschrieben, abgestempelt, diffamiert wurde, gab mir zu denken. Auch das sollte mit Pat und Auguste besprochen werden. Und daß Nesîmî, der als Hurufî galt, als Anhänger jener numerischen Strukturen, in denen die Welt begründet lag, sein Leben dafür lassen mußte – eine unbeabsichtigte Parallele? Oder hatte nur die Zeit sich wieder einmal um sich selbst gedreht?

Eine Meise flog geräuschvoll an, um sich davon zu überzeugen, daß die Früchte des Feuerdorns, der vor der Terrasse wuchs, noch nicht wirklich reif waren. Sie pickte nach einer sich zusehends rötenden Beere, aber offensichtlich war die noch nicht nach ihrem Geschmack. Dede Sultan begann mit den Kiefern zu schnattern, so sehr erschien ihm die Meise in Reichweite, aber Gott sei Dank hatte sie sich rechtzeitig in die Luft geworfen.

Während ich der Meise nachschaute, die zur Blutbuchenhecke flog, erschien in dem einzigen Loch, das die Hecke hatte, das Gesicht der Nachbarin. Es war ein lachendes Gesicht, das *huhu!* rief. Zum Winken war kein Platz in dem Loch, und ich rief ebenfalls *huhu!*

»Ich habe frei!« Das bedeutete soviel wie, daß die Zimmergäste der Nachbarin einen Tagesausflug machten, ihr Mann samt Hund in München, ihre Enkelin bei ihrer Tochter und ihre Eltern in Abbano waren. »Kommst du mit aufs Boot?«

Ich hatte das Gefühl, mir ebenfalls einen freien Tag gönnen zu dürfen, einen Tag ohne die Jäger nach dem bei mir verborgenen Schatz, einen Briefwechsel-freien Tag sozusagen, an dem ich nicht jeden Augenblick gewärtigen mußte, daß einer von ihnen bei mir auftauchte, um irgend etwas zu erfragen, nachzuschauen oder anzumerken.

»Auf der Stelle!« Es war klar, daß wir an einem Tag wie diesem nicht nur über den See fahren, sondern auch in ihm schwimmen würden, und so mußte ich vor allem meine Badetasche holen.

»Picknick!« erklang es noch durch das Loch in der Hecke.

Ich raffte in der Küche zusammen, was sich leicht transportieren ließ, ohne zu schmelzen, zu triefen, zusammenzubacken, was die unvermeidlichen Kekse bedeutete, Äpfel und harten Käse. Dazu Mineralwasser, Tüten und einen Plastikbehälter für eventuelle Funde. Strohhut nicht zu vergessen, Baumschere und Gartenhandschuhe in den kleinen Rucksack.

Kurze Zeit später fuhren wir in Richtung Seeufer. Die Nachbarin hatte sogar Kaffee in der Thermosflasche dabei, was sollte uns da noch passieren.

Wir schleppten unser Zeug in die Bootshütte, in der ihre Plätte, eines jener schon erwähnten Schnabelboote, eingestellt war, setzten die Batterie ein und fuhren los.

Es war heiß geworden, so heiß, wie es an einem wolkenlosen Septembertag gerade noch werden kann. Der See schien wie glatt gestrichen und sog die Bilder der Berge, die ihn auf drei Seiten eng umfaßten, in sich ein, ohne sie dadurch zum Verschwinden zu bringen. Eigentlich wurden die Plätten von Hand und stehend gerudert, mit einem rechteckigen Schaufelblatt am langen Stiel, aber das war schweißtreibend, und außerdem kam man mit dem kleinen Elektromotor rascher voran.

Wir überquerten den See der Länge nach in Richtung Seewiese, da dort der vielen bizarren Felsbrocken wegen, die am und im Wasser lagen, die Temperatur am angenehmsten war. Diese Steine funktionierten wie eine Warmwasserbereitung. Manche wirkten wie kleine Inseln, auf denen sich ein paar Büsche oder schmächtige, seicht wurzelnde Fichten angesiedelt hatten. Die Steine im Wasser boten dazu den Vorteil, daß sie frei von Kreuzottern waren, bei denen am Ufer konnte man das nie so genau sagen.

Wir schienen nicht die einzigen zu sein, die sich an diesem durchsichtigen Tag *freigenommen* hatten. Vor allem Einheimische, die den Sommer über im Gastgewerbe rund um die Uhr beschäftigt gewesen waren, aber auch Menschen ohne Schulkinder in der Familie nützten diese nachgetragenen Sommertage, selbst wenn das Wasser, wie wir alsbald feststellten, nicht gerade Mittelmeertemperaturen aufwies.

Dennoch gehört es zu den unhinterfragbaren Wohltaten, die die alten Götter mit den Menschen zu teilen bereit waren, durch dieses ohne weiteres trinkbare Wasser auf den Dachsteingletscher zuzuschwimmen, eine optische Täuschung der wunderbarsten Art, schließlich befanden sich zwischen dem Dachstein und dem See der Pötschen- sowie der Koppenpaß. Wohingegen der Doppelgipfel des Sarsteins, näher und dadurch höher erscheinend als der Gletscher, seine Konturen in die blaue Luft riffelte und in den Schründen des Zinkens Napoleons Gesicht eingemeißelt lag.

Ein zu Herzen gehender Anblick, dem noch keine Wiederholung etwas anzuhaben vermocht hatte. Ich schwamm, bis ich Schwimmhäute zwischen den Fingern bekam, will sagen, bis die Haut an Fingern und Zehen schon etwas schrumpelte, und als ich schließlich ein wenig steif gefroren unseren Inselfelsen erklomm, hatte die Nachbarin schon alles fürs Picknick gerichtet.

»Das Großmutter-Komplott«, sagte ich, die ich zwar noch keine Enkel, aber zumindest einen Sohn im Alter eines Kindsvaters hatte. Wir prosteten einander mit den Kaffeebechern zu und hätten Gott ausnahmsweise einen guten Mann sein lassen, wenn er nicht mit tausend anderen Dingen beschäftigt gewesen wäre.

Wenn einem dermaßen wohl ist, kann man höchstens ein paar ritualisierte Kurzsätze von sich geben, wie *die Pracht!* und *so ein Tag!* oder *schau dir diesen Himmel an!*

Die Insel befand sich unterhalb der Trisselwand, von der sie einst wohl auch gefallen war, zusammen mit all den anderen herumliegenden Gesteinsbrocken, wahrscheinlich just an dem Tag, als *massive tektonische Bewegungen* zur Folge hatten, daß aus dem Talboden ein See wurde.

Zwischen Anfang und Mitte des 8. Jahrhunderts mußte es bereits eine Besiedlung gegeben haben, wurde doch überliefert, daß sich anstelle der Ortskirche, und genau am selben Platz, ein keltisches Wasserheiligtum befunden hätte. Denn, wenn da auch noch kein See war, Quellen und Bäche werden im Talkessel genug gewesen sein. Möglicherweise hatten sich also die Bewohner an diesen, im Vergleich zum Talkessel erhöhten, Ort geflüchtet und starr vor Schreck der Seewerdung ihrer Behausungen zugeschaut. Und es muß ihnen vorgekommen sein wie am Ende der Zeiten, an dem die Berge einstürzen und die Wasser des Himmels die Erde überschwemmen.

Auf dem Weg in die *Stummern*, einer Forststraße in Richtung Totes Gebirge, gab es einen Punkt, von dem aus ein solcher Felsen, auf dem Gipfelplateau der Trisselwand, noch *in situ* zu erkennen war. Ein Felsen, der aussah, als hätte ein Riese ihn sich auf die hohe Kante gelegt und ihn dann dort vergessen. Er befand sich am äußersten Rand, und das geringste Erzittern des Berges würde ihn herunterstürzen lassen. Ich wagte kaum, mir den Krater vorzustellen, den er aus solcher Höhe schlagen würde.

Das Erstaunlichste an diesem Stein aber war, daß man nicht erkennen konnte, wovon er abgebrochen war, da er auf dem obersten, abgeflachten Felsrücken der Trisselwand lag, so als sei er, als sie sich aus der Erdkruste emporgeschoben hatte, bereits an ihr haften geblieben, ein Krümel vom Grund jener Erdschicht, aus der sich die Alpen gefaltet hatten.

Wir räkelten uns in der Sonne, spielten mit den Zehen, deren Nägel frisch zu lackieren wir uns pflichtschuldigst vornahmen, nickten vorübergehend ein und schwammen wieder. Und hätten uns so den ganzen Tag vertreiben können, wären wir nicht, als häusliche Arbeitstiere konditioniert, längst insgeheim übereingekommen, ans Ufer zu fahren und die Berberitzen, die hier überall an ihren Sträuchern tief über den See hingen, abzuernten, um sie als Zutat für persischen Reis einzufrieren.

Wir setzten also über, machten das Boot am Ufer fest, an der Grenze zu den Nacktbadern, unter ihnen ein Bischof der Zeugen Jehovas samt Hund sowie einer meiner Cousins aus der örtlichen Hotellerie, die ein Auge auf das Boot haben würden.

Wir zupften die Berberitzen von ihren stacheligen Büschen, zum großen Befremden der Vögel, die vor Staunen über solche Konkurrenz beinahe von den Zweigen fielen. Und als wir, wie die Büsche, über den See hängend, entlang des Weges Berberitzenbusch um Berberitzenbusch durchpflückten, stand plötzlich der Hund des Pfarrers wedelnd neben mir und fuhr mir mit der nassen Schnauze unter den Rock.

Ich versuchte, nicht zu kreischen, hätte es dann aber beinahe doch getan, als ich, für die beiden unsichtbar, weil hinter der Berberitze, den Journalisten aus Wien vorübergehen sah und neben ihm den mir aus den Medien bekannten Ed Fagan, einen amerikanischer Anwalt jüdischer Opferorganisationen, der die neuen Politiker des Landes in die Mangel genommen hatte.

Ich verstand zwar kein einziges Wort von dem Gespräch, in das sie vertieft waren, denn der Hund des Bischofs hatte den Hund des Pfarrers gewittert und stürzte nun kläffend auf ihn zu, aber ich konnte mir auch so ganz gut vorstellen, worüber sich die beiden unterhielten.

An die hundert Villen, Anwesen und Grundstücke in der Gegend waren seinerzeit arisiert und dann nur von Fall zu Fall an ihre früheren Eigentümer oder deren Erben zurückgegeben worden. Wahrscheinlich kam nun Bewegung in die verschleppten Prozesse und wohlweislich verschleierten Eigentumsverhältnisse. Ich spürte, wie mir eine Gänsehaut aufstieg.

Die Nachbarin war zu sehr ins Pflücken vertieft, als daß sie den Exekutor der wie so oft nachhinkenden Gerechtigkeit bemerkt hätte, und ich sagte nichts. Sie würde mir ohnehin nicht geglaubt haben.

Unsere Tüten, Plastikbehälter und Rucksäcke waren voll, die Sonne stand schon ziemlich schräg, und wir stapften zurück zum Boot. Eine Spätnachmittagsbrise war aufgekommen, und wir fuhren ganz nah am Ufer entlang, um nicht abgetrieben zu werden.

»Was für ein Tag!« Die Nachbarin hatte die Augen geschlossen, wir bewegten uns in Richtung Sonnenuntergang. Ich nickte und nahm die Sonnenbrille ab, ich hatte das Licht im Rücken. Der Stein am obersten Rande war aus unserem Blickfeld verschwunden, und so wie nun die letzten Sonnenstrahlen die Felsschründe der Trisselwand ausleuchteten, wirkte sie wie ein riesiger Brocken Glut, der dort, wo die Sonne nicht mehr hinschien, bereits schwarz geworden war.

Land und Meer im Widerlauf,
Das ganze Weltall schäumte auf,
Das ewige Geheimnis zu offenbaren,
Warum soll ein Weiser das Gesicht noch wahren?
Himmel und Erde wurden zu Gott,
Trommel und Flöte riefen »Ich Gott!«
Glaube und Unglaube wurden eins,
Süßes und Bitteres einen Weins.
Im Antlitz des Menschen trat Gott zutag,
Knie nieder vor dem Menschen, irr nicht ab.

Ich hatte das Gedicht in einer der türkischen Anthologien gefunden. War es das, was Nesîmî Wendlgard mitteilen wollte? Des Menschen Göttlichkeit? Er hatte sich nicht gescheut, es zu dichten. Und dafür gerichtet zu werden. Zu seiner Zeit und in seinem Land. Wahrscheinlich diente die Verschlüsselung der Brieftexte dem Schutze Wendlgards. Die ein Jahrhundert vor ihm gelebt hatte?

Ich fand keinen Durchschlupf vom einen zum anderen Jahrhundert, keine goldene Brücke von unmöglich zu möglich.

Angenommen, die historische Wendlgard war letztlich auch nur eine Figur, hinter der eine andere Figur stand oder nach der eine andere Figur kam, die nicht in Erscheinung treten konnte oder wollte. Daß der Briefwechsel bearbeitet, sprich manipuliert, worden war, stand außer Zweifel. Allein die Interlinearübersetzungen zeugten davon, daß man sich damit beschäftigt hatte. Ich begann in den Çamuroğlu-Büchern zu blättern, war aber nach diesem Tag am See einfach zu müde, um ernsthaft darin, geschweige denn in dem Briefwechsel, zu lesen.

Ich nippte an meinem Weißweinglas und wollte früh schlafen gehen. Unwillkürlich lauschte ich den Nachtgeräuschen in Erwartung derer des Dachses, aber der kam nicht. Schon seit zwei Nächten nicht mehr.

Es war nicht anzunehmen, daß der Briefwechsel handwarm auf uns gekommen wäre. Auch schien es ziemlich unwahrscheinlich, daß Wendlgard persönlich ihn in den Wiedergänger-Dachs gepackt hatte. Vielleicht handelte es sich bei dem Briefwechsel um ein Lehrstück der geheimen Wissenschaften, das die Namen von Wendlgard und Nesîmî als Symbole verwendete, als Zeichen für die Wissenden. Was aber, wenn der Name Wendlgards von Nesîmî gar nicht gebraucht worden war, wie aus Çamuroğlus Fax hervorzugehen schien? Ließ sich dann noch von einem Briefwechsel sprechen?

Ich überflog meine Kopie und hoffte, daß mir aus den Wendlgard-Briefen der Name Nesîmî ins Auge springen würde, aber nichts da. Was, wenn wir einfach der Wunschvorstellung erlegen wären, und nur ein Kobold, Dämon oder Dschin uns genarrt hatte? Oder viel wahrscheinlicher, der Redakteur einer esoterischen Zeitschrift, der Çamuroğlu, Unumgang, dem Pfarrer, Pat und Auguste unerkannt diesen Floh ins Ohr gesetzt hatte, um von ihren Entschlüsselungsversuchen auf seine Weise zu profitieren?

Was aber war dann mit mir? Ich schüttelte den Kopf so heftig, daß ich dabei etwas von dem Wein verschüttete. Nein, der Redakteur einer solchen Zeitschrift war auch keine Lösung. Da mußte ich mir schon etwas Besseres einfallen lassen.

Dede Sultan klopfte mit der Pfote gegen das Fenster. Ich stand auf und ging an die Küchentür, die auf die Terrasse hinausführte, um ihn hereinzulassen. Er beäugte seinen Napf, in dem sich noch etwas von dem Wildkaninchen befand, als das der Doseninhalt beschrieben war, nahm anstandshalber einen Bissen und verlangte dann, in meinem Schoß zu liegen. Während ich meinen Wein langsam austrank, leckte Dede Sultan seine Pfote ab und fuhr sich damit mehrmals über den Kopf, eine eindrucksvolle Umsetzung des Begriffs *Katzenwäsche*. Als er sich gewaschen genug fühlte, wechselte er mehrmals seine

Stellung, indem er sich erhob, meinen Bauch mit seinen Pfoten in die richtige Fasson tretelte und sich dann so hinlegte, daß er seine Pfoten gegen meinen linken Arm spreizte. Ich konnte gerade noch mit der Rechten das Glas erreichen.

Nach einer Weile begann er laut zu schnurren und brachte uns beide damit in eine ausgesprochen meditative Stimmung.

Plötzlich sah ich Wendlgard vor mir, der Kleidung nach wohl eher die mythische, wie sie auf dem späteren Kirchplatz ihre Hände zum Gefäß formte und von der aus dem Boden sprudelnden Quelle trank, in langen gierigen Schlucken, dann ihre Kleider auszog und sich mir nichts, dir nichts von Kopf bis Fuß zu waschen begann. Dabei sang sie sogar.

Nicht daß ich die Worte ihres Gesangs hätte verstehen können, aber vielleicht waren es gar keine Worte. Die meisten Menschen summen unter der Dusche vor sich hin. Und selbst wenn ich die einzelnen Wörter hätte verstehen können, hätte ich deshalb noch immer nicht gewußt, was sie bedeuteten. Die Frage durchfuhr mich wie ein Traumbrecher – in welcher Sprache würde sie wohl gesungen haben, Wendlgard die Mythische, die angeblich im 8. Jahrhundert hier aufgetaucht war, aber da gab es ja bereits eine Art christlicher Kapelle auf dem ehemaligen keltischen Opferplatz. Oder war die mythische Wendlgard noch viel älter?

Dede Sultan wurde offenbar gerade von einem Floh gebissen, denn seine Zähne durchpflügten hektisch das Fell, wobei er, der ohnehin kaum Platz auf meinem Schoß fand, in eine solche Schieflage geriet, daß nur mehr ein freiwilliger Absprung ihn vor dem unfreiwilligen Sturz bewahren konnte. Da saß er nun auf dem Teppich und blinzelte mich verständnislos an.

Mir hatte die gemeinsame Meditation so gut wie nichts gebracht, und so beschloß ich, ihr auch nicht weiter nachzuhängen. Das lange Schwimmen hatte zwar meine Muskeln gestählt, meine Einbildungskraft jedoch ermüden lassen. Ich stellte mein Glas in die Spüle, entließ Dede Sultan in die beuteverheißende Nacht und ging nach oben. Da ich der warmen Tage wegen noch nicht zu heizen begonnen hatte, empfing mich ein kaltes Bett in einem kalten Schlafzimmer, und ich bereute es schon, Dede Sultan weggeschickt zu haben.

Dennoch blieb das Fenster gekippt, und bevor ich mich ganz von meinem Bewußtsein verabschiedete, hörte ich ihn plötzlich wieder, den Dachs. Ich muß zugeben, daß mich das Geräusch mittlerweile eher beruhigte. So als beschütze mich dieses Schnorcheln und Scharren vor etwas viel Unangenehmerem, als es die Vernichtung meiner Himbeeren je sein konnte.

Es war kein Brot mehr im Haus, und so mußte ich wohl oder übel ins Dorf hinunter, um in der Bäckerei, die sich ganz in der Nähe der Trafik befand, welches zu besorgen.

Vor dem Frühstück traf man ganz andere Leute, meist Einheimische, Zimmervermieterinnen, die für ihre Gäste frische Semmeln holten, Junggesellen, die sich vor der Arbeit einen Kaffee – die Bäckerei war auch gewissermaßen Kaffeehaus – und eine Topfengolatsche gönnten, aber auch Schulkinder, die Schokoriegel und Kindermilchschnitten kauften.

Vor Unumgang war ich so früh am Morgen sicher, vor dem Pfarrer auch, der las seine Messe, und Auguste drehte sich wahrscheinlich gerade noch einmal im Bett herum. Blieb eigentlich nur Pat, und kaum war ich wieder auf dem Weg zu mir hinauf, hörte ich sie hinter mir her keuchen.

Gerade als ich in die Einfahrt biegen wollte, hatte sie mich eingeholt. Ich drehte mich nach ihr um, und da war es gar nicht Pat, sondern Auguste, die mit hochrotem Kopf auf der Stelle trat, um mich nicht niederzurennen.

»Ist etwas passiert?« Es schien unangebracht, aber das war es, was mir als erstes in den Sinn kam.

Auguste lächelte gequält, meine Frage schien sie nicht einmal zu wundern. »Ach, weißt du, ich bin zu dem Schluß gekommen, daß ich etwas für meine Figur tun sollte, und überhaupt.«

Das *überhaupt* beunruhigte mich mehr als das Figurproblem, schwang doch ein leicht depressiver Ton darin, der mir von Menschen mit Problemen bekannt war.

»Hast du schon gefrühstückt?«

Sie schüttelte traurig den Kopf. »Hab ich auch nicht vor. Sonst ist das ganze Joggen für die Katz.« Es schien, als wäre sie den Tränen nahe. Es galt also, rasch zu handeln.

»Hör zu, du bist ganz und gar nicht der Typ, der bergauf laufen sollte. Wie ich deine Haut einschätze, könnte diese Art von Anstrengung ein paar Äderchen in deinem Gesicht platzen lassen, und das macht sich nicht gut. Wenn du schon unbedingt etwas für dich tun willst, schwimm ein paar Runden im Sommersberger See. Das Moorwasser ist gut für die Gelenke, und die Haut fühlt sich danach wie Seide an.«

Sie sog meine Worte mit dem ganzen Körper ein, nur ihr Gesicht sah noch skeptisch drein.

»Aber meine Hüften …«

»Das oberste Gebot ist, seinem Typ treu zu bleiben. Wenn ich mir dich als Schmalgeiß, wie man hierorts sagt, vorstelle, fällt mir dazu schlaffe Haut ein, und dafür bist du einfach noch zu jung.«

Nun begann sich auch ihr Gesicht aufzuhellen. »Aber Pat hat gemeint …«

Ich legte so viel Strenge in meinen Blick, wie ich auf dem Grunde meiner Seele zusammenkratzen konnte. »Pat hat weder vorne noch hinten etwas, das sie als Frau erkennbar machen würde. Wären da nicht ihre schönen langen Haare …«

Auguste kam auf mich zu und umarmte mich. »Darf ich reinkommen?« Ihr Blick war auf meine Einkaufstasche gerichtet, aus der der Duft von frischem Gebäck stieg.

Ich befreite mich aus ihrer ausgesprochen weiblichen Umhalsung und nahm ihren Arm. »Es gibt Tee«, sagte ich kategorisch, »keinen Kaffee«, wobei ich das Wort Kaffee völlig unlogischerweise auf dem *a* anstatt auf den beiden *ee* betonte, so wie die Deutschen es zu tun pflegen.

»Hast du auch Milch?« Auguste war für den Augenblick gerettet, und ich konnte in Ruhe Frühstück machen.

Ich hatte vergessen, die Çamuroğlu-Bände sowie die Bücher mit den Nesîmî-Gedichten wegzuräumen, und natürlich steckte Auguste sogleich ihre Nase hinein.

»Du liest ja doch Türkisch«, rief sie mir in die Küche nach, was ich ignorierte. Und als dann alles bei Tisch war und wir zu essen beginnen konnten, versuchte sie, mich über Çamuroğlu auszufragen, und ob seine Arbeiten tatsächlich etwas taugten.

Es sei ein Jammer, daß seine Bücher nur auf türkisch erschienen wären, dessen weder sie noch Pat mächtig seien. So wüßten sie nicht, mit welcher Art von Konkurrenz sie es zu tun hätten, und überhaupt.

»Was meinst du mit überhaupt?« Ich ging nicht weiter auf ihre Frage nach den Çamuroğlu-Werken ein. Mir war klar daß *überhaupt* wenig mit Çamuroğlu zu tun hatte.

Da sie gerade den Mund voll hatte, entstand eine kleine Pause, die ich dazu nutzte, aus dem Fenster zu schauen. Ich sah Pat, die, vom Waldrand her kommend, bei der Einfahrt verhielt, den Blick aufs Haus gerichtet, obwohl sie mich, wie ich wußte, von draußen nicht sehen konnte. Offensichtlich überlegte sie noch, doch dann schüttelte sie plötzlich den Kopf und trabte weiter bergabwärts. Ich unterdrückte ein Aufatmen.

Auguste, die mit dem Rücken zum Fenster saß, hatte hinuntergeschluckt und setzte zu einer Erklärung an. »Natürlich ist Pat viel weiter als ich. Eine Professur stärkt das Selbstbewußtsein, und wenn sie einmal eine Spur verfolgt, hat sie die Ausdauer eines Fährtenhundes.«

Auguste hatte damit begonnen, alles aufzulisten, was sie nicht hatte. Ich nahm das als Vorspiel für etwas, von dem sie annahm, daß sie es hatte, und hoffte nur, sie würde mich nicht zu lange darauf warten lassen.

»Ich meine, die Feldforschung ist ein eminent wichtiger Beitrag, das steht, international gesehen, außer Frage, jedoch trägt die regionale Festlegung nicht immer zum Verständnis der ideengeschichtlichen Herkunft bei.«

Ich unterbrach sie nicht. Es war an ihr, sich zu erklären. Und es war vorauszusehen, daß sie es im Hinblick auf den Briefwechsel tun würde.

»Bei aller weiblichen Solidarität haben Pat und ich natürlich völlig verschiedene Ansätze.« Ich nickte, um ihr unterschwellig Mut zu machen.

»Was mich interessiert, ist nicht so sehr die Historizität als die Figur der Wendlgard vom Leisling. Ich wage zu behaupten, daß sie gewisse Züge der Großen Göttin trägt.«

Mir schien, daß Auguste nun doch ein wenig dick auftrug.

»Ich meine vor allem die mythische Wendlgard. Warst nicht

du es, die irgend etwas von *in Gestalt einer Blumenzwiebel* gesagt hat?«

Ich warf einen Blick auf *Iris elegantissima* und wäre beinahe vom Stuhl gefallen. Sie wuchs. Ich konnte mit freiem Auge erkennen, daß sie bereits ein zweites Blattschwert ausgefahren hatte.

Auguste fragte nun ihrerseits, was passiert sei, da meine Verblüffung ihr nicht entgangen war. Ich beeilte mich zu versichern, daß es erstens nichts mit ihr zu tun hätte und mir zweitens eine Verabredung für heute mittag wieder eingefallen wäre, die ich tatsächlich vergessen hatte.

Auguste ließ nicht locker. Ihre Verfolgung meiner Irisknolle ließ den Vergleich mit einem Fährtenhund zugunsten jenes mit einem Trüffelschwein verblassen. Das würde, erklärte sie, eindeutig auf eine Vegetationsgöttin verweisen, wenn nicht auf die ältere Form einer *Herrin der Tiere*. Die Göttin als flüchtige, verfolgt von den eindringenden Vatergöttern, deren Gewalttätigkeit sich in den Mythen beinahe aller Völker auf das eindringlichste spiegle. Allein, daß sie sich sozusagen am Arsch der Welt niedergelassen habe, sei ein überzeugender Beweis. Ich möge verzeihen, daß sie diese Gegend, die mittlerweile wegen ihres touristischen Reizes weltberühmt sei, auf so ungebührliche Weise bezeichnet habe, aber für das 8. Jahrhundert und davor sei das, wenn auch derb, so doch nicht zu weit hergeholt. Auch könne man aufgrund ihrer Iris-Gestalt – ich konnte mich nicht erinnern, Auguste gegenüber je etwas von *Iris elegantissima* erwähnt zu haben – ihre Wanderung von Kleinasien über den Balkan bis nach Mitteleuropa verfolgen. Eine Kette von Indizien also, die sich mit dem entsprechenden wissenschaftlichen Apparat wohl auch belegen ließe.

Mir ging so allerlei durch den Kopf. »Gesetzt den Fall, es ist etwas dran an dem, was du sagst, sollte es sich dann nicht bei den Wendlgarden um jene alten Göttinnen handeln, die von den neuen Göttern zuerst vereinnahmt und dann verdrängt wurden? Beispielsweise um die drei Bethen, Ambeth, Wilbeth und Borbeth?«

»Die dann zur Hl. Margarethe, zur Hl. Katharina und zur Hl. Barbara wurden, wenn ich mich recht erinnere.«

»Barbara mit dem Turm, Margarethe mit dem Wurm, Katharina mit dem Radl, das sind die drei heiligen Madl«, zitierte ich den Spruch, der es mir von Kindheit an ermöglicht hatte, die Attribute der drei Heiligen richtig zuzuordnen.

»Wenn es in diese Richtung ginge, müßte man etwas über das Ende der beiden Wendlgarden in Erfahrung bringen. Und über die Gegenstände, die zu ihnen gehörten. Oft dienten die Attribute der ursprünglichen Göttin als Marterwerkzeuge für die Heilige.«

Dieser Gedanke war mir noch nie gekommen. »Als Marterwerkzeuge? Wie das?«

»Hutzl-Ronge hat das anhand der Hl. Luzia nachzuweisen versucht, zu der Juno Lucina, die Lichtbringerin, nach und nach geworden war. Luzia soll so keusch gewesen sein, daß sie, als ihr Verehrer die Schönheit ihrer Augen gepriesen hatte, sich diese aus den Höhlen schnitt, sie ihm auf einem Tablett zuschickte und bat, künftig in Ruhe gelassen zu werden. Daraufhin sollte sie zur Strafe in ein Bordell verbracht werden. Da wurde sie von der Kraft des Hl. Geistes so schwer, daß man sie nicht mehr von der Stelle bewegen konnte. Weder Scheiterhaufen noch siedendes Öl konnten ihr etwas anhaben. Selbst mit dem Dolch im Halse lebte sie noch lange genug, um die Heilige Kommunion zu empfangen. Hutzl-Ronge meint nun, daß das alles nicht der Jungfrau, sondern der Statue der Göttin Juno Lucina angetan worden wäre, als die Christen ihre Tempel plünderten. Wobei es geradezu als Wink mit dem Zaunpfahl erscheint, daß Luzia so schwer geworden war, daß man sie nicht verrücken konnte. Wie eine Statue eben.«

Ich mußte an Nesîmî denken, dessen Häutung aktenkundig und nicht an der Statue eines seiner Vorgänger vollzogen worden war.

»Interessant ist, daß Luzia als Schutzpatronin für Augenkranke gepriesen wird, was bei einer Heiligen, die sich die Augen ausgestochen hat, nicht viel Sinn ergibt. Zur Göttin Juno Lucina, die den Menschen das Augenlicht schenkte und den Neugeborenen die Augen öffnete, paßt das schon viel besser.

Es hieß auch, daß Luzia durch die Kraft ihres Gebetes ihre

Mutter vom Blutfluß geheilt habe. Auch hier ist es naheliegender, zu vermuten, die Mutter sei geheilt worden, weil sie zur Göttin Juno gebetet hatte, die ja für alle Geburtsbelange und Frauenkrankheiten zuständig war.

Auch als Lichtbringerin macht die Göttin eine bessere Figur als die Heilige, die mit siedendem Öl übergossen und angezündet worden war. Und so weiter und so fort, verstehst du, was ich meine?«

Ich verstand. »Aber um diese Art von Analyse anzustellen, müßte man mehr über das Leben von Wendlgard und über ihre Todesart wissen. Und worauf der Name selbst sich zurückführen läßt. Manchmal ist damit schon viel erreicht.«

Auguste sah mich an. »Weißt du es?«

Ich mochte direkte Fragen dieser Art nicht und versuchte, mich so beiläufig wie möglich aus der Affäre zu ziehen. »Nicht wirklich.« Eigentlich hatte ich keine rechte Lust, mein Lilien-Fundstück, was den Namen der Wendlgard anging, preiszugeben. Aber Auguste ließ nicht locker. Also gab ich knurrend zu, daß ich im *Grimm* nachgeschaut hatte. Ich betonte absichtlich den Bast vor den Lilien, um sie abzulenken, aber sie hatte bereits Witterung aufgenommen und blieb an der Lilie dran. »Das wäre ein weiteres Indiz für die Gestalt der Blumenzwiebel.«

In diesem Augenblick läutete es, und da ich zu Ende frühstücken wollte, überließ ich es Auguste, die sich erboten hatte, den Besucher hereinzubitten.

Es war der Pfarrer, und als sie mit ihm zurück an den Tisch kam, erblühten ihre Wangen im Ton meiner neuen zyklamenfarbigen *Clematis viticella*.

Ich schenkte auch dem Pfarrer ein wenig Tee ein und bot ihm von dem frischen Nußbrot an, aber er sagte, er habe schon gefrühstückt. Er sei nur vorbeigekommen, weil er in einer der alten Schriften in seinem Pfarrhof einen Hinweis auf eine Wendlgard gefunden habe, die gewaltsam ums Leben gebracht worden war. Es habe sich jedoch nicht einwandfrei feststellen lassen, ob es sich dabei um die Wendlgard unseres Briefwechsels handle oder um eine später geborene.

Auguste erkannte ihre Chance und nutzte sie. »Würden Sie mich einen Blick in diese Aufzeichnungen tun lassen?« Als der Pfarrer nicht sofort zusagte, begann sie sogleich ihm zuzusetzen. »Es wäre von unvorstellbarer Wichtigkeit für mich, einen Blick in Ihr kostbares Dokument zu werfen«, flötete sie. »Und Sie können mir glauben, ich bin es gewohnt, Urkunden dieser Art zu lesen. Während meiner Ausbildung an der Baudleian Library in Oxford ...« Sie schien bewußt nach diesem Wort abzubrechen, um es auf den Pfarrer, der zwar eher frankophil war, aber doch eine Vorstellung von der Welt der Humanwissenschaften hatte, entsprechend wirken zu lassen.

Ihre Rechnung ging auf.

»Wenn Ihnen so viel daran liegt, bin ich gerne bereit, Ihnen Einblick zu gewähren.« Der Pfarrer war kein Mann der Forschung, obgleich er eine umfangreiche Dissertation über Exorzismus verfaßt hatte, und mußte daher auch kein Geheimnis aus seinen Entdeckungen machen. »Sie müßten dazu allerdings in den Pfarrhof kommen. Ich bin nicht befugt, Dinge dieser Art außer Haus zu geben.«

»Aber mit dem größten Vergnügen.« Auguste war anzusehen, wie sie ihren Fang genoß. Das waren zwei Fliegen mit einer Klappe. Die Figur der Wendlgard würde wieder eine Schicht zulegen, und Spaß würde es ihr obendrein machen, im Pfarrhof ein und aus zu gehen.

Auch der Pfarrer griff nach den Çamuroğlu-Büchern, blätterte darin und schüttelte dabei den Kopf. »Was man alles können sollte«, entfuhr es ihm in Form eines Seufzers, und gedankenverloren nahm er nun doch ein Stück Brot, strich sich Butter drauf und biß mit Appetit hinein.

Auguste war wohl zu Bewußtsein gekommen, daß sie noch immer in dem wenig attraktiven Jogginganzug steckte und auch ihr Gesicht noch völlig uni, das heißt natur, war. Sie fummelte ein wenig an ihrem Haar herum und nagelte den Pfarrer rasch fest, bevor sie sich erhob. »Ich darf also heute nachmittag vorbeikommen?«

»Jederzeit. Ich sage meiner Sekretärin Bescheid.« Das Wort Sekretärin löste bei Auguste nicht gerade einen Freudentaumel aus, aber sie wußte, wann sie die Kirche im Dorf lassen mußte. »Also dann«, sagte sie, an den Pfarrer gewandt, »wir sehen uns noch.« Mich aber küßte sie geräuschvoll auf die Wangen, dankte mir für alles und begann bereits in der Einfahrt wieder zu laufen, wenn auch diesmal ohne hängende Mundwinkel.

»Ich hoffe, sie setzt mir mit dem Feuer ihrer Blicke nicht den ganzen Pfarrhof in Brand«, bemerkte der Pfarrer sarkastisch. »Übrigens, diese Wendlgard, von der ich gelesen habe ... Wissen Sie, wie sie zu Tode gekommen ist?«

War das eine Fügung oder der gewöhnliche Ablauf der Dinge? Ich schüttelte den Kopf.

»Man hat sie ertränkt. Stellen Sie sich vor, man hat sie im See ertränkt, zum Tode verurteilt und ertränkt.« Er schien es nicht fassen zu können.

»Man wird ihr Idol in den See geworfen haben. Demnach wurde sie als Quellgöttin verehrt.« Der Pfarrer schaute mich verständnislos an.

»Denken Sie nur, die Kirche soll aus den Attributen der alten europäischen Göttinnen die Werkzeuge für den Märtyrertod der ihr nachfolgenden Heiligen gebastelt haben.«

»Ich bitte Sie«, rief der Pfarrer, »das liegt Jahrhunderte zurück. Damit können Sie mir nicht mehr kommen.«

»Meines Wissens wurde Jesus Christus vor ungefähr zweitausend Jahren geboren, und dennoch berufen Sie sich noch immer auf ihn.« Das Lächeln, das nun in seinem Gesicht aufging, sagte »ertappt!« Und immer, wenn er so bereitwillig die Waffen streckte, machte es keinen Spaß mehr, Muttergöttinnen zu zitieren.

Das Handy in seiner Rocktasche begann zu kreischen. Man war wieder einmal auf der Suche nach ihm.

Ich erinnerte mich an die Verabredung, die ich schon einmal so bereitwillig vergessen hatte. Es war ein Termin bei meinem Steuerberater, und da ich ansonsten mit dem Bus hätte fahren müssen, der nur alle Stunden zwischen Altaussee und Bad Aussee verkehrte, bat ich den Pfarrer, mich mitzunehmen.

»Geben Sie mir ein paar Minuten, ich muß nur noch meine Unterlagen zusammensuchen.« Er habe keine Eile, meinte er, die Sekretärin hätte nur etwas nicht gefunden.

Dennoch beeilte ich mich, so gut es ging. Raffte die Belege, die zu meiner Steuererklärung noch gefehlt hatten, zusammen, blickte aus dem Fenster, um zu erkunden, ob ich eine Jacke oder einen Schirm mitnehmen mußte, aber der Tag war so klar wie die vorhergehenden, also mußte ich nicht, stopfte Kamm, Puderdose, Lippenstift und Geld in meine Handtasche, fuhr in präsentable Schuhe und erlebte gerade noch, wie der Pfarrer den Frühstückstisch abräumte und das Geschirr gekonnt in den Spüler schlichtete. Ein Anblick, der sich lohnte.

Die Besuche beim Steuerberater ähneln denen beim Zahnarzt. Beide führen einem die Anfälligkeit menschlichen Seins vor Augen, für die weder Steuerberater noch Zahnarzt etwas können, obgleich immer ein bißchen davon an ihnen hängenbleibt, so wie am Gerichtsvollzieher, der schließlich auch nichts dafür kann, daß die Leute Schulden machen und sie dann nicht bezahlen können. Und doch richtet sich die Wut der Gepfändeten in erster Linie gegen ihn als den sichtbaren Repräsentanten des Schicksals.

Am besten man redet nicht weiter darüber. Ich jedenfalls hatte nach besagtem Besuch das Gefühl, mir auf der Stelle etwas Gutes tun und zumindest in eines der Kaffeehäuser gehen zu müssen, damit mein Gemüt sich wieder beruhigte.

Natürlich standen im Ort, der sich seit ein paar Jahren Stadt nennen durfte, mehrere Kaffeehäuser zur Verfügung, aber in Frage kamen in dieser Situation nur zwei. Das eine, das berühmtere, am Rande des Kurparks, hatte den Vorteil, daß es sich haarscharf an der Straße befand, so daß die Sommergäste, die aus den großen Städten hierhergekommen waren, luftmäßig nicht an Entzugserscheinungen zu leiden brauchten, schließlich bewegte sich der gesamte Ausseerlandverkehr an ihnen vorüber. Auch konnten alle einander sehen und alle auch von den vorbeifahrenden Autos aus gesehen werden, was Ausreden der Art von *ich habe dich überall gesucht* so gut wie außer Kraft setzte.

Ich bevorzugte das andere Café, das zwar auch an der Straße lag, aber nicht ganz so übersichtlich war, dafür aber die besseren Cremeschnitten und die größere Auswahl an Zeitungen hatte. Da ich jedoch, vom Steuerberater kommend, zuerst an jenem vorbei mußte, das beinah Bestandteil der Straße war, hätte ich schon eine Tarnkappe aufhaben müssen, um nicht auch meinerseits gesehen zu werden.

Es war Pat, die mich mit rudernden Armen zu sich an einen der nur durch eine kniehohe, schmale Steinmauer von der Straße getrennten Tische rief. Neben ihr stand ein freier Stuhl, der einzige im ganzen Gastgarten. Pat schien mir einigermaßen erregt, ja geradezu euphorisch, und nachdem sie ihre Tasche von dem freien Stuhl genommen und mich darauf niedergezogen hatte, deutete sie mit dem Finger mehrmals auf einen Punkt in der Wanderkarte des steirischen Salzkammergutes, die sie ausgebreitet vor sich liegen hatte.

»Was sagst du dazu, ich wußte, daß ich auf der richtigen Spur bin. Das ist der Beweis.«

Eigentlich hätte ich sie gerne nach dem Mauerstein in ihrer Hose, der sie neulich hatte humpeln lassen, gefragt, aber möglicherweise war das Ganze ohnehin nur Imponiergehabe gegenüber Auguste gewesen. Erst einmal wollte ich herausfinden, was sie in solche Begeisterung versetzte, aber da sie das Wort immer wieder mit ihrem tippenden Finger bedeckte, gelang es mir nicht, es zu Gesicht zu bekommen.

»Weißt du, was hier steht?« Ich konnte nur erkennen, daß die Stelle, an der ihr Finger niederging, sich links vom Kritkogel, etwas oberhalb des Leislinggrabens, befand. Jetzt wurde auch ich neugierig, nahm ihren Finger und setzte ihn auf die Sandlingalm, damit ich endlich das Verborgene zu sehen bekam.

Unsinnige Kira, las ich und muß gestehen, daß es auch mir einen Ruck gab.

»Ihr sagt doch *Kira* zur Kirche«, damit meinte sie mich und die übrigen Einheimischen. Ich konnte nicht umhin, das zu bestätigen.

»Angenommen, Wendlgard war tatsächlich die Mystikerin, als die sie in manchen Quellen erwähnt wird, und angenommen, sie hat tatsächlich hier zusammen mit ihren Getreuinnen, den sogenannten Leislinginnen, ein kleines Kloster gegründet, was läge da näher, als daß die Bevölkerung sie für ein wenig verrückt gehalten und die kleine Kirche oder die Kapelle, die die Leislinginnen erbauen hatten lassen – ohne Kirche oder Kapelle kein Kloster –, sozusagen pars pro toto, als *unsinnig* im Gedächtnis behalten hätte. Wie man weiß, hat sich die Geschichte immer in den Ortsnamen niedergeschlagen, und in den Ortsnamen ist sie auch am längsten präsent geblieben.«

Ich fühlte mich überfahren. Ausgerechnet Pat, die aus Amerika kam, stieß mich mit der Nase auf etwas, das unmittelbar vor mir zu liegen schien. Ich muß allerdings zugeben, daß ich tatsächlich noch nie in eine so detaillierte Wanderkarte geschaut hatte. Mit dem Hochmut der Eingeborenen war ich immer davon ausgegangen, daß ich die Umgebung wie meine Westentasche kannte. Dabei ist es einfach so, daß man immer dieselben Wege geht, und wenn man nicht zu den ausgesprochenen Bergwanderern gehört, entgeht einem eben manches.

Während ich noch um irgendwelche Verharmlosungen des Sachverhalts, nämlich daß ich den Namen *Unsinnige Kira* zum ersten Mal hörte, bemüht war, fiel mein Blick auf eine weitere Bezeichnung, wenn auch am schräg gegenüberliegenden unteren Rand der Karte, die mir das Blut schneller durch die Adern trieb. Es gab da nämlich südlich des Grundlsees in Richtung Hinterberg einen *Türkenkogel*, von dem ich ebenfalls nichts gewußt hatte.

»Ich frage mich, warum ihr, die ihr hier wohnt, nicht schon längst diese Verbindung hergestellt habt«, sagte Pat mit leicht tadelndem Unterton, obgleich ihr Stolz natürlich überwog, daß sie es gewesen war – und nicht wir –, der diese Entdekkung geglückt war.

»Hold your horses!« erwiderte ich, da mir im Augenblick nichts Besseres einfiel. Es war dies der Satz, der völlig sinnwidrig auf meinem Bildschirmschoner erschien, wenn ich beim Eintippen eines Textes zu lange pausiert hatte und die Seepferdchen über den Schirm zu schwimmen begannen. »Und sieh es als Form von Betriebsblindheit. Wenn man hier lebt und einige der Kogel, Almen und Gräben kennt, denkt man, man kennt sie alle. Zum Glück gibt es noch Leute wie dich, die mit dem Blick von außen die inneren Zusammenhänge erkennen.«

Es war nicht sehr nobel, wie ich reagierte, und ich wußte selbst nicht, warum ich Pats Begeisterung nicht so recht teilen konnte. Alles sprach für ihre These, ich zupfte an meiner Unterlippe, und dennoch ... Ich hob den Kopf, um den Blick einen Moment von der Karte zu nehmen – und wurde von einem bärtigen Experten gegrüßt, der gerade von der Straße kam und dem natürlich nicht entgangen war, in wessen Karte Pat und ich gerade die Köpfe gesteckt hatten, nämlich in seine.

Diesmal schaltete ich rasch genug. Da ich den Meister, der, als er noch im Berufsleben stand, Kurdirektor gewesen war, seit der Kindheit kannte, bat ich ihn an unseren Tisch und machte ihn mit Frau Professor Dr. Patricia McCall bekannt, was ihn sichtlich freute, während ich Pat im selben Atemzug erklärte, daß der regionale Fachmann für Ortsnamenforschung und Brauchtum auch der Herausgeber dieser vor uns liegenden Karte sei.

Pat konnte ihr Glück kaum fassen, der Zufall war eindeutig auf ihrer Seite, und sie bebte nur so vor ungefragten Fragen, deren geeignetster Adressat nun leibhaftig vor ihr stand.

Da noch immer kein weiterer freier Stuhl in Sicht war und ich Pat dieses glückliche Zusammentreffen von Herzen gönnte, erklärte ich, daß ich in die Apotheke müsse, danach aber wiederkommen würde, und verließ eine Pat, die wie *die Göttin als Lichtbringerin* erstrahlte, und einen nicht minder enchantierten Ortsnamen- und Brauchtumsforscher.

An der Tür zur Apotheke stieß ich mit Unumgang zusammen, der es äußerst eilig zu haben schien. Er müsse noch rasch in die Buchhandlung, um vor der Mittagspause ein bestelltes Buch abzuholen. Ich schaute auf die Uhr, und tatsächlich war es bereits kurz vor zwölf, die Zeit, um die Kaiser Franz Joseph seine Rindsuppe zu essen pflegte, was auch noch ein Jahrhundert später einen Großteil der ländlichen Geschäftsleute dazu veranlaßte, um Punkt zwölf Uhr zuzusperren. Doch, rief Unumgang mir noch zu, er werde mich am Nachmittag anrufen, es gebe da ein paar Details in der bewußten Angelegenheit, die mich vielleicht interessieren würden.

Als ich zum Café zurückkam, war in Pats Gesicht die Sonne untergegangen, und der Meister erklärte ihr ruhig und unaufdringlich, was Sache war.

Ich stellte mich zwischen die beiden, legte je einen Arm um

sie und beugte mich in Richtung Karte, was bei meiner Körpergröße ohnehin schon so aussah, als säße ich.

»Darf ich es auch wissen?« Mir war klar, daß eine Hoffnung enttäuscht worden war und daß es nur mehr um das Ausmaß dieser Enttäuschung gehen konnte.

»Also bei der *Unsinnigen Kira* handelt es sich dem derzeitigen Stand der heimatkundlichen Forschung nach nicht um eine Kirche«, hob der Experte an, »sondern das Wort *Kira* kommt wahrscheinlich von *kirren*, was soviel wie besänftigen, still oder fügsam machen heißt.«

»Also *kirremachen*«, fiel mir ein, »das Wort ist noch in Verwendung, wenn auch nicht in unserem Tal.«

»Und *unsinnig* wurde auch im Sinn von besonders groß, umfangreich oder überdimensional verwendet.«

Ich begriff trotzdem nicht, was *Unsinnige Kira* heißen sollte, wenn es sich schon nicht um eine Kirche handelte.

Pat nahm es auf sich, mir zu erklären, was ihr erklärt worden war. »Es geht der Expertenmeinung zufolge um einen Begriff des Almauftriebs. Er vermutet, daß an dieser Stelle die Rinder oder Schafe ein letztes Mal *gewassert*, das heißt, getränkt worden wären, beziehungsweise weiden hätten dürfen, bevor es zur Sandlingalm hinaufging. Daß man sie sozusagen beruhigt habe.« Die Enttäuschung stand unübersehbar in ihrem Gesicht, sie konnte einem wirklich leid tun.

»Dabei gibt es in der Nähe einen Felsenfinger, der ganz wie ein Kirchturm wirkt«, murmelte Pat, wissend, daß das nun auch nichts mehr brachte. »Ich meine, ich habe mich in der Gegend von Oberlupitsch umgesehen. Es wäre tatsächlich der ideale Platz für eine Kapelle gewesen.«

Alle Achtung. Pat war gut zu Fuß, das mußte man ihr lassen. War sie doch tatsächlich bis zum Kritkogel gejoggt, der seinen Namen angeblich einer früheren Kreitfeuerstation, die vor herannahenden Feinden warnen sollte, verdankte, ein Weg, den ich mir vom Ort aus nie zugemutet hätte.

Wie ich Pat kannte, würde sie den Ortsnamen- und Heimatforscher nicht so schnell wieder seines Weges ziehen lassen, und der schien nichts lieber zu tun, als mit einer Professorin aus den USA über den Gegenstand seiner Forschungen zu reden.

Wenn ich den Autobus noch erwischen wollte, mußte ich mich sofort verabschieden, was mir auch weiter nicht schwerfiel, schließlich war die gebückte Haltung, in der ich zwischen den beiden stand, nicht gerade bequem. Und da der Bus bereits vorgefahren war, klang es nur glaubhaft, daß ich es eilig hatte.

Der Bus erinnert mich immer an meine Schulzeit. Die paar Jahre von vierzehn bis siebzehn, die ich in Bad Aussee zur Schule gegangen und dabei mit diesem großen schwarzgelben Postautobus gefahren war, der sich, damals noch runder in der Form, ansonsten kaum verändert hatte. Sogar die Abfahrtszeiten waren sich über ein halbes Jahrhundert hinweg beinah gleich geblieben.

Am liebsten nahm ich diesen Bus an Winternachmittagen, wenn es früh dunkel wurde und mir jene Erregung der frühen Jahre wieder einfiel, als wir, Burschen und Mädchen, nach Hause fuhren und sich die spannende Frage stellte, wer wen nach Hause begleiten und vielleicht unter dem Dachvorsprung küssen würde.

Ich beobachtete, wie Unumgang den Bus in einem halsbrecherischen Manöver überholte, und war glücklich, daß ich im Bus und nicht in Unumgangs Wagen saß. Wie seine Frau das nur aushielt. Liesl Unumgang mußte Stoikerin reinsten Wassers sein. Aber da fiel mir ein, daß sie, wenn sie da war, meist selbst am Steuer saß.

Als ich dann in der mittäglichen Hitze meinen Berg hinauftrottete, wäre ich sogar bereit gewesen, mich von Unumgang fahren zu lassen. Auf diesem Sträßchen war wenig Verkehr, mir begegnete auf dem ganzen Weg niemand, und das in beiden Richtungen. Unumgang war gewiß längst auf der Salzbergstraße angekommen.

Daß es mit der *Kira* als Kirche nichts auf sich hatte, erschütterte mich nicht wirklich. Es wäre zu schön und zu einfach gewesen. Wahrscheinlich hatte mich das von Anfang an ein wenig mißtrauisch gemacht und so etwas wie Euphorie gar nicht erst aufkommen lassen. Was mir wesentlich mehr zu denken gab, war dieser Türkenkogel.

Ich konnte mir an den Fingern einer Hand ausrechnen, was man mir antworten würde, wenn ich danach fragte. Nämlich einzelne, versprengte Reiter, Wachtposten, die die Eindringlinge beobachten sollten. Vielleicht eine weitere Kreitfeuerstation. Aber bestimmt nichts Konkretes, Chronikkundiges. Sonst wüßte ich davon. Wüßte ich es wirklich?

Oder würde es mir genauso ergehen wie mit der *Unsinnigen Kira*, nämlich daß ich zum ersten Mal davon hörte.

Ich hatte mich nach dem Essen auf die Terrassenbank gelegt und dermaßen tief und offenbar auch länger als sonst geschlafen, was wohl noch immer mit dem Besuch beim Steuerberater zusammenhing, daß ich mich gar nicht gleich zurechtfand, als das Telefon klingelte.

Es war der Pfarrer, der mich fragte, wie Auguste mit dem Nachnamen heiße. Er habe es leider vergessen. Er sprach ganz leise, so als könne sie mithören. Er wolle sie zumindest namentlich ansprechen, wenn er ihr erklären mußte, daß sie zwar jederzeit willkommen wäre, aber irgendwann auch wieder gehen müßte.

»Vormweg. Sie heißt Vormweg und ist eine nachhaltige Wissenschaftlerin.« Langsam wachte ich so richtig auf und konnte ein Kichern nicht unterdrücken, als ich mir vorstellte, wie der Pfarrer es angehen würde, Auguste hinauszuwerfen, ohne sie zu beleidigen.

Kurz darauf meldete sich Unumgang. Diesmal war wieder ich an der Reihe, und so lud ich ihn zum Tee ein, wie üblich um fünf. Als ich auf die Uhr schaute, merkte ich, daß es bereits zehn vor fünf war. Unumgang sagte weiter nichts, als daß er in den nächsten Minuten losgehen würde.

Ich hatte geschlafen wie ein Dachs im Winter – meines Wissens hielten Dachse einen ähnlichen Winterschlaf wie Bären – und ging nun in den ersten Stock, um mich frisch zu machen. Dennoch gähnte ich die ganze Zeit, und es fiel mir sichtlich schwer, mich wieder an das wache Leben zu gewöhnen.

Unumgang hatte ein Mäppchen voller Zettel aus der Innentasche seines Sakkos gezogen, auf die er alles mögliche gezeichnet und geschrieben hatte. Doch bei näherem Hinsehen entpuppten sich die meisten Zeichen als Zahlen.

Er habe Grund zu der Annahme, sagte Unumgang, in seinen Zetteln wühlend, und dann folgte ziemlich lange nichts. Wollte er mich auf die Folter spannen? Natürlich interessierte mich, was er herausgefunden hatte, aber ich würde es mir nicht anmerken lassen, schon gar nicht wenn er so bewußt auf Spannung machte.

Daß ich nichts sagte, schien ihn zu irritieren. Er hob den Blick, sah mich an und meinte: »Ich habe also Grund zu der Annahme, daß es sich bei diesen Dokumenten weniger um den Briefwechsel einer bestimmten Nonne oder Äbtissin, wenn Sie so wollen, handelt, die im Ruf steht, eine Mystikerin gewesen zu sein, und einem Derwisch und Dichter, dem man Ähnliches nachsagt, will sagen, weniger um Zeugnisse der mystischen Literatur als um solche der Esoterik.«

»Esoterik?« Das Wort gefiel mir nicht.

»Vergessen Sie alles, was Sie an Meinung dazu haben. Bei Esoterik geht es allein um den Bewußtseinsgrad, bei dem gewisse Dinge evident erscheinen, die Laien oder gewöhnlichen Gläubigen nicht zugänglich sind. Was das Ganze keinesfalls harmloser macht. Das Christentum hat keine so ausgeprägte Esoterik wie zum Beispiel die islamischen Heterodoxien. Und die Kabbala diente als Vorbild für das Hurufitum, dem Ihr Nesîmî anhing.«

Jetzt war es auf einmal mein Nesîmî. War das eine der Spitzen gegen Çamuroğlu oder versuchte Unumgang bereits, mir damit einen Hinweis zu geben, mir quasi anzubieten, mitzuspielen, wenn auch nach seinen Regeln? Aus den Zahlen auf seinen Zetteln wurde ich nicht klug, dennoch beeindruckten sie mich. Und ich fragte mich, wie Unumgang es anstellte, aus diesen Zahlen einen tieferen oder bloß interessanteren Sinn herauszulesen als aus den Sätzen in menschlicher Sprache.

»Was wir alle viel zu voreilig als Mystik bezeichnen, ist getragen von dem Wunsch, sich mit dem Göttlichen zu vereinigen, sich in ihm zu entpersönlichen und dadurch zu einem Teil des Göttlichen zu werden.

Die Esoteriker sehen das anders herum. Daß nämlich das Göttliche einen in einer Weise durchdringt, daß ein Mensch sich als Verkörperung des Göttlichen sehen kann. Es muß ihm nur bewußt sein, das heißt, er ist wie die Gnostiker darauf angewiesen, geheimes Wissen zu erwerben, das ihn der gewöhnlichen menschlichen Bindungen und Verpflichtungen enthebt.«

Da ich leider noch immer gelegentlich gähnen mußte, was eher mit meinem zu jäh unterbrochenen Mittags-, besser gesagt, Nachmittagsschlaf zu tun hatte als mit Unumgangs Privatissimum, machte Unumgang eine künstliche Pause und fuhr dann fort: »Ich möchte Sie natürlich nicht mit der Geschichte dieser beiden religiösen Strömungen langweilen und fasse mich daher kurz. Ich habe also, ausgehend von verschiedenen Berechnungen, Grund zu der Annahme, daß es sich überhaupt um keinen Briefwechsel handelt, sondern eher um ein Kompendium esoterischer Texte christlicher sowie muslimischer Herkunft, das heißt, um eine Sammlung geheimer Schriften aus beiden Traditionen, die auf irgendeine Weise kompatibel waren und von Esoterikern verschiedenster Provenienz geschätzt und verwendet werden konnten.«

Ich staunte nicht schlecht. »Das würde im Klartext heißen, daß sowohl Wendlgard als auch Nesîmî letztlich nur vorgeschoben wären, daß sie als Zeichen verwendet wurden.«

»Abgesehen davon, daß ich noch keinen Klartext zustande gebracht habe, sondern höchstens einige Klartextspuren, scheinen mir Ihre Erwägungen in die richtige Richtung zu zielen.«

Das ging zu weit. »Daß wir uns recht verstehen, das sind nicht meine, sondern Ihre Erwägungen. Ich habe nur ausgesprochen, was Sie mir in den Mund gelegt haben, und das heißt noch lange nicht, daß ich es für richtig halte.«

»Beruhigen Sie sich, meine Liebe, Sie haben nun einmal eine rasche Auffassungsgabe, was Sie in meinen Augen auszeichnet …«

»Und es mir ermöglicht, vorauszusehen, worauf Sie hinauswollen«, ich hatte mich keineswegs beruhigt, »nämlich darauf, daß wir uns die ganze Wendlgard-Geschichte sparen können, daß es gar keine Wendlgard gegeben haben muß, damit dieser Text zustande kam, und erst recht nicht, um diesen Text zu entziffern und zu entschlüsseln.«

»Ich verstehe ganz und gar nicht, was Sie daran so aufregt.« Unumgang schien durch meine Heftigkeit ein wenig irritiert.

»Dabei ist es ganz leicht zu verstehen. Da gelingt es, dem

Dachsbauch der Geschichte eine weibliche Hauptfigur zu entreißen, und bevor ihr Lob noch gesungen werden kann, soll sie schon wieder in den Dachsbauch zurück. Da spiele ich nicht mit. Immerhin gibt es Chroniken, in denen Wendlgard zumindest vermerkt ist. Und Nesîmî hat sich in seinen Gedichten verewigt, der ist schon gar nicht wegzudiskutieren.«

Unumgang war aufgestanden und hatte sich aus der Küche einen Aschenbecher geholt, in den er nun seine bedrohlich lange Zigarettenasche stippte. »Immer mit der Ruhe!« Er setzte sich wieder und nahm einen tiefen, abschließenden Zug. »Meine These ist nur eine sogenannte Arbeitshypothese, die ich noch nicht belegen kann, auch wenn in meinen Augen vieles dafür spricht. Vor allem der Umstand, daß durch sie das Problem der Datierung entschärft würde, will heißen, daß einige Texte durchaus aus der Feder von Wendlgard stammen könnten, daß sie jedoch nicht als Briefe an einen real existierenden Nesîmî zu verstehen wären.« Unumgang schien ein wenig einzulenken, was die Sache aber nicht besser machte.

»Was Sie vorhaben, ist pure Abstraktion, und das ist der Beginn des Verschwindens«, erwiderte ich und goß uns beiden Tee nach.

»Abstraktion ist eine schlichte Notwendigkeit des Denkens und nicht des Verschwindens.«

»Des Verschwimmens und des anschließenden Verschwindens«, beharrte ich.

»Würden Sie mir anhand eines Beispiels erklären, was Sie meinen?«

»Sehen Sie?« Ich lächelte ein wenig schadenfroh. »Auch Sie beziehen sich sofort auf Konkretes, wenn es ums Erklären geht. Aber es fällt mir nicht schwer, ein Beispiel, ja Hunderte von Beispielen zu nennen. Wer ist es denn, von der gesagt wird: *Kraftvoll erstreckt sie sich/ Von einem End zum andern/ Und auf das allerbeste/ Regieret sie das All./ Ich liebte sie/ Und suchte sie/ Von meiner Jugend an./ Und mein Bestreben war,/ Als Braut sie heimzuführen./ In ihre Schönheit/ Ward ich ganz verliebt./ Die edle Abkunft tut sie kund,/ Da sie mit Gott verkehrt./ Und* sie *liebt auch der Herr des Alls.*/ Und ich lege Wert darauf, daß es sich hierbei um keinen von mir entschlüsselten esoterischen Geheimtext handelt, sondern um die Textoberfläche AT, Buch der Weisheit, Kap. 8, 1-3.«

Unumgang lehnte sich zurück und meinte einigermaßen gelassen: »Wenn ich Sie recht verstanden habe, spielen Sie auf die *Hokkmah* der Bücher *Sprüche*, *Weisheit* und *Hiob* an, die von der feministischen Forschung als hebräische Variante der gnostischen Göttin, die im Lateinischen als *Sapientia*, im Griechischen als *Sophia* bekannt war, gesehen wird. Ihr Symbol war die Taube, die von den Christen später als Symbol des Heiligen Geistes übernommen wurde. Möglicherweise war der Name *Hokkmah* sogar ägyptischen Ursprungs, denn es gab die alte Bezeichnung der Isis als *Heq-Maa,* Mutter des magischen Wissens, die auf *Heq*, die weise Stammesfrau der vordynastischen Zeit, zurückging. Aber eigentlich hätte ich diese Art der Argumentation eher von Frau McCall oder von Frau Vormweg erwartet als von Ihnen, meine Liebe.«

»Ach, wissen Sie, der springende Punkt ist doch, was aus einer so angesehenen Weisheitsgöttin, die man sogar als Braut umworben hat, letztlich geworden ist, nämlich ein Abstraktum, das keinen der Anbetung würdigen Frauenleib mehr ins Gedächtnis rief, sondern im Notfall gerade noch eine Taube. Und was das Verschwinden der Frauenleiber und des ihnen innewohnenden Geistes anbelangt, werden auch Autodidaktinnen wie ich militant, vor allem wenn ich einen Gelehrten wie Sie in flagranti ertappe.«

Unumgang zündete sich wieder eine Zigarette an und sagte dann mit geradezu herablassender Friedfertigkeit: »Also gut, Wendlgard ist ein wichtiger Stein im Spiel ...«

»Sie ist die Königin«, unterbrach ich ihn, »wenn sie aus dem Feld geschlagen wird, ist das Spiel zu Ende.«

Unumgang zog theatralisch den Kopf ein. »Ich habe verstanden. Und da zu befürchten ist, daß Dozent Çamuroğlu sich, aus welch heterodoxen Gründen auch immer, auf Ihre Seite schlagen wird, werden wir weiter mit Wendlgard vom Leisling als Verfasserin rechnen müssen, selbst wenn – und das werde ich zu beweisen trachten – ihre sogenannten Briefe eher Abhandlungen zum Thema Esoterik als der Austausch persönlicher Befindlichkeitsberichte sind.«

Daß Unumgang sich so anstandslos aus der Affäre gezogen hatte, ärgerte mich. »Und was sagen Sie als Kulturhistoriker dazu, wie man den weiblichen Teil der Menschheit um seinen Anteil an der Kulturgeschichte gebracht hat?«

Ein ironisches Lächeln flackerte um seine Lippen: »Sie wollen mir doch nicht im Ernst weismachen, daß Sie das nach so langer Zeit immer noch aufregt?«

»Manches davon ist gar nicht so alt, und wie Sie wissen wirkt die Vergangenheit immer in der Gegenwart nach.«

»Selbst wenn Sie es weiterhin bedauern sollten, daß anstatt von *Hokkmah Jahwe* die Herrschaft übernommen hat, eine Bewegung, die sich so gut wie auf der ganzen Welt nach diesem Muster vollzogen hat, muß ich Ihre Aufmerksamkeit auf die Tatsache lenken, daß alles, was diese unsere heutige Welt ausmacht, Wissenschaft, Technik, Zivilisation, ja auch Kunst und Kultur, sich diesen von Ihnen verachteten Vatergöttern verdankt. Ich begrüße es natürlich, daß die Forschung sich auch diesen frühen Usurpationen stellt, jedoch ändern ihre Ergebnisse nichts an den Tatsachen. Hinzu kommt, daß die Geschichte des Weiblichen als des Göttlichen zu sehr in der Schriftlosigkeit begraben liegt, als daß sie entsprechend erforscht werden könnte.«

»Umso wichtiger ist es, daß Wendlgard und ihre Briefe im Spiel bleiben.«

Unumgang winkte ab, als ich ihm noch einmal nachschenken wollte. Er müsse nach Hause, sagte er, seine Frau würde ihn anrufen, um ihm genau zu sagen, wann er sie holen könne. Sie habe gute Fortschritte gemacht und genug vom Kurbetrieb. Und außerdem wolle er den Abend am Computer verbringen. Er habe einiges aus verschiedenen Bibliotheken abzurufen, eine langwierige Sache, allein bis man wisse, wo man das, was man brauche, auch finden könne. Und oft genug stelle sich heraus, daß man zwar in die Bibliotheken hinein könne, nicht aber in die gesuchten Bücher.

Ich bedauerte, daß er gehen mußte, denn ich hätte mich gerne noch eine Weile mit ihm gestritten.

Noch lieber wäre es mir allerdings gewesen, Pat oder Auguste gegen ihn argumentieren zu hören. Die waren viel beschlagener als ich und konnten ihn leichter aus der Reserve locken. Aber Unumgang blieb dabei, und – Vatergötter hin, Vatergötter her – im täglichen Leben hielt Unumgang sich im großen und ganzen an die Vorgaben seiner Frau. Und wenn die gesagt hatte, daß sie am Abend nochmals anzurufen gedenke, würde Unumgang alles daransetzen, um den Anruf, der offenbar von einem Telefonautomaten aus erfolgen sollte, auch entgegennehmen zu können.

Die Empörung köchelte, auch als ich allein geblieben war, in mir fort, und ich begann in meiner Kopie zu blättern. Natürlich erschien es merkwürdig, daß der erste Wendlgard-Text ein Hildegard-Text sein sollte, besser gesagt, ein Brief an den Bischof Heinrich von Lüttich, in dem es weiter hieß: »*Du aber, o Heinrich, sei ein guter Hirt und edel in deinen Sitten. Und wie der Adler in die Sonne blickt, so denke daran und achte darauf, wie du die Trägen und Fremden ins Vaterland zurückrufen und diesen Berg etwas erhellen kannst.*« Den Berg, von dem es am Anfang hieß: »*Dieser Berg war nicht sichtbar wegen der Schatten, die die lebensspendende Luft vernebelten. Denn der Sohn des Allerhöchsten hatte die Welt noch nicht erleuchtet. Da ging ER, die Sonne, aus (Maria) der Morgenröte hervor und erhellte die Welt, und alle Völker sahen die Gewürzkräuter des Berges …*«

Ich wußte einfach zu wenig über die Künste des Entschlüsselns, um mir einen Reim darauf machen zu können, warum Wendlgard einen Hildegard-Brief zur Tarnung verwendet haben sollte. Was aber sollte überhaupt getarnt werden? Wenn ich mir den Hildegard-Brief genauer anschaute, fand ich so einiges in seinen Bildern versteckt, was der Deutung wert war. Die Betonung der Blumen und Kräuter schmeckte nach einem Vegetationsgott und seiner Mutter, der Sonnengöttin oder Lichtbringerin. War nicht die Morgenröte die rote, die Nymphenform der Göttin, die, die die heilige Hochzeit feierte und dann gebar? Der Hinweis auf den Sohn, der noch nicht da war und auf den dann die Sonnenhaftigkeit der Mutter überging?

Ich kannte eine Menge Leute, die in diesem Brief viel rascher eine Variante des alten Mythos von der Göttin und ihrem Heros erkannt haben würden. Aber selbst wenn, war es das, was Wendlgard für einen zukünftigen Nesîmî als wissenswert erachtet hatte? Oder war es eine in aller Heimlichkeit aus Wendlgard geborene Wendlgard, die – ausgestattet mit dem Wissen ihrer Mutter – an Nesîmî geschrieben hatte? Jetzt machte auch mir der Zeitsprung zu schaffen, anstatt daß ich weiterhin an zyklischen Bewegungen festgehalten hätte. Aber war es nicht auch denkbar, daß die Leislinginnen sich zu Ehren ihrer spirituellen Mutter späterhin alle Wendlgard nannten? Sozusagen den Namen Wendlgard als Ehrennamen trugen, auf daß die Kette der Wendlgarden nicht unterbrochen würde? Und sich dadurch der Name Wendlgard in den Annalen wiederholte, was mangels erhaltener, kontinuierlicher Aufzeichnungen weiter nicht aufgefallen war? Hatte nicht auch der Pfarrer etwas über eine Wendlgard in seinen Pfarrbüchern stehen, von der er selbst meinte, sie könne möglicherweise nicht die Wendlgard der Briefe sein?

Ich war neugierig, was Auguste herausbekommen würde, wenn sie ihre Zeit nicht damit vergeudete, mit dem Pfarrer zu flirten. Das eine schloß, wie ich wußte, das andere nicht aus. Aber auch Pat würde keine Ruhe geben, bis sie ihre Annahmen untermauert hatte. Und während ich noch an sie dachte, sah ich sie auch schon wie ein Phantom vom Wald herunterkommen.

Es wäre gelogen, zu sagen, daß sie joggte oder auch nur schnell ging. Die Wahrheit war, daß sie sich mit langsamen, schweren Schritten, wie in Zeitlupe, bergabwärts bewegte. Und da ich fürchtete, sie würde sich – vor Erschöpfung blicklos – an meiner Einfahrt vorbeischleppen, ohne auch nur zu merken, daß sie daran vorüberging, trat ich vor die Türe, wobei ich gleich ein paar leere Katzenfutterdosen entsorgte, und eben dieses Geräusch, nämlich das der Blechdosen, die in den Müllsack fielen, ließ Pat aufschauen und mich erkennen.

Ich lächelte ihr zu, sie lenkte den Schritt in die Einfahrt, und während sie näher kam, fragte ich sie in amerikanischer Manier, wie ihr Tag gewesen sei. Sie grunzte nur, offenbar war sie sogar zum Reden zu erschöpft. Hilfe tat not, das war deutlich.

»Komm rein, du siehst aus, als bräuchtest du etwas zu trinken.« Sie nickte nur, ließ sich im Vorzimmer auf die kleine Sitzbank fallen und begann sofort an ihren Schuhbändern zu nesteln.

Die Erfahrungen eines langen Wanderlebens ließen mich an ihrer Miene erkennen, daß sie sich die Füße wundgelaufen hatte und zuallererst einen Schluck brauchte. Ohne viel zu fragen, machte ich uns beiden einen Whisky mit viel Eis und wenig Wasser.

Ich kam gerade noch rechtzeitig mit den Gläsern, denn der Anblick ihrer nackten, blutig gelaufenen Füße, von denen sich die Haut an den Fersen in den sprichwörtlichen Fetzen ablöste – einen ähnlichen Anblick mußte seinerzeit Nesîmî am ganzen Körper geboten haben –, war nichts für Nüchterne. Wir nahmen synchron einen tiefen Schluck, und ich holte gleich darauf den in Alkohol angesetzten Arnika, um die Wunden zu desinfizieren. Ich klärte Pat auf, daß es mörderisch brennen würde, sie solle lieber gleich einen zweiten Schluck Whisky nehmen, aber sie meinte, noch weher könne gar nichts tun, nicht einmal dieses Hexenkraut.

Geschrien hat sie dann doch, aber ich beeilte mich und meinte, sie solle barfuß ins Wohnzimmer kommen, damit das Ganze ein wenig abtrocknen könne, bevor ich Pflaster darüber kleben würde.

Als ich mir ihre Schuhe näher anschaute, begriff ich, was geschehen war. Es handelte sich um brandneue Wanderschuhe der zünftigen Art, in denen auch Einlagen Platz hatten. Pat mußte sie heute morgen in Bad Aussee gekauft und gleich angelassen haben. Wie ich aus eigener Erfahrung wußte, fühlten sich Schuhe dieser Preisklasse beim ersten Anprobieren wie ein Gang auf Kissen an, so bequem stand man darin, dennoch mußten auch sie nach und nach eingelaufen werden.

Wie ich Pats Verfassung einschätzte, hatte sie es sich nicht nehmen lassen, den ganzen Weg von ihrem Hotel aus bis zu jener *Unsinnigen Kira* in den neuen Wanderschuhen zu gehen, vom Rückweg gar nicht zu reden. Sie gab zu, daß sie, durch die enttäuschenden Auskünfte des Experten erst recht angestachelt, natürlich zum Fuße der Sandlingalm gepilgert war, und ich machte mich daran, uns rasch ein kleines Abendessen zuzubereiten, bevor der Whisky, von dem ich bereits nachgeschenkt hatte, uns in den Kopf stieg.

Der Vorteil dieser Arnika-Tinktur liegt darin, daß sie zuerst ungemein brennt und dann ungemein entspannt. Und während ich ein paar Kräuter-Omeletten mit Salat buk, kam Pat in die Küche gehumpelt und begann von ihrem *Trip* zu jener *Unsinnigen Kira* zu erzählen, und daß sie weit und breit keinen Platz, sie denke da an eine Art Lichtung, entdeckt habe, von dem sich vorstellen ließe, daß man das Almvieh auf ihm *kirre* gemacht habe. Auch der Bach und seine Zuflüsse ließen eine solche Vorstellung eigentlich nicht zu. Es sei denn, die Landschaft habe sich in den letzten Jahrhunderten grundsätzlich verändert. Die einzigen Anzeichen dafür seien Spuren eines Felssturzes, die zu Füßen jenes freistehenden Felsenfingers, der wie der Turm einer Kathedrale wirke, zuhauf herumlägen.

Irgend etwas an ihren Sätzen machte mich stutzig, ich wußte nur nicht, was. Während des Essens schwiegen wir eine Weile. Pat mußte sehr hungrig sein, denn sie schlang. Auch trank sie mehrere Glas Mineralwasser hintereinander, so als sei sie innerlich am Austrocknen.

Dann begann sie wieder von ihrem *Trip* zu erzählen und wie sehr sie diese Landschaft beeindruckt habe. Der Wald, der intensiv nach geschälter Rinde rieche, die Hochmoore, die umgestürzten Baumstämme, unter denen sie manchmal wie durch ein Tor hindurchgegangen sei. Sie beschrieb ein Gefühl, das ich aus dieser Gegend kannte, nämlich ganz alleine des Wegs zu sein und sich dennoch beobachtet zu fühlen.

Dann zog sie die Karte aus der Tasche und zeigte mir, welchen Weg sie von Oberlupitsch aus genommen hatte, wobei das Wort Pfad gewiß angebrachter war, und an welcher Stelle sie die Forststraße gequert hatte. Sie schilderte mir jenen Felsenturm in seiner theatralischen Erscheinungsform, und wie man ihn zwar aus der Ferne gut ausnehmen könne, wie er dann aber, je näher man komme, immer mehr hinter den hohen Bäumen verschwinde und man ihn erst wieder erblicke, wenn man unmittelbar vor ihm stehe.

Sie erzählte, daß die Vögel sie auf ihrem ganzen Weg gemeldet hätten, zuerst wohl Häher, dann aber habe ein Kolkrabe derartigen Krach geschlagen, daß sie schon beinahe kehrtgemacht hätte, so unheimlich sei ihr sein Spektakel gewesen. Ihr sei es so vorgekommen, als habe er sie davon abhalten wollen, der Felswand zu nahe zu kommen, und all die herumliegenden, zum Teil hüttengroßen Felsbrocken hätten auch furchterregend genug gewirkt. Aber nachdem sie schon so weit gekommen war, hätte sie sich selbst nicht mehr in die Augen schauen können, wenn sie nicht so nah wie möglich an diese von der Natur selbst errichtete *Kira*, sprich Kirche, herangeklettert wäre.

»Aber dieses Wort soll doch von *kirren*, von beruhigen oder von locken kommen.« Ich war ganz und gar nicht mit dieser Deutung zufrieden, aber sie war nun einmal gegeben und ließ sich nicht mehr ignorieren.

Pat, die ihren Stuhl ein wenig zurückgesetzt hatte und nun ihre nackten Füße übereinanderschlug, wurde mit einem Mal professionell. »Hast du einen Grimm im Haus?«

Wie der Leser von den Wendln als Bastlilien her weiß, hatte ich, und es ging nur darum, den entsprechenden Band herunterzuholen. Pat riß ihn mir förmlich aus der Hand, und ich räumte die Teller weg.

»Hach!« machte sie plötzlich so laut, daß mir beinahe die Pfeffermühle aus der Hand gefallen wäre.

»Hab ich es doch geahnt!« Ich weiß nicht, ob und wieviel sie tatsächlich geahnt hatte, denn eigentlich hätte ich das Ahnen gerne für mich in Anspruch genommen, auch wenn mir nicht klar war, was ich bei allem Unbehagen an den bisherigen Deutungen tatsächlich hätte ahnen sollen.

»*Kirren* hat nämlich zwei im wesentlichen voneinander abweichende Bedeutungen.« Das klang vielversprechend, und Pat ließ es sich nicht nehmen, sämtliche vermerkte Bedeutungen und ihre sprachlichen Anwendungen vorzulesen. Mit dem Ergebnis, daß *kirren* nicht nur beruhigen, locken, sondern unter anderem auch schreien vor Angst oder Hunger, ein hohes, durchdringendes Geschrei und wimmerndes Jammern bedeuten konnte. Dann hieß dieser Ort also *Unsinniges Geschrei.* Und die ungewöhnlich vielen Felsbrocken?

Plötzlich wußte ich, was mich zuvor schon stutzig gemacht

hatte. Herabgestürzte Felsbrocken gab es in dieser Gegend viele, aber so viele, wie Pat es beschrieben hatte, nur an den Stellen, an denen es Felsstürze gegeben hatte. Ich warf einen Blick auf die Karte. War nicht der mittelalterliche Salzabbau an der Südwestseite des Sandlings, in dessen Innerem sich das spätere Salzbergwerk befand, getätigt worden?

Ich schleppte den Pollner an, und wir schauten unter Michlhallberg nach, so hieß nämlich der alte Abbauort. Unser Geschrei, als wir die richtige Stelle fanden, hätte durchaus als *kirren* bezeichnet werden können.

Im Jahr 1546, drei Jahre nach der Eroberung Konstantinopels durch Mehmet II. den Eroberer, war an dieser Stelle der Stollen eingebrochen und hatte 36 Bergleute verschüttet. Allein die Vorstellung machte uns schaudern. Vielleicht sollten wir dem Verfasser unserer Karte nahelegen, *Kira* mit zwei rr zu schreiben. Wir waren überzeugt, daß es uns gelungen war, das Rätsel an diesem Punkt der Karte zu lösen.

Ich öffnete eine Flasche Wein, Entdeckungen müssen begossen werden, und wir hatten uns das bißchen Genuß redlich verdient. Das einzige, was sich daran aussetzen ließ, war, daß das Jahrhundert nicht stimmte. Im 16. Jahrhundert gab es keine Leislinginnen mehr. Zumindest fand ihr Kloster keine Erwähnung. Vielleicht gab es noch einige Wendlgarden. Ich setzte Pat meine Idee von den Wendlgarden auseinander und daß ich hoffte, Auguste würde im Pfarrhof mehr in Erfahrung bringen.

Pat grinste ziemlich unwissenschaftlich und ließ sich zu der nicht gerade sublimen Erklärung herbei, daß Auguste diesbezüglich wohl eher mit dem Uterus denke, wobei mir einfiel, daß archaische Völker die Gebärmutter für den Sitz aller Weisheit gehalten hatten. Ich protestierte daher auch nicht, wie man es von mir hätte erwarten können, sondern lachte nur undelikat, ja geradezu unverschämt in mich hinein.

Wir waren satt, das Zimmer angenehm warm und der Wein, ein Schilcher aus der Stainzer Gegend, schmeckte äußerst anregend. Kein Wunder, daß uns alles mögliche einfiel. Respektvoll stießen wir auf die vor mehr als vierhundertfünfzig Jahren verschütteten Bergleute an, gossen sogar etwas von dem Wein für sie in den Garten und ließen unserer Phantasie in bezug auf die Wendlgarden freien Lauf.

Pat erklärte, daß sie im Grunde nie von einer einzigen historischen Wendlgard ausgegangen wäre, sondern von Haus aus an Wendlgard als zeitliche Erscheinungsform der zeitlosen alteuropäischen Göttin gedacht hätte. Die mythische, das heißt, die Legendengestalt der Wendlgard aus dem 8. oder einem noch früheren Jahrhundert spreche eine zu deutliche Sprache, als daß man sie im Gesamtkonzept außer acht lassen könne.

Doch die Vorstellungen, in denen Pat sich dann über das Klosterleben erging, waren mir schlicht zu amerikanisch. Sie schien sich geradezu an dem natürlichen Leben dieser weiblichen Gesinnungsgemeinschaft, wie sie es nannte, zu berauschen, während ich als ehemalige Klosterschülerin ungemein Mühe hatte, dem Umstand, daß die Leislinginnen sich schicksalhaft in diese Gegend zurückgezogen hatten, auch nur einen Funken romantischer Begeisterung abzugewinnen.

Auch die Tatsache, daß ich als Kind und Heranwachsende, zu Kriegs- und Nachkriegszeiten, in einem zwar schönen alten, jedoch nicht zentralgeheizten Haus oft und bitterlich gefroren hatte, erwärmte mich nicht gerade für ein Nonnenleben im Leislinggraben. Selbst wenn Pat dezidiert die Meinung vertrat, daß das Klosterleben zu jener Zeit weit vom religiös korrekten entfernt gewesen wäre, konnte mich auch die Vorstellung von im Kloster freundlich aufgenommenen Durchreisenden nicht allzu sehr beeindrucken. Aber so ist es wohl immer, daß sich aus dem zu Vertrauten selten die Funken der Begeisterung schlagen lassen, während man sich vom wenig Bekannten viel eher verzaubern läßt.

Ich ertappte mich wieder einmal dabei, wie ich als Gegenposition die kleinasiatische Tangente ausmalte und unbeirrt die Fäden nach Byzanz und Anatolien spann, ja sogar versuchte, Pats Aufmerksamkeit auf Nesîmî zu lenken, einen zweifellos existiert habenden Dichter, wohingegen Wendlgard und ihre Schriften nicht zum geringen Teil unserer Phantasie anheimgegeben waren.

Zum Glück fiel mir zwischendurch wieder ein, wie anders

ich Unumgang gegenüber argumentiert hatte, und es bewahrheitete sich neuerdings, daß Standpunkte immer davon abhingen, gegen wen man sie vertrat.

Es war spät geworden, als Pat sich daran erinnerte, daß sie ja im Hotel wohnte. Ich besah mir ihre Füße, die wunden Stellen hatten sich notdürftig geschlossen, würden aber dem Reiben eines Schuhs noch nicht standhalten. Ich überzeugte Pat davon, daß ich die Wunden mit Pflaster gegen Verunreinigung schützen müsse. Auch riet ich ihr, sich von einem Taxi holen zu lassen, sie aber bestand darauf, barfuß den Berg hinunterzugehen. Ihre Fußsohlen seien intakt, und außerdem gehöre sie zu den Menschen, die immer warme Füße hätten. Damit entkräftete sie meinen angesichts der kühlen Nacht zu erwartenden Einwand schon im voraus, und mir blieb außer den Pflastern, die ich so kunstgerecht wie möglich anbrachte, nichts übrig, als ihr eine Tüte für die Schuhe zu geben und sie in die Nacht zu entlassen. Weil die Straße hier oben aber nur sehr spärlich beleuchtet ist, nahm ich meine Taschenlampe und begleitete Pat bis zum Ort hinunter, der, verglichen mit dem Berg, geradezu in Licht getaucht war.

Die Haustürklinke in der Hand, konnte ich gerade noch das Rattern des Faxgeräts hören, das eine letzte Papierrolle ausspuckte. Ein mehrseitiger Brief von Çamuroğlu war gekommen. Es war kurz vor Mitternacht. Diese Orientalen, dachte ich, sind allesamt Nachtmenschen. Dabei war es in Istanbul bereits kurz vor eins. Was dachte er sich eigentlich?

Ich hatte vorgehabt, sofort ins Bett zu gehen – sonst schlief ich um diese Zeit schon –, aber all unsere Spekulationen über die Wendlgarden gingen mir noch im Kopf herum, und daß die *Unsinnige Kira* sich als Tragödie, jedoch ohne irgendeinen Bezug zu den Leislinginnen herausgestellt hatte, also genaugenommen ein Umweg war, enttäuschte mich nun doch ein wenig, wo sich bisher immer eins so gut ans andere gefügt hatte.

Çamuroğlu bedankte sich für den Hinweis auf die *Schwertlilie*, auch wenn er den Mosaikstein noch nicht richtig einpassen könne. Was ihm aber immer schon zu denken gegeben habe, sei, daß Nesîmî als in Bagdad geboren gelte, seine Sprache aber am ehesten als Azerî, ein türkischer Dialekt, der vorwiegend in Aserbeidschan, aber auch in Ostanatolien gesprochen wurde und werde, zu bezeichnen sei. Das deute auf eine turkmenische Herkunft, das heißt, eine nomadische. Was wiederum seine Entsprechung darin finde, daß Nesîmî weite Reisen unternommen habe, vorzugsweise in westlicher Richtung, und dabei, bedenke man Zeit und Geographie, eine Reihe von Abenteuern zu bestehen hatte, die sich in seinen Gedichten spiegelten. Überhaupt scheine diese Art von Dichtung vorzüglich *unterwegs* entstanden, ich möge dabei nur an einen weiteren großen wandernden Derwisch und Dichter, nämlich Yunus Emre, denken, von dessen Lebensumständen allerdings noch weniger bekannt sei als von denen Nesîmîs.

Was nun die sogenannten Briefe Nesîmîs an Wendlgard angingen, seien einzig die Stimmung, die in ihnen herrsche, sowie eine sprachliche Ähnlichkeit zu seiner Diwan-Dichtung Indizien für ihre Authentizität. Eine statistische Untersuchung des Sprachmaterials stehe zwar noch aus – einer seiner, nämlich Çamuroğlus, Studenten sei damit beauftragt und arbeite auch schon daran –, doch zweifle er nicht an einem positiven Ergebnis.

Daß er sich in diesem Fall von Stimmung zu sprechen getraue – schließlich sei Stimmung nicht gerade ein Terminus, der gemeinhin als Begriff in der Forschung tauge –, verdanke sich der Tatsache, daß, wie ich wahrscheinlich wisse, innerhalb der türkischen Literatur kein anderer Dichter, nicht einmal Yunus Emre, sich so furchtlos, so ekstatisch und so offen zu den heterodoxen und esoterischen Inhalten seiner Gläubigkeit bekannt habe. Sein ganzes Werk durchziehe jene ekstatisch gestimmte Seinstrunkenheit in der das Menschliche Verkörperung des Göttlichen sei. Eine ernstgemeinte Verkörperung, denn wie die meisten Anhänger einer auf numerischen Strukturen aufbauenden Welterklärung sei auch Nesîmî von einer materialistischen Grundhaltung ausgegangen, die gewisse Ähnlichkeiten mit matristischen Traditionen aufweise. Am Anfang standen die Zahlen, die Buchstaben, die den der Materie innewohnenden Geist verkörperten. Keine Rede davon, daß der Geist allein über den Wassern schwebte.

Er, Çamuroğlu, halte es durchaus für möglich, daß in jenem Orden der Zahlenmystiker, dem Nesîmî angehörte, Gedanken gekeimt wären, die nach weltweiter Verbreitung schrien, und daß, wie bei den Karmaten und später dann bei den Ismaeliten, Propagandisten ausgeschickt worden wären, die – und dadurch würden sie sich wieder grundsätzlich von denen der Ismaeliten unterscheiden – nicht so sehr missionieren als nach Ähnlich- oder Gleichgesinnten suchen sollten.

Daß es dabei Berührungen mit christlichen Gemeinschaften gegeben habe, sei anhand vieler Zeugnisse zu belegen, in Thrakien wie auf dem Balkan, auch habe die ideengeschichtliche Forschung auf diesem Gebiet besonders in den letzten Jahren Fortschritte erzielt.

Dennoch sei vieles an den sogenannten Nesîmî-Briefen äußerst unklar, da eine vollkommene Entschlüsselung noch nicht geglückt wäre und, falls sie je glücken sollte, gewiß noch geraume Zeit in Anspruch nehmen würde. Da er niemanden, außer dem schon erwähnten Studenten, und selbst den nur soweit unbedingt nötig, in die Geschichte der Auffindung des Briefwechsels eingeweiht habe, könne er auch nicht mit der Hilfe von Kollegen rechnen. Professor Unumgang, Professor McCall und Dozentin Vormweg reichten als Konkurrenz. Als türkischer Wissenschaftler habe er es ohnehin schwer genug, mit der viel höher dotierten ausländischen Forschung mitzuhalten. Zum Glück sei weder vom Pfarrer, der wohl nach seiner Dissertation alle Forschungsarbeit eingestellt, noch von mir, die ich ja auch keinen akademischen Ehrgeiz mehr hätte, diesbezüglich etwas zu befürchten.

Natürlich wüßte er gerne, welche Fortschritte es hinsichtlich der Entschlüsselung und der Einordnung der Wendlgard-Briefe gebe. Soviel er wisse, seien ja McCall und Vormweg noch immer und Unumgang überhaupt in Altaussee, und gewiß würde ich sie regelmäßig sehen. Er wäre mir sehr verbunden, wenn ich ihm ausführlich darüber berichtete. Schließlich sei er der einzige unter den *Eingeweihten* – bei diesem Wort mußte ich unwillkürlich lachen –, der von den anderen isoliert und also den schlechtesten Bedingungen unterworfen sei. Er küsse meine Augen – sehr höflich der Herr Dozent – und hoffe, daß ich demnächst antworten würde.

Sowie ich die einzelnen Seiten aus der Hand ließ, rollten sie sich wieder zusammen, und ich steckte sie in einen Krug, da ich zu müde war, um sie zu glätten und in einem Ordner abzulegen.

Ich trank noch einen Schluck Wein und versuchte, mir Çamuroğlu im nächtlichen Istanbul vorzustellen. Um diese Zeit, Mitte September, konnte es in dieser überbordenden Stadt noch sehr heiß sein. Vielleicht saß er auf der mit einer Laube überdachten Terrasse seines Hauses in Çamlica, auf der asiatischen Seite des Bosporus, trank Unmengen von Tee aus kleinen tulpenförmigen Gläsern, während er die Tastatur seines Laptops bearbeitete. Je nachdem, wie nahe er am Bosporus war, würde er das Tuten der russischen Frachtschiffe hören oder die Lichter eines Flaggschiffs der US-Navy sehen können.

Möglicherweise schob er von Zeit zu Zeit eine der Pistazien in den Mund, die ihm Verwandte von der Schwarzmeerküste geschickt hatten. Oder Haselnüsse. Vor allem Haselnüsse gelten als Gehirnnahrung. Und um ihn her lagen Stapel geöffneter Bücher und Nachschlagewerke, denn auch er würde, so wie Pat, Auguste, ich und all die anderen sterblichen GelehrtInnen und InteressiertInnen, von Zeit zu Zeit nachschlagen müssen, selbst wenn er aus einer Tradition kam, in der noch wesentlich mehr Wert auf Auswendiglernen gelegt wurde, somit auf ein verläßliches Gedächtnis, und man sich nicht wie bei uns darauf verließ, daß es genüge, zu wissen, wo man finde, was man suche.

Auswendiglernen war tatsächlich nicht mehr zeitgemäß, da waren sich selbst die Pädagogen einig. Wozu gab es all die Speicher, Archive, Bibliotheken, Festplatten? Das Gedächtnis mußte und sollte nicht mehr trainiert werden. Erstens änderte sich das Wissen von Tag zu Tag, und zweitens war ein intaktes Gedächtnis der täglichen Neugestaltung der Vergangenheit nur hinderlich. Es war müßig, weiter darüber zu räsonieren, unterschieden sich doch die Völker weltweit nur mehr in dem Punkt, an den sie sich nicht erinnern wollten. Was nicht heißen soll, daß alle Punkte gleich schwer wogen, sondern nur, daß man weltweit Schwierigkeiten hatte, sie im Gedächtnis zu behalten. Selbst jemand, der den Koran Wort für Wort wiederholen konnte, war nicht gefeit davor, die Erinnerung an ganze Epochen mehr oder weniger bewußt in seinem Gedächtnis zu begraben.

Die Erinnerung des Hasses hingegen war eine wählerische, und manchmal kam der Haß auch vollkommen ohne Erinnerung aus so wie der auf den Schwarzafrikaner, der vor kurzem zusammen mit seinem dreijährigen Sohn in Wien angepöbelt und dann tätlich angegriffen worden war, wobei die jungen Glatzköpfe auch nicht vor der Verletzung eines Kindes zurückschreckten. Sie kannten den Mann und sein Kind nicht, sie hatten nie unter Schwarzafrikanern gelebt, deren Land hatte nie gegen das unsere Krieg geführt – woher also der Haß und das Verlangen, das Objekt dieses unpersönlichen Hasses körperlich zu beschädigen? Es gab viele mögliche Antworten darauf, aber keine löste das Rätsel. Keine half mir, die Buchstaben zu entziffern, die dieser gemütsmäßigen Struktur zugrunde lagen.

Welche geheime Botschaft wurde von Menschen vernommen, die sich anmaßten, andere aufgrund ihres Glaubens, ihres Denkens, ihrer ethnischen Zugehörigkeit zu beschimpfen, zu quälen, zu ermorden? Unter Folterqualen zu ermorden? Womit ich wieder bei der unmittelbaren Vergangenheit unseres Landes angekommen war.

Was in den Köpfen der Opfer vorgegangen ist, beschreiben Literatur und Dokumentationen. Was aber passierte in den Köpfen der Täter? Eichmanns Antworten und Rechtfertigungen während seines Prozesses ließen so gut wie kein Gefühl erkennen. Er sprach einförmig, um Sachlichkeit bemüht, manchmal sogar mit einem überlegenen Lächeln, wenn es galt, Sachverhalte, die er bestens kannte und die unrichtig dargestellt worden waren, zu korrigieren. Was aber passierte in seinem Kopf?

Was war wohl zuerst da? Der Drang, einen anderen auf die grausamste Art zu vernichten, oder die Begründung, warum ein anderer auf die grausamste Art vernichtet werden sollte? War die Begründung nur ein Vorwand, oder bedurfte es der Begründung, um die Vernichtung erst denkbar und dann durchführbar zu machen?

Zu allen uns bekannten Zeiten und in so gut wie allen uns bekannten Ländern haben Menschen Menschen getötet, aus Haß, aus Gewinnsucht, aus Gründen der Parteinahme. Und selbst wenn eine Gegend wie diese sich als Mordschauplatz nicht besonders hervorgetan hatte, so hatte es seinerzeit die Protestantenvertreibung gegeben. Später, im Jahr 1934, wurde einer meiner Onkel im Alter von neunzehn Jahren während des Juli-Putschs in der Klachau von wahrscheinlich gleichaltrigen Nazis getötet. Das nächste Konzentrationslager hatte sich in Ebensee befunden, keine fünfzig Kilometer von hier. In den siebziger Jahren wurde der Gendarm, der den Grundstein für das hiesige Literaturmuseum legte, während eines Überfalls auf den Geldtransport der Post vor dem Bahnhof erschossen. So gesehen, gab es keine unschuldigen Gegenden.

Und die Menschen? Wann immer ich jemanden das Morden erklären hörte, versagte meine Phantasie, und anstatt der Erklärung zu folgen, bekam ich einen kalten Rücken. Am unerklärlichsten aber war mir das Morden, das aus Raison geschah. Geplant, rationalisiert, mechanisiert. Mord aus Erwägung. Gesetzlich gedeckt, nicht durch Menschenrecht, sondern durch Erlässe, Verordnungen, Sondergesetze.

Als man Nesîmî häutete und hängte, sollte damit ein Exempel statuiert werden. Die Grausamkeit der Hinrichtung war dazu bestimmt, das Ausmaß seiner Ketzerei erkennen zu lassen. Und führte zur Legendenbildung. Nesîmî soll seine Haut geschultert haben, gleichzeitig durch die zwölf Tore der Stadt Aleppo geschritten sein und sich dann in Luft aufgelöst haben. Darum besitzt er auch kein Grab, nur ein Grabmal, eine Türbe, die am Ort seiner Hinrichtung erbaut wurde.

Woher der Pfarrer vom Tod der Wendlgard durch Ertränken wußte, mußte im einzelnen noch geklärt werden, doch war anzunehmen, daß es sich dabei um die mythische Wendlgard gehandelt hatte, um die auf dem Weg zur Märtyrerin, die sie dann doch nicht wurde. Zumindest wurde sie nie kanonisiert. Über die Todesart *unserer* Wendlgard, der mutmaßlichen Verfasserin der Briefe an Nesîmî, war mir noch immer nichts bekannt. War sie das Opfer einer Krankheit geworden oder ihres Alters?

Oder war auch sie eines gewaltsamen Todes gestorben? Selbst der Pfarrer schien sie als Abweichlerin, was nicht viel weniger als Ketzerin bedeutete, zu kennen. Wer weiß, was noch alles in seinen Quellen stand. Und wenn nicht Wendlgard, dann waren wohl die Wendlgarden zu Zeiten, in denen man es mit den Dogmen wieder genauer nahm, gefährdet gewesen, hatten es wohl überhaupt nur in dieser Gegend bis zur Reformation geschafft und waren dann womöglich zusammen mit den Protestanten vertrieben worden. Unter welchem Namen?

Die Phantasien spannen sich fort. Auch glaubte ich, den Dachs draußen rumoren zu hören. Er war von erstaunlicher Anhänglichkeit. Ich öffnete die Tür und lauschte. Aber er schien sich irgendwo versteckt zu halten und zu warten, bis das Licht, das aus der Tür fiel, wieder verschwand. Oder kam es mir nur so vor?

Die Nacht war sternklar und kühl, und das Almvieh, das man erst vor kurzem wieder ins Tal getrieben hatte, lag bimmelnd und wiederkäuend auf der Wiese oberhalb des Hauses, von einem elektrischen Zaun in Schach gehalten. Hin und wieder fand ein kluges Rind heraus, daß die Stromstöße nicht immer kamen oder nicht immer gleich stark und man nur mutig genug gegen den elektrischen Draht anrennen mußte, des ersten eventuellen Schlages nicht achtend – die dünnen Stützlatten gaben ohnehin sofort nach –, und daß man sich auf diese Weise die Freiheit nehmen konnte.

Ich erinnerte mich noch gut an jenen Abend, an dem plötzlich ein junger Ochse auf der Veranda stand und, als ich zu ihm hinaustrat – wir erschraken beide in der Dunkelheit gewaltig –, zusammen mit den anderen die Flucht ergriff und unter vielstimmigem Glockengedröhn hinunter ins Dorf donnerte, Gärten verwüstend, die Straße vollscheißend und den Schlaf all der kleinen und großen Träumer störend.

Ich hatte eine unruhige Nacht voller verwegener Bilder, in denen auch Benedikt von Nursia auftauchte, jener Hl. Benedikt, Gründer des Ordens der Benediktinerinnen, von dem manche annahmen, daß er die geniale Erfindung Papst Gregor I. war, der fünfzig Jahre nach dem Tode des nur vermutlich gelebt Habenden dessen Geschichte aufzeichnete, nachdem keiner der Zeitgenossen ihn auch nur erwähnt hatte.

Auch Benedikt hatte sich in die Berge zurückgezogen, wenn auch nicht in die Ausseerischen sondern in die Sabinischen, und soll dort drei Jahre in einer unzugänglichen Höhle gehaust haben, die gewiß noch unbequemer gewesen war als die erste Notunterkunft der Leislinginnen.

In meinem Traum aber wirkte er eher wie ein gefinkelter Apoll, der durch seine feurige Kugel schauen und wahrsagen konnte. In ein schwarzes Altweibergewand gehüllt, hatte er einen Raben auf der Schulter sitzen und pries sich als Hebamme an.

Ich war weniger beeindruckt als empört darüber, daß diese Gestalt, die einer Matrone ähnelte und nicht einmal unsympathisch war, das strengste Ordensregelwerk der damaligen Zeit erfunden haben sollte. Aber wahrscheinlich war er, hatte er tatsächlich gelebt, ganz anders als die Figur, derer mein Traum sich bemächtigt hatte.

Nichtsdestotrotz dauerten mich Wendlgard und ihre Gefährtinnen, so sie sich zumindest in Trunseo an die Regeln hatten halten müssen, was allerdings bezweifelt werden darf, da die Kirche erst im 12. und 13. Jahrhundert damit begonnen hatte, die Rechte der Frauenklöster zu beschneiden, indem sie das Eigentum der Nonnen für sich beanspruchte. In den späteren Chroniken sollen die *heidnischen* Ursprünge und die Unabhängigkeit der Frauenklöster dann auch nach Kräften vertuscht worden sein.

Am nächsten Morgen zogen erstmals wieder Schleier aus leicht angeschmutztem Wasserdampf aus den Eintiefungen zwischen den Bergen auf, und während ich den halben Vormittag mit anstehenden Arbeiten im Haus verbrachte, blieben Fax und Telefon erstaunlich ruhig. Als die Post kam, beschloß ich, eine kleine Pause einzulegen, und bei Gott, es lohnte sich.

In einem dicken Brief, der von der befreundeten Salzburger Germanistin kam, befanden sich Kopien aus gleich zwei Namensbüchern, aus denen hervorging, daß das Wort Wendl

(Wendel) aus demselben germanischen Stamm kam, von dem auch der Name der Wandalen abgeleitet wurde. Es gehörte zu gotisch *wandjan*, althochdeutsch *wanton* »wenden« und konnte so etwas wie Wanderer bedeutet haben.

Unter *Wendelburg, Wendelgard* stand dann Wend(e)l + althochdeutsch »Schutz«, »Zuflucht«, beziehungsweise »Gehege«. So gesehen bedeutete der Name einfach *Zuflucht der Wanderer*, was mich, gelinde gesagt, begeisterte. Ich konnte zwar noch nicht abschätzen, welche Konsequenzen sich daraus für unseren *Briefwechsel* ergeben würden, doch schrieb ich sogleich an Çamuroğlu, damit er sich auf die Suche nach weiteren Synonymen für Wendlgard machen und damit den Briefwechselcharakter des Gegenstandes unser aller Ermittlungen retten konnte. Ich verkniff mir die Anmerkung nicht, daß ja auch das ursprünglich persische Wort *Derwisch*, das zwar soviel wie *arm* oder *Bettler* bedeutete, in der Form vom *Wandernden Derwisch* der Wendlgard ziemlich in die Nähe komme, selbst wenn sie diesen Namen wahrscheinlich erst in Traunkirchen erhalten hatte, als Benediktinerin sozusagen. Dennoch, *nomen est omen*, und wenn sie tatsächlich mit Sophia Lascaris ins Land gekommen war, hatte sie wohl schon so einiges an Wanderschaft hinter sich. Wer aber selbst länger auf Wanderschaft war, konnte leicht ermessen, wie dringend Wanderer der Zuflucht bedurften.

Ich versuchte, all die angestellten Vermutungen der letzten Tage möglichst kurz zusammenzufassen, damit Çamuroğlu einigermaßen auf dem laufenden blieb, schließlich hatte er recht mit seinen Klagen über sein Isoliertsein.

Der Tag blieb ruhig, ich tat im Garten, was getan werden mußte, und meine Gedanken waren von der *Zuflucht der Wanderer* beherrscht. Ich vermutete, daß selbst hinter diesem Namen noch etwas steckte, vielmehr, daß auch er weiter zielte als eine historische Person namens Wendlgard reichen mochte. Wie, wenn sich in ihm, besser gesagt, in seiner Trägerin wiederum eine jener, die so gut wie nicht aufgeschriebene Geschichte beherrschenden, Göttinnen inkarnierte und den Namen zur Gleichung machte, deren einzige Unbekannte eine zu errechnende etymologische war? Kurz gesagt, wie das Wort gedreht und *gewendelt* werden mußte, damit eine der drei Bethen dabei herauskam. Oder ein anderer Name der Großen Göttin, ob sie nun ihren Abstieg in die aufgeschriebene Geschichte als Morrigain, Faye Morgane, Viviane, als Frau Holle, Schneewittchen, Luzia, als Nixe, Fee oder Hexe hinter sich gebracht hatte.

Der Verdacht, daß auch Wendlgard als Verkörperung eines Göttlichen figurierte, war unabweisbar. Die Frage war nur, ob sie selbst auch daran glaubte, einen Bewußtseinsgrad erreicht zu haben, der es ihr erlaubte, etwas Ähnliches von sich zu sagen wie Nesîmî oder vor ihm Mansur al-Halladsch, der im 10. Jahrhundert in Bagdad dafür hingerichtet worden war, daß er behauptete: »Ich bin die Wahrheit!«, ohne damit so weit wie Christus zu gehen, der von sich gesagt hatte: »Ich bin der Weg, die Wahrheit *und* das Leben!« Und wenn ja, ob es das war, dessentwegen man an ihr oder zumindest an einer Person namens Wendlgard ein Gottesurteil vollstreckte. Oder war sie doch nur ein Menschenopfer, das von diesem Göttlichen gefordert worden war und auf das sie mit der Bereitschaft der Mystikerin, sich mit ihm zu vereinigen, geantwortet hatte?

Waren nicht um das Jahr 800 herum, trotz Christianisierung, noch Menschenopfer üblich gewesen? Und hatte nicht Karl der Große sich die Mühe gemacht, Menschenopfer und deren Verspeisung ausdrücklich zu verbieten?

Selbst die historische Wendlgard hätte aus irgendwelchen Gründen – war sie zu herrisch, zu besitzergreifend, zu kühn in Wort und Schrift gewesen? – den Leislinginnen als Bauopfer dienen können, ohne das der Abtei kein Schutz zuteil geworden wäre. Und aus einem Gefühl der Schuld heraus wären dann aus den Leislinginnen, sühnehalber, Wendlgarden geworden?

Menschenopfer, das klang nach Vorzeit, nach dem Dunkel der Geschichte. Und danach? Danach wurde die Göttin dermaßen gnadenlos ausgeräuchert, daß ihr verschmortes Fleisch zum Himmel stank und aus der früheren Himmelskönigin die spätere Magd des Herrn wurde, der nichts mehr von himmlischer Erotik wissen wollte.

Vor lauter heiligem Zorn auf die Geschichte der Welt als

Ganzes hatte ich meinen Schmetterlingsstrauch auf einen Strunk eingekürzt, was ihm beim Überwintern helfen sollte, aber als ich ihn mir nun aus zwei Schritt Entfernung anschaute, mußte ich feststellen, daß auch er zum verspäteten Opfer der Hexenverfolgung geworden war. War ich eine Hexe? Nein. Wurde ich verfolgt? Nein. Also warum sollte der Strauch für meine verspätete Empörung büßen?

Auguste rief an, um sicherzugehen, daß ich auch zu Hause wäre. Sie habe die Zeit genutzt, erklärte sie kichernd, alles weitere mündlich. Ich wusch mir die Gartenhände mit jenem nach Orangen duftenden Handreiniger, in dem viele kleine Sandkörnchen dafür sorgten, daß die Hände erbarmungslos geschrubbt wurden, und den ich flaschenweise verbrauchte.

Es war noch immer warm genug, vor allem am Nachmittag, um auf der Terrasse zu sitzen, also griff ich nach den Keksen, diesmal zu meiner Lieblingssorte mit Ingwergeschmack, und stellte sie auf den Gartentisch. Ich hatte gerade den Tee aufgegossen, als Auguste ums Haus herum auf mich zukam. Sie wirkte beschwingt, und ihr Gesicht war hell, so als stünde es kurz vor einem großen Strahlen.

»Und, wie ist es gelaufen?«

Sie lächelte spitzbübisch. »Ich finde euren Pfarrer immer noch süß, obwohl ...« Sie setzte sich, indem sie mit dem Eisengestell des Gartenstuhls ein knirschendes, besser gesagt, ein kreischendes Geräusch auf den Steinplatten erzeugte. Sie hatte offenbar erwartet, daß ich an ihrem *obwohl* deutlicheres Interesse zeigte, aber ich schenkte statt dessen nur die Tassen voll.

»Du hättest sehen sollen, was er alles anfing, um sich meinen Nachstellungen zu entziehen.« Sie mußte sehr guter Laune sein, um so entspannt von sich zu sprechen. Mit geradezu flächendeckender Gutmütigkeit fuhr sie fort: »Der fromme Mann ist einigermaßen exponiert. So jemand wie ich passiert ihm wohl nicht alle Tage, aber bestimmt hin und wieder. Selbst wenn er standhält, es kostet Kräfte.« Irgendwie schien sie das alles unendlich zu erheitern.

Ich legte die Hand auf ihren Arm. »Und die Chronik? Was ist mit der ertränkten Wendlgard? Bringt sie uns weiter?«

»Ach die!« Auguste schien sie beinah vergessen zu haben. »Eine Frau namens Wendlgard aus dem beginnenden 15. Jahrhundert, die wegen Diebstahl und Hurerei angeklagt und abgestraft worden ist.«

»Zur Strafe ertränkt?«

»Nicht sie. Eine ihrer Urgroßmütter soll einem Gottesurteil anheimgestellt worden und dabei ertrunken sein.«

»Keine weiteren Details?«

»Keine weiteren Details, zumindest nicht in der Chronik, die ich durchsehen durfte.« Augustes Strahlen mußte also andere Ursachen haben.

»Bist du sonst auf etwas draufgekommen?« Ihr Gesicht wurde noch um einiges breiter.

»Exakt.« Auguste trank etwas Tee, und ihre Augen blinkten. »Ich glaube, ich habe einen zweiten Wendlgard-Brief identifiziert.«

»Identifiziert? Du meinst zugeschrieben?«

»Mhm!« Auguste nickte ausführlich.

»Und wem zugeschrieben?«

»Katharina von Siena.« Sie zischte das S völlig unstimmhaft und wischte sich mit der Serviette ein paar Tropfen von den Lippen.

Mehrere Gedanken schossen mir durch den Kopf. »Die ist doch erst im 14. Jahrhundert aufgetreten. Wodurch sie zwar näher an Nesîmî, aber weiter von der historischen Wendlgard entfernt ist.« Auguste nickte triumphierend.

»Du meinst also jene Katharina, die die gekappte Vorhaut Jesu Christi als ihren Verlobungsring ansah?«

Jetzt gluckste sie auch noch. »Die nämliche. Der Schluß des Briefes hatte mich stutzig gemacht. Ich erinnerte mich dunkel daran, daß jeder ihrer Briefe mit *weiter sage ich nichts* oder *mehr schreibe ich euch nicht* endete. Und genau so eine Floskel steht auch am Ende dieses angeblichen Wendlgard-Briefes, was immer in ihm sonst noch verborgen sein mag, nämlich ein schlichtes *mehr sage ich nicht.*«

Plötzlich sah mich Auguste an, stand auf und ging ohne ein Wort ins Haus hinein. Ich folgte ihr auf dem Fuß, konnte aber nicht verhindern, daß sie sich vor der Bücherwand aufstellte und mit gezieltem Griff ein Bändchen aus einem der oberen Regale fischte.

»Du mußt wissen, ich habe ein fotografisches Gedächtnis, und als wir neulich nach dem Hildegard-Band suchten, habe ich mir die ganze Bücherwand eingeprägt, für alle Fälle.« Schwang da nicht so etwas wie Verdacht mit?

Gerne hätte ich ihr das Büchlein wieder aus der Hand genommen. »Entschuldige schon, aber ich geniere mich ein wenig dafür, daß dies keine seriöse wissenschaftliche Ausgabe ist, obwohl die Autoren Theologen sind. Oder vielleicht gerade deshalb.«

»Nur keinen Genierer! Du gestattest, daß ich es mit nach draußen nehme?«

Am liebsten hätte ich es nicht gestattet. Ich habe die fatale Angewohnheit, in Büchern herumzustreichen, und schätze es daher ganz und gar nicht, wenn man sich in den meinen umtut. Es sagt eben eine Menge über einen, was man in einem Buch für so wichtig hält, daß man eine Linie darunterzieht.

Auguste hatte sich wieder zu ihrem Tee gesetzt und blätterte, bis sie an die Briefe Katharinas kam. Und so konnte es nicht ausbleiben, daß sie auch jenen *An eine Dirne in Perugia* entdeckte. Ich hatte einiges darin unterstrichen.

»Oh, oh, oh!« machte Auguste und hielt den Finger auf *Er hat dir ein Bad aus seinem Blut bereitet*, dann auf *Wasche dich rein in seinem Blute*, und *Birg dich in seine Wunden*, danach auch noch auf *Dann wirst du teilhaben an seinem Blute.*

»Was Wendlgard oder eine der Wendlgarden uns mit der Stimme von Katharina wohl sagen wollte?« Augustes Blick hatte für einen winzigen Augenblick etwas Lauerndes angenommen.

»Weiß Gott«, sagte ich, »der Aktions- und Mysterienkünstler Hermann Nitsch soll in allen Büchern, die er gelesen hat, jeweils das Wort Blut unterstrichen haben, egal, in welchem Zusammenhang.«

Auguste las inzwischen weiter. »Merkwürdig, gerade in diesem Dirnen-Brief kommt die berühmte Floskel nicht vor. Hier steht nur, *ich schließe*.«

»Laß sehen«. Ich beugte mich über das Buch. »Und was lernen wir daraus? Daß wer immer sich eines Briefes der Katharina von Siena bedient hat, wollte, daß er für die Wissenden leicht zuzuordnen wäre.«

»Ja, ja, die sinnliche Katharina«, murmelte Auguste vor sich hin. Offenbar versuchte sie, den vorliegenden Brief ebenfalls mit ihrem Gedächtnis zu fotografieren.

Wir hatten gerade die erste Teekanne geleert, als auch Pat zur Terrasse kam. Ich hatte einen Zettel an die Haustüre geklebt *Bin im Garten*, eine Instruktion, der schon Auguste gefolgt war. Nun kam auch Pat mit einem Buch unterm Arm, eine große Sonnenbrille auf der Nase und Birkenstock-Pantoffeln an den Füßen, die die noch immer nicht verheilten Fersen freiließen.

An größere Wanderungen war damit wohl nicht zu denken, also hatte sie sich die Zeit damit vertrieben, wieder mit dem Bus nach Bad Aussee zu fahren, um das Kammerhof-Museum in Augenschein zu nehmen. Manchmal hüteten diese kleinen Heimatmuseen verborgene Schätze, die sich dann bei näherem Hinsehen als absolut brauchbare Hinweise auf das, was man wissen will, entpuppen. Danach sei sie auch noch in die Buchhandlung gegangen, um ein wenig zu stöbern. Und damit knallte sie mit schwungvoller Geste *Unser keltisches Erbe* auf den Tisch, ein Werk, das ich im letzten Jahr ausführlich studiert und als umfangreich, weit gesponnen, voller kühner Vermutungen – dem Duktus nach *women's studies* zuzuordnen – und äußerst nützlich für das Vorhaben, sich selbst als dilettierende Ortsnamenforscherin zu betätigen, in Erinnerung hatte.

Pat warf nur einen kurzen Blick auf das Katharina-von-Siena-Büchlein, nickte dazu und fixierte abwechselnd Auguste und mich, als erwarte sie eine Erklärung oder zumindest eine Bestätigung ihrer Mutmaßungen. Dennoch wurde deutlich, daß das, was sie mitgebracht hatte, sie weit mehr interessierte, selbst wenn es nicht unmittelbar mit dem Briefwechsel zu tun hatte.

»Ein Wahnsinn«, rief sie mir in die Küche nach, »was sich hierzulande alles an Zeugnissen der keltischen Kultur finden läßt.«

Ich machte mich, während ich neuerlich Teewasser kochte,

auf einen längeren Vortrag gefaßt, erinnerte ich mich doch noch gut an meine eigene Euphorie angesichts der in diesem Werk erwähnten Ortsnamen, darunter auch hiesigen, denen ich bis dahin keine Aufmerksamkeit geschenkt hatte und die auf einmal zu sprechen begannen. Das Verblüffende daran war, daß sie logisch erschienen, selbst wenn diese neue Bedeutung weit von der durch ihre lautliche Erscheinung suggerierten abwich.

So gibt es im Toten Gebirge eine Flur, die Feigental heißt, ein Wort, das auch in einem der Lieder, die jene Alpinrock-Band im Gasthaus *Zur Mühle* gespielt hatte, vorkam, worunter ich mir aber nie etwas hatte vorstellen können. Resch-Rauter aber, die das Buch geschrieben hatte, leitete Feigen beziehungsweise Feigl, was ebenfalls verbreitet vorkam, einigermaßen plausibel von Facula-vigil (Feuerzeichen und Wacht) ab, die zu einer Begriffseinheit verschmolzen und in der Dialektform durch Diphtongisierung eben zu Feigen oder Feigl geworden sein mußten. Immerhin ergab das mehr Sinn als alle möglichen Feigen, frische oder getrocknete.

Pat aber hatte ganz anderes ins Auge gefaßt als jenes Feigental im Toten Gebirge. Ihr ging es um die unmittelbare Umgebung und deren Aufladung mit Sinn, der anders als bei der *unsinnigen Kira* unserer Geschichte weiterhelfen sollte.

Pat hatte sich eine Art Pionierrolle zugeteilt, und daher nahm es mich auch nicht wunder, daß sie unsere Gegend zum Sprechen bringen wollte. »Hat eine von euch gewußt, was der Name des Passes bedeutet, über den die Straße vom Nordwesten in dieses Tal führt, sozusagen parallel zur alten Straße durch den Leislinggraben?«

»Meinst du den Koppen oder die Pötschen?«

»Ha, du hast es, wahrscheinlich, ohne darüber nachzudenken, richtig gesagt: die Pötschen!«

Nicht schon wieder, dachte ich. Es führte wohl kein Weg an der Göttin vorbei.

Pat blätterte wie wild, während ich Tee einschenkte, und als sie die Stelle gefunden hatte, an der Resch-Rauter zu beweisen suchte, daß die Pötschen der Göttin, das heißt den Bethen, geweiht war, las sie mehr oder weniger vom Blatt.

Was für mich immer nach slawischem Ursprung geklungen hatte – es gab eine Reihe von nicht nur slawisch klingenden, sondern eindeutig aus dem Slawischen stammenden Ortsnamen, Hinterlassenschaft der im 6. Jahrhundert einsickernden Südslawen, in der Gegend –, soll im Jahr 1265 noch urkundlich als *Beten* überliefert worden sein.

Auch Auguste zeigte nun Interesse und versuchte, das Buch an sich zu reißen, was ihr zumindest für kurze Zeit gelang, lange genug, um das Verzeichnis der keltischen Urwörter am Schluß zu finden, aus denen sich all unsere Ortsnamen, zumindest die, auf die es uns ankam, ableiten lassen sollten.

Und alle hießen plötzlich etwas. Selbst wenn es nur Straßenverlauf oder schnelles, kühles Wasser, Pfad, Fluß, Gipfel oder Wall hieß, es bedeutete etwas und setzte Vergangenheit frei.

Wenn in jenem 13. Jahrhundert, das die Erwähnung des Passes als *Beten* mit der historischen Wendlgard teilte, jemand oder etwas gewesen war, dann sprach es nun in einzelnen verständlichen Wörtern zu uns.

Aus der Aufstellung ging hervor, daß Pötsch oder Beth vom urkeltischen BEDO Erde, Grab, beziehungsweise vom keltischen BODH/BODB=BETHE, der Krähen- oder Todesgöttin, dem *Borbeth*-Aspekt der weiblichen Trinität abgeleitet wurde. Es bedurfte also nur noch einiger phantasievoller Vermutungen, um auch die *Zuflucht der Wanderer* in diesem Zusammenhang unterzubringen.

»Die Krähengöttin?« Pat stutzte, und mir war klar, woran sie dachte. »Das Gezeter, ich wußte gleich, daß es auch mit dem Gezeter dieses Raben bei der *unsinnigen Kira* etwas auf sich hatte.«

Ich spürte langsam, daß uns die Sache zu entgleiten begann. Wenn so gut wie alles mit allem zusammenhing, ließen sich keine festen Linien mehr ziehen, und wir würden uns immer mehr in Details verstricken.

»Ein Vorschlag zur Güte, laßt uns zu unserem Briefwechsel zurückkehren. Was hilft uns eine sprechende Landschaft, wenn wir die Briefe – ob es nun tatsächlich Briefe sind oder nicht – nicht lesen können.«

»Das können wir längst!« Pat und Auguste sprachen wie aus einem Mund.

»Ich meine lesen und verstehen. Was es mit all diesen Anleihen bei Hildegard von Bingen oder Katharina von Siena auf sich hat ...«

»Und so weiter und so fort«, setzte Auguste in strengem Ton hinzu. »Du hast recht, wenn wir nicht herausfinden, was das Ganze überhaupt soll, helfen uns keine Krähengöttin und keine göttliche Vorhaut.«

Aber so leicht war Pat nicht aus dem neuen Terrain zurückzuholen. Wenn sie schon ihrer wunden Fersen wegen keine Feldforschung treiben konnte, wollte sie wenigstens sprachlich Neuland gewinnen. Und wer sagte, daß nicht in einem jener sprechenden Flurnamen der Schlüssel zum Verständnis der ganzen Konstellation lag?

»Nehmt diese Ortsbezeichnung *Toter Mann*. Was läßt sich dazu nicht alles denken? Hier aber steht, daß diese Bezeichnung von TOTA-MAGOS kommt und soviel wie Volks-Feld bedeutet, einen Versammlungsplatz des Volkes, das, wozu die Germanen Thing-Stätte sagten. Ein Platz, auf dem beraten, Recht gesprochen und Entscheidungen getroffen wurden.« Dabei hob sie die Hand, als sei sie befugt, das Ganze abzusegnen.

Das klang alles verblüffend genug, um sich irgendwann einmal näher damit zu beschäftigen, führte aber vom Thema weg. Auch ich versuchte Einblick in das Wörterverzeichnis zu bekommen, in dem Pat und Auguste gemeinsam blätterten.

»Halt!« Mein Blick war auf ein Wort gefallen, das ich, wenn ich mich recht erinnerte, vor einem Jahr in meinem eigenen Exemplar unterstrichen hatte. Ich zeigte auf LISSOS/LISSAN keltisch=PLSSOS urkeltisch, was *durch Erdwall befestigter Wohnsitz* heißen sollte, und als wir weiter vorne nachsahen, war von den *Leis*-Orten die Rede. Liezen wurde genannt, die Stadt, in der das Finanzamt steht, das für mich zuständig ist.

»Leis ... aber natürlich. Wenn schon dieses Liezen, warum nicht auch der Leisling? *Befestigter Wohnsitz*, das meint genau unsere kleine Abtei mit angeschlossenem Beherbergungsbetrieb für Wanderer. Es fügt sich wieder, zu unser aller

Freude, jedoch …« Hatte ich mich verhört oder klang nicht auch Pat ein wenig mißtrauisch? »Warum hast du mich nicht auf dieses Buch aufmerksam gemacht?« Doch bevor ich mir noch eine Ausrede überlegen konnte, fuhr sie fort: »Wie ich von der Buchhändlerin in Bad Aussee erfahren habe, warst du die einzige, die diesen Titel bestellt hat, und sie hatte ihn nur deshalb lagernd, weil sie damals irrtümlich zwei statt einem Exemplar geordert und dann gehofft hatte, das zweite auch noch verkaufen zu können.«

»Und wie es aussieht, ist ihre Rechnung aufgegangen«, sagte ich statt einer Erklärung.

Ein Apfelstrudel zwängte sich durch den immer enger werdenden Spalt zwischen Schlehe und Blutberberitze an der oberen Hecke, ihm folgte die Nachbarin. Sie entschuldigte sich, daß sie so ohne weiteres herüberkäme, aber sie habe nur weibliche Stimmen gehört und die von Pat auch sogleich wiedererkannt. Und da sie aus langjähriger Erfahrung wisse, daß es bei mir immer nur diese gekauften Kekse gebe, und sie gerade einen Apfelstrudel gebacken habe, habe sie gedacht, Pat und ihre Freundin – »Auguste Vormweg«, sagte Auguste – würden vielleicht Lust auf ein Stück Apfelstrudel haben.

»Und wie«, meinte Auguste.

»Wie sich das nun wieder fügt«, meinte Pat, und ich stand auf, um eine Tasse für die Nachbarin zu holen.

Als ich wieder aus der Küche kam, waren die drei in ein angeregtes Gespräch über die topographischen Besonderheiten der näheren Umgebung vertieft. Die Nachbarin fragte gerade, ob Pat, die sie als gut zu Fuß kennengelernt habe, denn schon mehr von der Gegend gesehen hätte als den Leislinggraben. Die Sandlingalm zum Beispiel, die man ebenfalls von Oberlupitsch aus erreichen könne, oder, falls sie nicht ganz so weit und gerne einmal in die andere Richtung unterwegs sein wolle, das Bärenmoos.

»Bärenmoos?« Man konnte förmlich sehen, wie sich Pats Ohren unter dem roten Haar aufstellten.

Nicht schon wieder, dachte ich. Langsam übertrieben wir es.

»Ja, das Bärenmoos«, wiederholte die Nachbarin. »Eine Art

Hochmoor mit einem alten Kultplatz. Es gibt dort eine Quelle und zwei große Steine, von denen einer ein Kultstein gewesen sein soll. Mir wird immer ganz merkwürdig zumute, wenn ich auf ihn zugehe.«

Pat und Auguste machten große Augen.

»Und Pilze!« Ich versuchte, die Erwartungen ins Übersinnliche wieder ein wenig zurückzuschrauben. »Richtige Herrenpilze. Die ganze Lichtung riecht danach. Dieses Jahr gab es so viele, daß sogar ich welche gefunden habe.«

Dieses Zauberwort aus der profanen Welt funktioniert immer.

»Pilze?« Das Wort grub sich tief in die Köpfe der beiden Gelehrtinnen, und schon trat das vermeintlich Keltische eindeutig hinter den Kult des Pilzes zurück.

Der Apfelstrudel konnte sich wirklich sehen lassen. Der Teig war dünn wie Papier, knisterte, wenn man hineinstach, und schmeckte noch besser, als er aussah.

Die Pilze taten ihre Wirkung. Da die Nachbarin wieder einmal *frei* hatte, dauerte es nicht lange, und wir saßen alle vier in ihrem Landcruiser. Es war zwar für Pilze schon etwas spät im Jahr, aber die anhaltende Wärme dieses Herbstes und der Regen von neulich ließen hoffen, daß wir doch noch welche finden würden.

Wir stellten das Auto vor dem Schranken zur Forststraße ab, gegenüber der Bank am Dachsteinblick, wo Reha Çamuroğlu, der Schladmingerträger, mir aus der falschen Richtung entgegengekommen war.

Der Anstieg führte durch einen Mischwald, und bevor wir noch zur ersten Kehre kamen, fing die Nachbarin zu deuten und zu grimassieren an. Pat verstand nicht, was sie damit sagen wollte. »Was hast du denn?« Das schwesterliche Du hatte offenbar stattgefunden, während ich die Teller für den Strudel holte. Ein junger Rehbock, der geglaubt hatte, uns ignorieren zu können, erhob sich unwillig aus seinem Bett aus Buchenblättern, die in derselben Farbe wie sein Fell schimmerten, schüttelte sich und machte ein paar Schritte waldaufwärts.

Pat und Auguste starrten ihm staunend nach, bis er hinter den Stämmen verschwunden war.

Doch er hatte sich wieder getäuscht. Denn als wir in die Kehre einbogen, stießen wir neuerlich auf ihn, und diesmal schaute er ausgesprochen angewidert in unsere Richtung. Offenbar hatte er sich nur *pro forma* ein wenig entfernt, um uns vorbeizulassen, doch als wir dann höher stiegen und nicht bloß am Waldrand entlangspazierten, blieb ihm nichts anderes übrig, als sich in die Tiefen des Waldes zurückzuziehen. Vier Weiber auf einmal, das war sogar für einen selbstbewußten jungen Bock mehr, als seine Nerven vertragen konnten. Auch wenn er uns gezeigt hatte, daß es nicht die Angst war, die ihn vertrieb, sondern die menschliche Anwesenheit als solche.

Wir gingen neben der Forststraße, bis zu den Knöcheln in trockenem Laub watend, dessen geräuschvolles Rascheln sämtliche Tiere des Waldes in erhöhte Aufmerksamkeit versetzen mußte. Es war beinah so schön, wie in Gummistiefeln durch tiefe Pfützen zu pflügen und dabei eine Art Bugwelle zu erzeugen, was in gewisser Weise sogar mit vertrockneten Blättern gelang.

Das Licht, das nun viel schräger einfiel als im Hochsommer, erzeugte ein Flirren, in dem das Laub an manchen Stellen zu gleißen begann. Und alle hatten wir den Blick am Boden. Dutzende von Reizkern säumten unseren Weg, selbst Täublinge und Bärentatzen gab es noch zuhauf. Da und dort auch einen Knollenblätterpilz, den die Nachbarin jedes Mal als Verursacher eines qualvollen Todes brandmarkte. Ein paar ausgelaufene Schopftintlinge führten geradewegs zu einem Parasol, der aber schon zu groß und zu ausgefranst war, um noch als Beute in Frage zu kommen.

So wie kein Jäger, der hinter einem Sechzehnender her ist, je eine Wildente schießen würde, selbst wenn sie ihm direkt vor die Flinte flöge, kümmert sich auch kein Pilzsammler um einen Stäubling oder ein Schweinsohr, wenn er sich Hoffnungen auf einen Herrenpilz macht.

Ich hatte es oft und oft erlebt, wie Menschen, die unverhofft ans Pilzesammeln gerieten, ihre Sinne schärften. Die Stimmung ähnelte der im Casino – alles Trachten richtete sich auf einen Treffer. Der Geruch von Pilzen ähnelte auf fatale

Weise dem des Geldes. Und während wir so zum Bärenmoos aufstiegen, versuchte ich insgeheim, mich auf Enthaltsamkeit einzustimmen, schließlich sollten Pat und Auguste ihr Pilzerlebnis haben.

Die Lichtung war bereits zu ahnen, und des Almviehs wegen verlief durch den Wald ein Stacheldrahtzaun, an dem ich mir neulich schon die Hose zerrissen hatte, als ich angesichts eines makellosen jungen Herrenpilzes jede Vorsicht hatte fahren lassen.

Wir passierten die erste Almhütte und bewegten uns an der rechten Seite des Hochmoors auf den Tressenstein zu. Auch hier gab es einen Felsenfinger, der bizarr in die Luft stach. Hatte Resch-Rauter Felsenfinger dieser Art nicht als Sonnenzeiger beziehungsweise als Sonnenuhren beschrieben? Ich versuchte, es mir vorzustellen, fand aber den Schatten des Zeigers nicht.

Es war Auguste, die den ersten Schrei ausstieß und auch sogleich in die Knie ging, vor dem einen dicken, eierstieligen, makellosen milchkaffeebraunen Herrenpilz, der sich ihr, wie der magische Erstgewinn eines späteren krankhaften Spielers, in den Weg gestellt hatte.

Es fehlte nicht viel und wir hätten uns alle auf sie gestürzt, um ihr diesen einen, einzelnen, einzigen weit und breit, den Glückspilz eben, zu entreißen. Doch wir zügelten unsere Leidenschaften und verlangten nur, daran riechen zu dürfen, während die Nachbarin Auguste eine Papiertragtasche anbot, in die sie den Pröbstling, nachdem sie ihn sorgfältig mit dem Messer abgeschnitten hatte, um das Myzel nicht zu beschädigen, betten konnte.

Die Tatsache, daß Auguste einen Herrenpilz gefunden hatte, wurde zur frohen Botschaft: es war also nicht vergebens, man mußte nur genau hinsehen. Ich versuchte, an etwas anderes zu denken, und sobald ich mich ein wenig zurückgenommen hatte, hätte ich am liebsten laut aufgelacht angesichts von drei weiblichen Wesen mittleren, das heißt späten mittleren Alters, die witternd und vor angespannter Aufmerksamkeit schielend, in den Waldrand einfädelten, mit tastenden Schritten und griffbereiten Händen jeden Quadratzentimeter Boden erkundeten, damit ihnen auch nicht die geringste Andeutung eines Genossen jenes Glücksträgers entging.

Das Hochmoor lag noch teilweise in der Spätnachmittagssonne, während an manchen Stellen schon der Schatten übergriff, in dem man es erst richtig ausnehmen konnte, denn auch hier hatte das Herbstlicht dieses Flirrende und Gleißende, das einen fast blind machte gegenüber den sich langsam mit Wasser füllenden Kuhtritten an seinem Rand und den dichten gelbbraunen Graspolstern, die nachgaben, wenn man auf sie stieg, und dabei einen leise schlürfenden Ton hören ließen.

Nach einer fundlosen Weile, die über kurz oder lang in Enttäuschung umschlagen würde, versuchte ich die Aufmerksamkeit der drei auf die Herbstfärbung des Waldes zu lenken, auf die ochsenblutfarbenen Buchen, die immergrünen Fichten, die messingfarbenen Lärchen und gleich darauf auf den Felsenfinger, den die Sonne, kurz bevor sie zwischen Sarstein und Sandling verschwunden sein würde, voll beschien und zum Leuchten brachte, so als wolle sie ihn in seiner Funktion – hatte er die tatsächlich gehabt? – noch einmal ganz groß herausstellen.

»Toll!« Auguste hatte nur kurz den Blick gehoben, denn der Ehrgeiz, weitere Pilze zu finden, hatte sie gegen Naturschönheiten dieser steinernen Art unempfindlich gemacht. Auch die Nachbarin, die sich von uns allen am besten auskannte, blickte kaum auf, schließlich hatte sie einen Ruf zu verlieren und war es sich schuldig, zumindest einen Vorzeigepilz zu erspähen. Sie hatte sich lange genug darüber ausgelassen, welches die Stellen mit der größten Wahrscheinlichkeit waren.

Nur Pat, die ihrer fersenfreien Birkenstock-Pantoffeln wegen ohnehin ein wenig langsamer unterwegs war, wußte den Anblick zu würdigen. »Glaubst du, daß der Finger begehbar ist?«

Ich hatte gerade an dasselbe gedacht, zuckte aber vorsichtshalber die Achseln. »Keine Ahnung.«

»Wenn ja, könnte man auf seiner Spitze Wilbeth gehuldigt

haben. Wir sind uns doch einig, daß es sich bei Wendlgard, zumindest in ihrer mythischen Form, um eine Wilbeth, eine Radbethe, eine Frau Luna, handelt?«

»Der Kultplatz mit dem Stein befindet sich dort drüben.« Ich deutete nach links. Wir mußten erst ans Ende des Moors kommen, um zu den großen Steinen hin abbiegen zu können.

»Ich bin überzeugt, daß wir es mit einer Wilbeth-Form zu tun haben. In Böhmen soll Wilbeth übrigens Walpurga geheißen haben, warum also hier nicht Wendlgard?«

Mich stach der Hafer, und ich setzte noch einen Stein ins Spiel, indem ich links an dem Felsenfinger vorbei deutete. »Dort drüben, siehst du, wo der Tressenstein in die Trisselwand übergeht. Hast du je die Höhle gesehen, das sogenannte Trisselbergerloch? Es ist ziemlich groß, und man kann es vom Tal aus gut erkennen. Den Kindern erzählt man, daß die Krampusse darin hausen. Die aber sehen aus wie der Gott Sylvanus, der einer der Begleiter der großen Göttin war. Einige Sagen erklären das Trisselbergerloch zum Wohnsitz der Saligen, ebenfalls drei an der Zahl. Und weißt du, wie sie in manchen Gegenden heißen: Embede, Wilbede und Worbede.«

Pat hielt sich mit beinahe theatralischer Gestik, die gar nicht zu ihr passen wollte, die Ohren zu. »Hör auf, hör auf! Die ganze Gegend scheint nur so von Hinweisen und Anspielungen zu wimmeln.«

»Was wirst du erst sagen, wenn ich dir erkläre, woher der Ausdruck Salige kommt? Der hat nämlich etwas mit gesund und unverletzt, aber auch mit selig zu tun, und nicht zuletzt mit Salz. Manchmal wurden den Saligen auch Salzopfer gebracht.«

Ich hatte meinen Trumpf ausgespielt, obwohl mir gar nicht so sehr daran gelegen war. Das mochte zwar alles zu einer der Erscheinungsformen von Wendlgard passen, aber in bezug auf den Briefwechsel, der sich nun einmal in unseren Köpfen festgesetzt hatte, brachte es uns nicht weiter.

»Was uns zu diesem Michlhallberg, den Bergleuten und der kleinen Abtei im Leislinggraben zurückführt.« Pat schien ans Gegenteil zu glauben.

Es wollte sich einfach kein weiterer Herrenpilz finden lassen, und sooft auch eine der beiden unverdrossenen Sammlerinnen zu einem Findeschrei ansetzte, es handelte sich immer nur um Reste, Vergehendes, um nicht zu sagen, bereits Vergangenes, vom Wurmfraß ausgehöhlt oder einfach schlapp geworden und zerfranst, keinesfalls herzeig- oder auch nur genießbar.

Wir zwängten uns durchs Dickicht am Ende des Moors, um endlich zur versprochenen Kultstätte zu gelangen, solange die Sonne noch hinschien. Wer weiß, vielleicht würde man, wenn man unter den Opfersteinen grub, nicht nur Wild- und Bärenknochen finden, sondern auch die von Menschen. All unseren Lieblingsvorstellungen von der religiösen Gedankentiefe der Kelten zum Trotz, sollen sie handfeste kultische Kannibalen gewesen sein.

Wir näherten uns nach Umgehung des Moors, also von hinten. Und wie immer erhöhte sich mein Pulsschlag ein wenig, so als sei hier die Erde frischer und durchlässiger, und ich beschleunigte meinen Schritt, nicht weil es etwas Besonderes zu sehen gab, sondern weil der Ort etwas Besonderes ausstrahlte.

Die Quelle sickerte inmitten zweier wuchtiger Felsbrocken aus dem Boden, anstatt zu sprudeln. Moos, das an den schattigen Stellen schon ziemlich stumpf wirkte, bedeckte die Kanten der Steine. Plötzlich verfing sich ein Lichtstrahl im seichten Gekräusel und zuckte wie ein Elfenfinger am Wasser entlang.

Merkwürdig, daß es mir die letzten Male gar nicht aufgefallen war, aber jetzt, wo Auguste mit echter Empörung darauf verwies, stach es mir ebenfalls ins Auge, jenes kleine Scheißhaus, das sich wohl die Inhaber der Almhütte weiter drüben, gleich neben den Opfersteinen, gezimmert hatten. Winzig und unauffällig, dennoch in seiner Funktion unverkennbar, selbst das ins Türholz geschnittene Herz fehlte nicht. Und an seinen Wänden lagen geplatzte Plastiksäcke, leere Dosen und zerbrochene Flaschen.

Einen Augenblick lang standen wir beschämt davor, eine jede den eigenen Gedanken über den Lauf der Welt und der Dinge nachhängend.

Es war die Nachbarin, die unsere sich dehnende Schweigeminute unterbrach. »Es nutzt nichts, Bedürfnis steht gegen Bedürfnis. Ich habe ein Fläschchen dabei, und das will getrunken werden, bevor es dunkel wird.«

Jetzt kannte ich sie schon so lange, und noch immer verblüffte sie mich, wie sie da aus ihrem unscheinbaren, kleinen Rucksack eine Flasche Prosecco im Weinkühler hervorzauberte, und dazu auch noch grüne Oliven und Käse.

Sie lotste uns zur Gott sei Dank leerstehenden Hütte hinüber, der eine mit Knütteln gegen den Hang hin abgesicherte, winzige Terrasse vorgebaut war, mit einem Tisch aus dem Rundstück eines Baumriesen. Sogar Gläser hatte die Nachbarin dabei, Becher, die sich ineinanderschieben ließen, aber immerhin aus Glas und nicht aus Pappe.

Gerührt ob der unerwarteten Fürsorge ging ich zu den Steinen zurück und leerte die Hälfte meines Glases, möglichst weit von dem Scheißhaus entfernt, den drei Bethen aus. Wieder einmal war es an mir, das Libationsopfer zu bringen, so wie seinerzeit bei einem Schriftstellerinnentreffen in Japan, wo ich als ehemalige Klosterschülerin die Weinspende der deutschsprachigen Republiken der Äbtissin eines Zen-Klosters, die ebenfalls Schriftstellerin war, überreichen und dann auch noch mit ihr anstoßen durfte.

Als ich wieder beim Tisch war, hoben wir alle das Glas in die untergehende Sonne hinein. Zumindest eine der Bethen schien anwesend, wenn schon nicht alle drei, aber anstatt ihrer ausführlicher zu gedenken, wurde der Pilz noch einmal ausgepackt, in die Mitte des Tisches gelegt und der allgemeinen Bewunderung ausgesetzt.

Auguste erklärte selbstlos, es genüge ihr, ihn gefunden zu haben, sie wolle ihn nicht auch noch alleine aufessen. Daraufhin wurde erörtert, was mit ihm zu geschehen habe, damit alle etwas von ihm hätten, zumindest sein Aroma kosten könnten, sei es mit einer Rahmsauce oder auf ein großes Omelette verteilt.

Die Frage war, wer das Omelette backen würde, von dem wir alle satt werden sollten. Das heißt, eigentlich war es keine Frage, denn ich hatte mich schon längst darauf eingestellt und überschlug in Gedanken die Zahl der Eier in meinem Kühlschrank.

Auguste legte noch ein Schäufelchen nach. »Auch Wendlgard wird die Pilze nicht immer waschkorbweise gefunden und die ihren ebenfalls mit den anderen Nonnen geteilt haben.«

Langsam schien es an der Zeit, daß wir die Nachbarin über Wendlgard und den Briefwechsel aufklärten, aber die sagte, sie habe sich längst ihren Reim darauf gemacht. Einerseits hätte ich auf den gemeinsamen Spaziergängen im letzten Jahr kaum von etwas anderem geredet als von jener, in irgendeiner Chronik aufscheinenden, Wendlgard, und andererseits habe sie sich auch den Namen dieses türkischen Dichters gemerkt, nicht nur weil ihre Tante nach dem Krieg in die Türkei geheiratet und sie zwei türkische Cousinen habe, sondern weil dieser türkische Dichter auf so grausame Weise ums Leben gekommen wäre, daß sie jedes Mal, wenn ich davon sprach, das Gefühl gehabt hätte, auch ihre Haut löse sich in Fetzen ab.

Plötzlich ging die Sonne weg, und es wurde schlagartig kalt. Die feuchte Luft kam vom Moor hochgekrochen, und eine nach der anderen mußten wir niesen. Aus und vorbei war es mit dem Wohlbehagen, das dieser Ort auszustrahlen schien, und das uns erst jetzt, da es mit der Sonne dahin war, so richtig zu Bewußtsein gekommen war. Auguste packte ihren Pilz ein und die Nachbarin Flasche und Gläser.

Als wir die Hütte bereits im Rücken hatten und ich mich noch einmal umdrehte, bemerkte ich, daß unter dem Giebel ein Speichenrad angebracht war. Ich zeigte es der vorsichtig abwärts schlapfenden Pat. »Wheel-Beths Zeichen.« Es war beinah zum Lachen.

Beim Abstieg fand ich dann doch noch einen Pilz, das heißt, eigentlich fand er mich, indem er sich unverhofft zwischen meinen Füßen aufrichtete. Natürlich war er nicht so schön wie der makellose von Auguste. Einiges Getier hatte sich bereits an ihm gütlich getan, aber wenn man die ausgefransten Ränder wegschnitt, blieb noch genug, um das Omelette zu belegen. Selbstredend versagte ich mir jedes Triumphgeschrei, blieb sachlich und bat nur darum, ihn zu dem von Auguste in die Papiertüte legen zu dürfen, was Auguste gar nicht recht war, fürchtete sie doch eine Beschädigung ihres Prachtstücks. Was soll's, dachte ich, in spätestens einer halben Stunde habe ich sie beide zerschnipselt.

Wir schritten gewaltig aus, selbst Pat versuchte, tapfer Schritt zu halten. Es war, als wären uns die kühlen Schatten in Gestalt wilder Tiere auf den Fersen, und ich bedauerte, meine Jacke zu Hause gelassen zu haben. Die Nachbarin erklärte, wo wir waren und daß ein Stück weiter unten der Dichter Hugo von Hofmannsthal immer auf der Bank unter dieser großen Linde gesessen sei, weil ihm da am meisten eingefallen wäre. Und daß er es, obwohl sie befreundet waren, Jakob Wassermann nie verraten habe, aus Angst, Wassermann könne eines Tages auf die Idee kommen, sich ebenfalls unter seine, Hofmannsthals, Linde zu setzen und es fiele ihnen beiden womöglich dasselbe ein.

Beim Dachsteinblick stiegen wir wieder in den Landcruiser, und ich hatte für einen Augenblick die Vision, Çamuroğlu käme tatsächlich des Weges, aber dann war es ein anderer Schladmingerträger, der den warmen Rock frühzeitig ausgewintert hatte, und im Augenblick beneidete ich ihn um die warme Hülle.

Als wir ins Haus kamen, stellte ich sogleich die Heizung an. Die Tage waren erkennbar kürzer geworden, trotz der Sommerzeit, die erst Ende Oktober auf Normalzeit umgestellt werden sollte.

Während ich mich sofort in die Küche verzog, den mit Abstand wärmsten Raum des Hauses, und an den Pilzen wischte, putzte und schnitt, fingen die drei neuzeitlichen Saligen wieder im *Keltischen Erbe* zu schürfen an, und jeder Fund, ob vermeintlich oder echt, hatte ein Anschwellen des Geräuschpegels zur Folge, aus dem nur die Widerreden der Nachbarin herausklangen, pragmatisch und ungläubig, wie sie nun einmal war.

Ich deckte inzwischen auf, schnitt Brot, rührte Eier, hackte die letzte Petersilie aus dem Garten zu ameisenkopfgroßen Stücken und holte die große Eisenpfanne aus dem Keller.

Die Pilze rochen noch immer überwältigend, die ganze Küche war erfüllt davon, wobei sie im Rohzustand anders dufteten als dann beim Braten. Ich hatte auch sie möglichst klein geschnitten, um ihnen so viel wie möglich von ihrem Aroma zu entlocken, das sich nun schon durchs ganze Haus zog, so daß auch die drei Saligen im Wohnzimmer die Nasen in den Küchendunst hoben und lustvoll schnupperten.

Während ich anrichtete, hörte ich Pat, aus dem Zusammenhang gerissen, sagen, daß die Grenzen zwischen Priesterin und Göttin sich immer mehr verwischen würden, ja, daß die Göttin gelegentlich von der Priesterin Besitz ergriffe – ich wurde stutzig, ging es am Ende wieder um eine Form der Inkarnation? – und sie dadurch zur Besessenen machte.

Besessenheit war doch etwas anderes als Verkörperung, aber da redeten sie schon wieder alle gleichzeitig. Die Nachbarin war auch nicht gerade maulfaul, und Auguste, ohnehin noch in der Pilzeuphorie, die sich auf ihr ganzes Wesen übertragen hatte, ließ ihr glucksendes Lachen in immer kürzeren Abständen hören.

Zum Glück hatte ich einen ziemlich trockenen Weißwein eingekühlt, und als wir dann alle beim Essen saßen, stießen wir noch einmal auf die drei Bethen an. »Wilbeth«, rief Pat, »es muß Wilbeth sein.« Ich nieste wieder, doch wenigstens war mir warm.

»Besteht denn euer sogenannter Briefwechsel nicht bloß aus einer Auflistung von Beschwörungsformeln und wäre somit nichts weiter als eine Sammlung von magischen Sprüchen, die ausgetauscht wurden?« Wir horchten auf. Sagte nicht manchmal die Person, die von außen kam, genau das, worauf die mit der Sache durchgängig Beschäftigten nie gekommen wären?

»Das mag auf die letzten Briefe am ehesten zutreffen«, räumte Auguste ein, »nicht aber auf die am Anfang, die beinah allesamt Leihtexte sind. Noch wissen wir nicht genau, welche Bedeutung sie letztendlich haben werden.«

»Ganz abgesehen von den Nesîmî-Briefen, von denen wir noch so gut wie gar nichts wissen.« Pat wandte sich an mich. »Hast du übrigens bei diesem Herrn Çamuroğlu nachgelesen?«

Ich nickte, ging aber nicht weiter darauf ein. »Auch der eklatante Zeitsprung ist nicht gelöst.« Pat zog die Stirn in Falten. »Daß Zeit subjektiv erlebt wird, ist ja nichts Neues, daß aber in der Zeit so Verschobenes aneinandergerät, ist zumindest eine Merkwürdigkeit.«

»Ist uns dabei nicht einfach nur das Vorher und das Nachher ein wenig durcheinandergerutscht? Was mich mittlerweile viel mehr beschäftigt, ist, warum ausgerechnet die beiden? Eine Benediktinerin, die möglicherweise etwas aus der Zeit lange vor ihr verkörperte, und ein turkmenischer Derwisch mit einer scharfen Ketzerlehre. Es scheint nicht zusammenzugehen, trotz der wichtigen byzantinischen Tangente. Letztlich scheint es doch unmöglich zu sein.«

»Nichts ist unmöglich!« Augustes Augen glitzerten. »Wie wir inzwischen wissen, lassen sich immer Zusammenhänge herstellen.«

»Selbst wenn sie nur im Kopf ihres Erfinders oder ihrer Erfinderin existieren.« Die Nachbarin warf uns allen einen strengen Blick zu.

Das Omelette war rasch von den Tellern verschwunden, ohne daß sich jemand über ein Völlegefühl zu beklagen gehabt hätte. Da wollte die Nachbarin noch etwas von ihrem phänomenalen Apfelstrudel herüberholen, und ich schenkte Wein nach.

Auguste, mit ihrem Pilz in sich, meldete sich wieder zu Wort. »Die Frage ist, wonach wir überhaupt suchen. Sind es die Spuren einer begabten Frau, denen wir nachgehen, um über die *via regia* weiblicher Geistigkeit irgendwann in unserem Jahrhundert anzukommen, oder ist es eine bestimmte Form von Religiosität, ob Mystik oder Esoterik, die wir aus dem Briefwechsel mühsam heraus und in unsere eigenen Arbeiten hineinschreiben wollen?«

Und Pat setzte fort. »Geht es um Regionalgeschichte oder um universelle Kenntnisse? Um die Entdeckung, wie und daß alles zusammenhängt, daß Ost und West sich immer schon berührt und – verzeiht das rüde Wort – penetriert haben? Und selbst wenn es uns je gelingen sollte, diese Briefe als das zu zeigen, was sie möglicherweise sind, was wäre die Ausbeute? Was könnte sie sein, ich meine, um wieviel und in welcher Hinsicht wären wir nach ihrer Entzifferung tatsächlich gescheiter? Daß ein Briefwechsel dieser Art keine vollkommen neuen Erkenntnisse zu einer der großen Menschheitsfragen enthalten wird, ist uns allen wohl klar. Die entscheidende Frage kann also nur lauten: was ist das Besondere an diesen Texten, das es die Mühe wert macht, ihren Hinter- und Untergrund zu lüften? What's the message?«

Die Reihe war an mir. »Ihr vergeßt, daß es sich letztlich um die Texte von Dichtern handelt. Von Nesîmî gibt es ein überliefertes Werk, und bei Wendlgard bin ich mir dem Gespür nach sicher, daß auch sie eine Schreibfrau war, eine, die ihre Phantasien zur Sprache brachte. Diese ganzen Hildegard- und Katharina-von-Siena-Geschichten können doch nur bedeuten, daß es sich um bewußt verfertigte Palimpseste handelt, die man nur genau genug betrachten muß, um unter dem gut lesbaren, vertrauten oberen Text einen schlecht lesbaren, unvertrauten unteren Text zu entdecken, der uns als ein Stück Literatur entgegentritt.« Die beiden sahen mich an wie die Menschenfresserinnen.

Auguste faßte sich als erste. »Literatur recht und schön, aber auch dir wird klar sein, daß Texte dieser Art ihrer Story wegen gelesen werden. Denk an Gilgamesch, an die *Odyssee*, oder die *Ilias*. Man liest diese Texte, weil es Geschichten sind, die Geschichte enthalten.«

»Heute vielleicht, aber damals?«

»Geschichten?« Die Nachbarin war gerade mit dem Apfelstrudelnachschub hereingekommen. »Ich dachte eher an einen Roman, so wie sich das alles anhört.«

Zum Glück hatte der Apfelstrudel eine Präsenz, die uns von weiteren Grundsatzdiskussionen abhielt. Die Nachbarin hatte ihn wohl kurz in die Mikrowelle geschoben, denn er war noch warm, und ich hatte die Teller so rasch gewechselt, daß keine Zeit für großartige Kommentare blieb. Aber kaum war der Apfelstrudel den Weg allen Verzehrs gegangen, kamen die Sätze wieder in Gang. Es gelang mir kaum, all die plötzlich aufkeimenden Vermutungen, worauf die endgültige Entschlüsselung hinauslaufen würde, zu bedenken, in Zweifel zu ziehen oder zu bestätigen, es war nur einfach so, daß das Ganze, anstatt sich auf eine bestimmte Erwartung hin zu bündeln, eher zerflatterte, und dabei kamen auch viele profane Deutungen zu Wort, die ich hier gar nicht alle wiederholen mag.

Meine Argumente verhallten von Mal zu Mal ungehörter. Literatur, bedeutete man mir, habe nun einmal eine wesentlich geringere Halbwertszeit als die Wissenschaften, und da die Literatur es besonders schwer habe, sich als Internet-Literatur in Szene zu setzen, stehe ihr künftiges Schicksal ohnehin in den Sternen, wobei die Sterne, im Gegensatz zur Literatur, für die Zukunft interessant geblieben wären.

Auf jeden dieser Unkenrufe, und ich empfand sie – *bei den drei Bethen* – als solche, nahm ich einen ordentlichen Schluck. Wahrscheinlich wäre es einem Musiker, dem man zu bedenken gegeben hätte, daß die Musik es besonders schwer habe, sich als Syntheziser-Musik in Szene zu setzen, nicht anders ergangen. Da das aber mit der Musik so nicht ging, hinkte der Vergleich von Anfang an so sehr, daß mir nichts anderes übrigblieb, als vergleichslos an meinem Weißweinglas zu nippen.

Irgendwann, als ich schon jede Möglichkeit tiefergehender Verständigung für ausgeschlossen hielt, durfte ich noch erleben, wie Pat plötzlich jenen walisischen Dichter Taliesin zitierte, gewissermaßen einen Vorfahren, wie sie in aller Bescheidenheit einstreute, der ein Gedicht mit dem Titel WANDERUNGEN geschrieben hatte.

Es dauerte ein wenig, bis ich verstand, was Pat da mit entsprechender Rhetorik von sich gab. Mächtige Zeilen pochten an mein Ohr und erinnerten mich an etwas …

Bin ein Regentropfen im Wind gewesen,
Bin der fernste der Sterne,
Bin ein Wort unter Lettern gewesen,
War im Anfang sogar ein Buch.

»Natürlich ein Buch«, fühlte Auguste sich bemüßigt, hinzuzufügen, und es klang beinah so, als habe sie Schwierigkeiten beim Artikulieren. »Wir sind ein Buch, ein dickes, großes, fettes Buch, in dem wir endlich alle Platz haben.«

Es war eine jener Nächte, die in der Erinnerung an Kontur verlieren, nicht weil man nicht mehr wüßte, was geschehen ist, sondern weil die Geschehnisse zeitlich ineinanderfließen und man den Bildern anheimfällt, die im Kopf hängengeblieben sind, ohne daß die Reihenfolge viel Sinn ergäbe. Auch scheinen es immer viel zu viele Bilder zu sein, um sie in einer einzigen Nacht unterzubringen.

Auch die Stimmen waren geblieben. Mein Ohr hallte wider von den gesagten und den ungesagten Sätzen. Jemand nannte mehrmals meinen Namen, so als müsse mir endlich zu Bewußtsein kommen, wer ich in Wirklichkeit sei.

Es war gar nicht so kalt draußen, wie ich befürchtet hatte, die trockenen Fichtennadeln gaben noch etwas Wärme ab. Und daß ich ging, war mir genau so selbstverständlich, wie daß ich denselben Weg zurückging.

Während ich so dahinschritt, hatte ich ein Gefühl, als mache Ich gerade erst in mir die Augen auf. Ich kam aus der Tiefe der Zeit. Ich sprach mich. Je mehr der Weg anstieg, desto genauer wußte Ich, wo es hingehen sollte. In der Nähe der Quelle sagte Ich Wasser und ich war Wasser. Ich floß über einen Stein und zugleich stieg Ich darüber.

Es war verwirrend, wie weit mein Bewußtsein reichte und wie *hautlos* sich mein Körper anfühlte. Ich hörte Mich lachen, da bebte mit einem Mal die Erde und ich erschrak zu Tode. Ich sprudelte aus einer Öffnung im Boden, die es zuvor nicht gegeben hatte.

Der Mond zog über den Himmel, während Ich aus dem Wasser stieg. Ich sang, ohne daß ich die einzelnen Wörter hätte verstehen können, aber ich wußte auch so, was sie bedeuteten. Es war dieses Gefühl der Gegenwart und der Nähe. Ich war in mir zum Vorschein gekommen, schimmerte durch meine Haut und erhellte die unmittelbare Umgebung.

Die Stimmen wurden lauter, nannten den Namen, auf den Ich hörte. Der Name trug mich. Ich erhob mich und flog. Ich dachte, ich würde fliegen, und Ich flog davon.

Jetzt galten die Stimmen mir. Sie drohten, ich lief. Sie hetzten mich, ich floh. Es war, als würde ich in alle Ewigkeit fliehen. Die Stimmen riefen noch andere Namen. Es hallte von den Bergen wider und Felsbrocken kollerten ins Tal. Man ergriff mich, ich entkam. Man verletzte mich, meine Wunden heilten notdürftig. Man verfolgte mich, ich fand Zuflucht. Als ich mich umsah, war es der Bau eines Dachses, in dem ich Zuflucht gefunden hatte. Ich schlief lange und der Dachs duldete mich.

Ich schlug wieder in mir die Augen auf. Ich komme wieder, sagte Ich und ich verwunderte mich über den fremden Klang meiner Stimme. Ich fließe gegen die Zeit und tauche immer wieder auf.

Eine Zeit nach der anderen verging. Ich kam wieder, an einer anderen Stelle, und es verschlug mich hierher. An den Ort, der meine Erinnerung entzündete.

Ich gewährte Zuflucht, so wie mir Zuflucht gewährt worden war. Ich ließ ein Gebäude aus Steinen errichten, verwinkelt wie ein Dachsbau. Geeignet, Schutz zu bieten und einen Platz für Bücher. Den Wanderinnen, die durch die Risse der Zeit schlüpften, den Wanderern, denen man selbst die Haut neidete. Wir waren auf Abendlandfahrt, wir und die Getreuinnen.

Während das Morgenland sich in Seide, Damast und Saffian kleidete, kratzte grobe Wolle an unserer Haut. Die Nähe war hier größer und die Gegenwart. Die Felswand ließ zu, daß der Bau sich unter ihren Überhang schmiegte. Der Sturm brach Holz, das zu Tischen und Türen wurde. Der Wald schenkte uns Beeren und Pilze, die Almen ernährten unser Kleinvieh.

Wir gewährten Zuflucht und man überließ uns Mehl. Wir hungerten wie alle, wenn das Fuhrwerk ausblieb. Wir segneten die Gänge im Berg und brachten Glück.

Ich stürzte, brach das Kreuz, war gelähmt und erfüllte meine Jahre mit Nachdenken. Ich schlüpfte aus der Zeit und kehrte in sie zurück. Jung an Kreuz und an Jahren.

Mit dem Fuhrwerk kamen Getreide, Schutzsuchende und Bücher. Alles von weit her. Am weitesten reisten die Briefe. Es war Krieg in den Landen, immer wieder Krieg und Verfolgung. Wir lebten ohne Krieg, abgeschieden selbst von der Verfolgung. Wir fütterten den Wind, streuten Mehl in die Lochsteine und betrachteten die Gipfel. Wir lebten im verborgenen, und wenn der Anruf in Herz und Kopf erfolgte, wechselte Ich die Gestalt, ging ein in den Fels, schwamm dahin als Wasser, wuchs aus dem Wasser als Lilie, nahm als Lilie menschliche Gestalt an …

Ich hatte den Traumtext, im Bett sitzend, aufgeschrieben. Mit Bleistift auf den Block, der auf meinem Nachttisch lag, falls mir in der Nacht etwas einfallen sollte.

Ich fühlte mich auch jetzt ein wenig so, als hätte Wendlgard von mir Besitz ergriffen, so wie die Göttin wohl gelegentlich von Wendlgard Besitz ergriffen hatte. Das fehlte mir gerade noch. Ich war der Überzeugung gewesen, alles unter Kontrolle zu haben, das Entstehen der Geschichte, ihre Verzweigungen, die unvermeidlichen Recherchen, den Kreis der Zulieferer, oder sollte ich besser sagen, der Mitspieler?

Iris elegantissima stand unübersehbar auf dem Fensterbrett und stach mit ihren Krummschwertern in die Luft. Während ich frühstückte, schlug ich in dem dicken Iris-Buch nach, das dessen Verleger mir aufgrund einer persönlichen Begegnung hatte zuschicken lassen. Nachdem ich ein wenig querbeet gelesen hatte, kam ich bald zu den Oncocyklus-Arten, zu denen auch *Iris elegantissima* gehört, und stieß dabei auf den Hinweis, den ich bei der früheren Lektüre übersehen oder den ich nicht im Kopf behalten hatte, denn da stand eindeutig, daß man die Knolle nicht vor Ende Oktober, Anfang November einsetzen sollte, da sie sonst möglicherweise zu früh austreiben würde und ihre Blätter dann durch den Frost gefährdet wären.

Der Frost konnte ihr hier unten nichts anhaben, doch die Wärme würde sie wahrscheinlich schlaff und fahl werden lassen, also beeilte ich mich, sie auf die obere Veranda zu bringen, damit ihr Wachstum im Ungeheizten etwas gebremst würde. Ich gab die Hoffnung nicht auf, sie blühen zu sehen. Vielleicht nahm sie es doch nicht übel, daß ich sie so früh eingesetzt hatte, anstatt mich noch zu gedulden. Ich redete ihr gut zu und stellte sie an einen Platz in der Sonne, an dem sie es nachts ziemlich kühl haben würde, und wenn tatsächlich Frost drohte, würde ich ihre vorzeitigen Blätter eben abdecken müssen.

Ich hatte noch Tee in der Tasse, als mit der Post ein Schwung Bücher kam, die ich schon vor geraumer Zeit bestellt hatte. Lauter Publikationen über das Mittelalter. Ich packte eine nach der anderen aus, blätterte ein wenig darin, machte eine Stichprobe, indem ich in jedem Register nach dem Namen

Wendlgard suchte, ohne Erfolg, wie ich nun mit beinah grimmiger Befriedigung feststellte. Wann würde ich je dazu kommen, all diese seriösen historischen Essays und Abhandlungen zu lesen, geschweige denn, sie als Hintergrund zu verwenden? Und würde ich durch ihre Lektüre tatsächlich mehr über eine historische Wendlgard, die aber nirgends in ihnen aufschien, in Erfahrung bringen?

Ich fühlte mich entmutigt in dem Maße, wie ich mich nicht mehr als Wendlgard fühlte. Und Nesîmî? Ich besaß nicht einmal eine Gesamtausgabe, möglicherweise gab es auch keine oder gerade keine. Meine diesbezüglichen Anfragen waren ohne Erfolg geblieben. Worauf stützte sich dann überhaupt die These, daß es so etwas wie Gemeinsamkeiten zwischen Wendlgard und Nesîmî gegeben haben könnte? Zumindest so viel an Gemeinsamkeit, daß sie in einem Satz vorkommen konnten. Auf die paar Gedichte, die ich mir aus verschiedenen Anthologien zusammengeklaubt hatte?

Während ich dem Regen zusah, der sich auf leisen Sohlen angeschlichen hatte und nun beinahe lautlos und ohne jede Vorwarnung in den Garten fiel, versuchte ich mich an die Dinge zu erinnern, die ich bereits wußte. Da war jene anatolische Heterodoxie, deren Adepten wie die keltischen Druiden die Schrift verweigerten, und zwar mit einer ähnlichen Begründung, nämlich daß das gesprochene Wort lebe, wohingegen das geschriebene tot sei und höchstens zur Versklavung diene, indem es festhielt, wer wem etwas schuldete oder gar gehörte.

Ein anderer Begriff war der des *im verborgenen*. Die keltischen Weisheitslehrer unterrichteten die keltischen Adeligen zwanzig Jahre lang *im verborgenen*, während die Bektaschiten und Aleviten sich in feindlicher Umgebung nicht bekennen mußten und bei Gefahr für ihr Leben ihre Zugehörigkeit verleugnen durften. Sie und ihr geheimes Wissen sollten und wollten *im verborgenen* bleiben.

Weder Kelten noch anatolische Heterodoxe bauten Tempel oder sonstige Gotteshäuser. Bei beiden spielte Dynamik eine grundsätzliche Rolle, vor allem hinsichtlich der Existenz, aber auch in bezug auf die Zeit, die Jetztzeit, die ein Nu war, eine

Zeit, die kreiste. Beide glaubten daran, daß im Menschen das jeweils Übermenschliche wirksam war, Inkarnation des Göttlichen in einem Stein, im Wasser, aber auch im Antlitz des Menschen.

Wahrscheinlich ließen sich noch eine Reihe solcher Übereinstimmungen finden und – wenn man es genau nehmen wollte – eine noch viel längere Reihe an Unterschieden.

Wendlgard, die Druidin, war nicht gleich Wendlgard, die Benediktinerin. Und hatte der Pfarrer nicht erwähnt, daß im 12. und 13. Jahrhundert auch in den europäischen Klöstern *auf Teufel komm raus* mit der numerischen Struktur der Sprache spekuliert wurde, der auch Nesîmî verfallen war? Aber was half das alles, wenn sich keine überzeugende Konstellation daraus ergab?

Ich räumte die Bücher weg, irgendwann würde sich die Lektüre des einen oder anderen als zwingend erweisen, so war es schon oft gewesen. Da stand ein Buch über Jahre hin ungelesen im Regal, und dann kam eines Tages seine Stunde. Ich ging wie im Traum darauf zu, und es war genau das, was ich unbedingt lesen mußte.

Ich wählte Unumgangs Nummer, weil mir in meiner derzeitigen Gemütsverfassung ein Streitgespräch immer noch am besten aus der beginnenden Mieselsucht helfen konnte. Überraschenderweise meldete sich seine Frau Liesl, das heißt, gar nicht überraschend, wenn ich auch nur ein klein wenig überlegt hätte. Schließlich wollte Unumgang sie tags zuvor holen.

Sie habe es einfach nicht mehr ausgehalten. So ein Kurbetrieb sei etwas für ein paar Tage, aber nicht für Wochen. Und da sie ihren Mann nicht dazu habe überreden können, mit ihr zu kuren – ich weiß, sagte ich, dort darf man nicht rauchen –, habe sie nun darauf bestanden, daß er sie hole, ihrem Knie gehe es ohnehin schon viel besser.

Wir verblieben so, daß ich am Nachmittag vorbeischauen sollte, sie habe Lust auf vertraute Gesichter und auf ein wenig Tratsch. Aus ihrem Mann sei diesbezüglich nichts herauszuholen. Sie interessiere sich aber nun einmal dafür, was in ihrer Abwesenheit im Dorf passiert sei.

Es regnete noch immer, doch der Regen war sanft, beinah frühlingsmäßig. Längst hatte ich den Garten für den Winter vorbereiten wollen, aber solange es derart mild blieb, brachte ich es nicht übers Herz, noch Blühendes zurückzuschneiden und über die frostgefährdeten Pflanzen Reisig zu breiten. Obwohl ich vor dem Frühstück länger gelüftet hatte, roch es anhaltend nach Pilzen. Draußen im Wald mußte der Regen sie zur Zeit geradezu aus dem Boden treiben.

Die Nachbarin hatte ihr Strudeltablett vergessen. Ich wischte es blank, bis es glänzte, setzte einen Hut auf und verbarg das polierte Tablett unter meinem Wetterfleck.

Die Nachbarin schliff gerade unter dem Dachvorsprung eins ihrer *Objekte*, ein riesiges Stück Baumstumpf, das wir bereits im letzten Jahr gemeinsam aus dem Wald geholt hatten. Ich wartete, bis sie mit dem Schleifen aufhören würde, um sie nicht zu erschrecken, denn sie konnte mich bei dem Lärm ja nicht kommen hören, und ich hatte ohnehin großen Respekt vor diesem Gerät. Als die Nachbarin dann eine Pause machte und mich bemerkte, nahm sie die Schutzbrille ab und schüttelte den Holzstaub aus ihrem Haar.

Sie habe auch schon an Pilze gedacht, bei dieser Art Regen müsse man zwangsweise an Pilze denken. Die Frage sei nur, ob wir noch heute abend oder gleich morgen früh losziehen sollten. Ich war eher für heute abend, bis morgen früh konnten zu viele Tiere auf den Geschmack gekommen sein, und überhaupt, je kleiner die Pilze, desto besser schmeckten sie.

Da ich nicht mehr genau wußte, wie ich letzte Nacht ins Bett gekommen war, versuchte ich so unauffällig wie möglich, das Gespräch auf den *netten* Abend zu bringen, um ihr eine Bemerkung zu entlocken, die mich aufklären sollte. Aber es schien, mich betreffend, nichts vorgefallen zu sein, was ihre spitze Zunge zu einer Anzüglichkeit verleitet hätte. Sie meinte nur, »diese Auguste hat ordentlich einen sitzen gehabt. Möchte wissen, wie die beiden in ihr Hotel hinunter gekommen sind.«

»Das waren die Pilze, die ist von ihrem Pilz so euphorisch geworden.« Ich war froh, daß man mir offenbar nichts angemerkt hatte.

Die Nachbarin hatte Kaffee in der Thermosflasche und bot mir auch welchen an. Wir setzten uns auf eines der noch ungeschliffenen *Objekte,* und die Nachbarin stellte die Kaffeebecher auf das von mir polierte Tablett. »Wie lange kennst du die beiden eigentlich schon?«

»Auguste hat einmal etwas über ein Buch von mir geschrieben. Und sie und Pat arbeiten nun an einer Sache über Literatur von Frauen. Bevor sie kamen, haben sie mir ein Fax geschickt, ob ich zu einem Gespräch bereit wäre. Sie seien vor allem am Prozeß der Entstehung interessiert.«

»Was meinen sie mit dem Prozeß der Entstehung?«

»Na ja, die ganze Geschichte vom ersten Einfall über die Recherchen bis hin zu dem Punkt, an dem klar ist, was es werden soll.«

»Hm. Wenn ich es recht verstanden habe, ist Pat Professorin und lebt in Amerika.«

Ich nickte. Ein Rotkehlchen setzte sich auf den Griff der Thermoskanne und spritzte ein wenig Kot auf die metallisch schimmernde Oberfläche.

»Und diese Auguste, was ist mit der?«

»Die möchte irgendwo in Deutschland einen Lehrstuhl für feministische Wissenschaft gründen.«

»Hast du nicht gesagt, daß sie beide Germanistinnen sind?«

»Das eine schließt ja das andere nicht aus.«

»Und sie fahren gemeinsam auf Urlaub?«

»Offenbar.«

»Merkwürdig.«

»Wahrscheinlich nicht immer. Nur wenn sie gemeinsam an etwas arbeiten.«

»Verstehe.« Die Nachbarin stellte die Kaffeebecher ineinander und setzte ihre Schutzbrille wieder auf.

Während ich durch den Regen nach Hause stapfte, sah ich den Hund des Pfarrers in die Einfahrt traben. Dede Sultan saß auf dem Eckpfeiler des Gartenzauns und beobachtete ihn. Eine Wildrosenhecke lag zwischen ihnen. Dede Sultan rührte sich nicht, so als wäre er aus Terrakotta. Der Hund begann ihn zu wittern, sah ihn wohl auch, aber die Rosen standen zu dicht, und der Hund wußte offenbar aus Erfahrung, was Rosenstacheln bedeuteten.

Doch der Kater regte ihn maßlos auf. Er lag mit den Vorderpfoten auf dem Boden, während sein Hinterteil stand. So begann er zu kläffen, dann zu jaulen, als wünsche er sich irgendeine Reaktion auf sein Gehabe. Dede Sultan aber starrte ihn bloß an, souverän, aus schmalen gelben Augen, bewegungslos. Der Regen glitt von seinem dichten, roten Fell ab und verklebte es nur an wenigen Stellen zu kleinen, dunklerfarbigen Strähnen.

Der Hund quietschte geradezu vor Enttäuschung und Nicht-wissen-was-Tun. Als er mich kommen hörte, sprang er vor Erleichterung und dankbar für die Ablenkung auf alle viere zurück und begrüßte mich temperamentvoll. Offensichtlich war er alleine unterwegs, denn ich konnte weder den Pfarrer noch den Journalisten aus Wien sehen. Also redete ich ihm gut zu und schickte ihn nach Hause. Er ging tatsächlich ein paar Schritte, und da machte Dede Sultan einen Fehler. Er verließ seinen dornenbewehrten Aussichtsplatz und kam maunzend auf mich zu gesprungen. Er hatte wohl schon auf mich gewartet und wollte nur so rasch wie möglich in die gute Stube.

Der Hund aber war plötzlich zurückgekommen, und wie sie sich nun in der freien Einfahrt schutzlos gegenüberstanden, war schon aus Prestigegründen eine Auseinandersetzung unvermeidlich, auch wenn beiden gar nicht so sehr daran gelegen zu sein schien. Ich rief beider Namen, was sie nicht abhielt, sondern eher anfeuerte.

Dede Sultan versuchte es noch einen Augenblick mit Hypnose, vergebens. Alles ging sehr schnell. Schon jaulte der Hund wegen einer blutig gekratzten Nase, und eine Wolke von Dede Sultans Haaren stob durch die Luft.

»Geh nach Hause, Rufus«, sagte ich zu dem Hund, »aber schnell.« Diesmal gehorchte er aufs Wort.

»Und du komm von dort herunter«, rief ich zu Dede Sultan hinauf, der den Dachbalken hochgesprintet war. Von dort aus konnte er die ganze Einfahrt überblicken. Und erst als er sich davon überzeugt hatte, daß der Hund tatsächlich verschwunden war, kletterte er langsam und umständlich herunter. Daß er Haare gelassen hatte, war ihm schon kaum mehr anzusehen.

»Sie schläft.« Unumgang war mir entgegengekommen, damit ich nicht an der Haustüre schellte. »Endlich schläft sie, nachdem sie die ganze Zeit über Schlaflosigkeit geklagt hat. Sie werden verstehen, daß ich es nicht über mich bringe, sie zu wecken.«

Wie Verschwörer schlichen wir in den kleinen Rauchsalon, eine der beiden Glasveranden, in der hemmungslos gepofelt werden durfte, wohingegen die andere, die sogenannte Sonnenuntergangsklause, möglichst rauchfrei zu bleiben hatte.

Um Frau Liesls Schlaf durch Herumgeistern im Hause nicht doch noch zu stören, begnügten wir uns mit einem Kräuterlikör der Sorte Unicum, dessen grüne, kugelförmige Flasche zusammen mit den Schnapsgläsern im kleinen Rauchsalon ihren Platz hatte.

»Und, sind die Recherchen weitergediehen?« Unumgang hob mir das Gläschen mit der dunklen Flüssigkeit entgegen, den Kopf von Rauchschlangen umzüngelt.«

Ich seufzte und dachte dabei an die Mittelalter-Wälzer, die am Morgen mit der Post gekommen waren. »Abgesehen von der byzantinischen Tangente, an der ich auf jeden Fall festhalten möchte, und den Spuren weiblicher Unabhängigkeit in frühmittelalterlichen Klöstern, die ich noch genauer nachlesen muß, gibt das sogenannte Keltische am meisten her.«

Unumgang stippte seine viel zu lange Asche kunstfertig und in einem Stück in den großen Aschenbecher und fragte dann streng: »Was verstehen Sie unter dem sogenannten Keltischen?«

Diese Frage hatte ich erwartet und befürchtet. »Also was in Chroniken, historischen und archäologischen Studien, durch Ortsnamenforschung, vergleichende Sprachwissenschaft und eine Reihe von volkskundlichen Untersuchungen auf uns gekommen ist.« Ich hatte mir diese Antwort längst überlegt, um mich nicht von allem Anfang an der mangelnden Professionalität zeihen zu lassen.

»Mit einem Wort, eine Geschichte der Vermutungen. Vor

allem was die Festlandkelten betrifft. Je vager das Wissen um diese Völker – und man muß wohl davon ausgehen, daß es sich bei den Kelten nicht nur um verschiedene Stämme, sondern um verschiedene Völkerschaften gehandelt hat –, desto besser eignen sie sich als Metapher.«

Ich glaubte zu wissen, worauf er mit seinem Sarkasmus hinauswollte, und verteidigte meine Recherchen. »Es ist verblüffend, was einige Forscher über die Orts- und Flurnamen dieser Gegend herausgefunden haben. Plötzlich ist man nicht mehr von irreführenden oder abstrakten Begriffen ohne konkrete Bedeutung umgeben, sondern von sprechenden Namen, die eine Verbindung herstellen zu den Menschen einer längst vergangenen Zeit. Mit einem Mal wird vieles vorstellbar, und manche Bräuche, die ich als Kind erlebt habe und die es zum Teil heute noch gibt, haben plötzlich einen Sinn bekommen.«

»Mag sein, daß die Volkskunde im einen oder anderen Fall fündig geworden ist, aber Sie wissen so gut wie ich, daß uns von den Festlandkelten, vor allem von denen im Ostalpenraum, keine oder so gut wie keine schriftlichen Aufzeichnungen erhalten sind. Was Ihre Keltologen zu wissen behaupten, sind Konstrukte, Thesen, Was-wäre-wenn-Geschichten, basierend auf einzelnen Feststellungen griechischer und römischer Autoren, ein paar Funden, die mehrfach zuzuordnen sind, und einer Menge von überlieferten Gerüchten.«

Ich wußte, daß ich gegen Unumgangs Strenge nicht ankommen würde und daß es sogar sinnlos war, ihm von jenem Privatgelehrten namens Lancelot Lengyel zu erzählen, der anhand von Münzen, die für verderbte griechische Goldstater galten, die Sigel einer keltischen Geistigkeit entdeckt zu haben glaubte. Ich hatte das Buch Mitte der siebziger Jahre erstanden, und es war eines, das in meinem Bücherregal auf die Stunde seiner wahren Bedeutung gewartet hatte. Es würde auch nichts helfen, noch einmal ins Treffen zu führen, daß ich ja gar nicht im Sinn hätte, für eine wissenschaftliche Publikation zu recherchieren.

»Meine Liebe, wie Sie gewiß schon bemerkt haben, halte ich von der ganzen Keltenmeierei nicht allzu viel. Nun gut, es hat ein Volk beziehungsweise ganze Völkerschaften gegeben, die von den Alten Kelten genannt wurden. Sie sind hier eingedrungen, haben eine Zeitlang hier gelebt, haben Spuren hinterlassen und sind weitergezogen oder haben sich in der Bevölkerung verloren.«

»Genau das meine ich ja.« Ich versuchte, einen Fuß in die Tür zu kriegen. »Sie haben ihre Spuren in der Bevölkerung hinterlassen, weil sie im Verein mit anderen zur Bevölkerung geworden sind. Ihre Spuren aber sind für mich die interessantesten.«

»Im Grunde ist das keine sehr originelle Idee. Die Kelten waren schon immer die Lieblingsvorfahren der Österreicher. Sie gelten als kreativ, spirituell und vital. Und im Gegensatz zu den Germanen als politisch unbedenklich. Und – nicht zu vergessen – es haftet ihnen ein gewisser Opfermythos an. Die Römer unterwarfen sie in manchen Gegenden vollkommen, verboten ihre Druiden-Schulen und was sie sonst noch an Kunst und Kultur betrieben. Oder in anderen, wo sie nur vorübergehend siedelten, wie im ehemaligen Norikum, das sich in etwa mit der Fläche des heutigen Österreich deckt, wurden die Zurückgebliebenen rasch aufgesogen, im Laufe der Zeit verösterreichert – *tu felix Austria nube*, eine bewährte Strategie –, aufgehoben in einer Gesellschaft, die nicht mehr erkennbar auf sie verweist.«

Ich widersprach, obwohl auch ich die privilegierte Rolle der Kelten in unserem Vorgeschichtsbewußtsein kannte. »Ja, aber, wer soll denn sonst hier gelebt haben, bevor die Slawen einzufallen begannen? Wenn Sie mir schon die Kelten und ihren noch fortwirkenden Einfluß auf Bereiche unserer Kultur nicht durchgehen lassen wollen, wer soll es denn anstatt der Kelten gewesen sein? Sie können sie doch nicht einfach zum Staub der Geschichte kehren und nichts an ihre Stelle setzen, nur weil manche Leute sie als Herzeige- und Entlastungsvorfahren in Anspruch nehmen.«

Ich stimmte mit beinahe allem überein, was Unumgang für gewöhnlich zu den politischen Konstellationen in diesem Land und deren Entwicklung in Vergangenheit und Zukunft zu sagen hatte, aber die Kelten wollte ich mir von ihm nicht nehmen lassen, nicht auch noch die Kelten. Ich hatte so viel an

Bewundernswertem, Genialischem und Übersinnlichem an ihnen entdeckt, daß sie mir als geradezu bestimmt dafür erschienen, einen glaubwürdigen frühen Geschichtshintergrund abzugeben, egal, ob alle Angaben dazu stimmten oder nicht.

Unumgang sah mir aufmerksam dabei zu, wie ich mich wand und um *Unser keltisches Erbe* als Sujet rang. Und erst als er meinen aufkeimenden Trotz bemerkte, setzte er mit gezielten Worten zur Gegenthese an.

»Haben Sie es schon einmal mit den Venetern versucht?«

»Mit den Venetern? Was soll ich in dieser Gegend mit den Venetern? Da kann ich gleich die Illyrer nehmen, die haben noch weniger hinterlassen.«

»Sie haben recht, von den Illyrern weiß man noch weniger. Auch so ein Volk, auf das man sich nur zu gerne beruft. Eins, das, wie Sie richtig sagen, so gut wie nichts geschrieben hat und hierzulande auch sonst keinem in die Quere gekommen ist. Hingegen die Slowenen …«

»Zuerst die Veneter, dann die Slowenen, jetzt kenne ich mich überhaupt nicht mehr aus.«

Unumgang sprach unbeirrt weiter, ohne ein spöttisches Lächeln unterdrücken zu können. »Möglicherweise handelt es sich bei den Venetern tatsächlich um die autochtone Bevölkerung Mitteleuropas, zumindest des bereits erwähnten Norikum.«

»Und welches wäre ihr Vorzug vor den Kelten?« Ich sah den Wald vor lauter Bäumen nicht mehr und war keineswegs bereit, mich so einfach umpolen zu lassen.

»Die Veneter, Urslawen, Westslawen, Alpenslawen, jedenfalls Slawen, waren wahrscheinlich die Vorfahren der heutigen Slowenen, die über Jahrtausende ihr Vieh in diese Berge trieben. Sie können keinesfalls leugnen, daß viele der hiesigen Gipfel das Andenken auch noch namentlich bewahren.«

»Aber was sollte das bringen? Mit diesen Venetern komme ich vom Regen in die Traufe. Auch kann ich kein Slowenisch.«

»Das ist wohl auch der Grund, warum diese These europaweit noch so wenig Anklang gefunden hat. Wer kann schon Slowenisch? Die Kapazitäten auf dem Gebiet der Geschichte der alten Barbarenvölker sind fast alle des Slowenischen unkundig. Und darum schieben sie den schriftlosen Kelten in die Schuhe, was die Veneter aus dem Boden gestampft haben.«

»Jetzt tun Sie genau dasselbe, was Sie mir vorgeworfen haben.« Ich war ziemlich aufgebracht über den, wie mir schien, allzu durchsichtigen Versuch, mich bei einem landesweiten, historisch verankerten Vorurteil den Slawischsprachigen gegenüber zu ertappen. »Ich weiß auch, daß es politisch korrekter wäre, ein slawisches, noch dazu ein urslawisches Volk für die Entwicklung von Handwerk, Kunst und Wissenschaft in diesem Raum verantwortlich zu machen. Aber was soll es, einen ungesicherten Untergrund gegen den anderen auszutauschen?«

»Es ist und bleibt natürlich Ihre Geschichte, meine Liebe, und ich weiß es zu schätzen, daß Sie auf meinen Rat Wert legen, aber wenn ich noch so viel dazu bemerken darf, die Veneter *haben* geschrieben. Und ihre Schriften sind entziffert worden, jawohl, entziffert, und zwar von einem Ihrer Kollegen, der über genügend Ausdauer, Hartnäckigkeit und Sprachkenntnisse verfügte, ähnlich jenem Franzosen, der das Altägyptische als Vorstufe des Koptischen rekonstruiert hat.«

»Geschrieben? Was geschrieben?« fragte ich mißtrauisch. Warum wußte ich nichts davon? Ich glaubte mit Sicherheit, von mir behaupten zu können, keinerlei antislawische Vorurteile zu haben, zumindest nicht bewußt. Wenn ich nichts von den Aufzeichnungen der Veneter erfahren hatte, war es schlicht Unwissenheit.

Unumgang genoß sein Oberwasser. »Abgesehen von einigen slowenischen und polnischen Wissenschaftlern, die sich seit Jahrzehnten mit diesem Thema befassen, und ein paar italienischen Etruskologen, ist es dem Dichter und Sprachwissenschaftler Matej Bor vorbehalten gewesen, aus einem Fund von Grammatik-Täfelchen aus dem 5. Jahrhundert vor unserer Zeitrechnung mit Hilfe des Slowenischen und dessen älterer Formen etwas herauszulesen, das Sinn ergibt und vielleicht gar nicht so viel anders geklungen hat als die alten slowenischen Dialekte, die in den karnischen Alpen und in manchen fast vergessenen Tälern des Friaul noch gesprochen werden.«

»Was für Täfelchen?« Die Sache wurde langsam heiß.

»Es scheint sich um Übungstäfelchen gehandelt zu haben, die die Morphologie und die Phraseologie des Venetischen anhand von Lehrsätzen, Sprüchen und Weiheformeln weitergaben. Sätze, wie man sie auch auf Urnen und auf den berühmten Situlen, jenen kunstvoll verzierten Eimern, gefunden hat, aber auch auf Helmen, Schreibzeug und Webstuhlgewichten.

»Und was sollen das für Inschriften sein? Ich meine, was bitte ist ihre Botschaft?«

Unumgang strahlte übers ganze Gesicht. »Sie werden es nicht glauben, meine Liebe, aber es ist tatsächlich so. Die Botschaft, das heißt, die Botschaften sind ganz pragmatische.«

»Was zum Beispiel?« Ich konnte mir nur schwer vorstellen, wie eine pragmatische Botschaft aus dem 5. Jahrhundert vor unserer Zeitrechnung lauten sollte.

Unumgang antwortete im Zitatenton, den ich von anderen Gelegenheiten her kannte. »*Als Lebender sang er im Rausch, als Toter wird er nun nüchtern.* Oder: *Möge es dem Reisenden gelingen, aus diesen Bergen wieder hinauszufinden.* Und auf einem Eimer unterhalb der Markierung: *Wenn du bis hierher getrunken hast, dann schlag die Pferde!* Was wohl soviel hieß, wie daß es höchste Zeit war, aufzubrechen. Ich hoffe, daß ich mich auch im Wortlaut richtig erinnere.«

Du liebe Güte, das also hieß in der Unumgangschen Lesart pragmatisch. Da blieb eine Schrift über zweieinhalb Jahrtausende erhalten, und dann stellte sich heraus, daß es Lebenshilfe-Sprüche waren.

»Und sonst nichts? Kein Hinweis auf Glaubensvorstellungen, geheimes Wissen, Spiritualität oder zumindest Philosophie? Vielleicht läßt sich aus dem Zahlenwert mehr herauslesen?«

Unumgang strahlte noch immer. »Sie haben recht, die numerische Bearbeitung ist noch ausständig. Dennoch enttäuschen Sie mich, meine Liebe. Gerade in solch pragmatischen Sätzen drückt sich mehr aus, als sie sagen. Ich finde, daß ein bewundernswerter und vor allem glaubwürdiger Realismus aus ihnen spricht. Selbst dann, wenn es um den Tod geht. Da ist von einem Frachtgeld die Rede, das an einen Gott oder eine

Göttin namens Reitia gezahlt werden mußte, der oder die auf der Reise ins Jenseits Schutz gewähren sollte. Zum Beispiel: *Dies ist mein Beitrag, damit der Geistliche ihnen die Opferung abhalte!* Oder: *Da du uns nun schon einmal den Tod geschickt hast – möge der Schlaf den Augen leicht sein.*«

»Wer war Reitia und was gab es sonst noch an Göttern?«

Unumgang zuckte die Schultern. »Aus den bisher entzifferten Inschriften geht so gut wie nichts darüber hervor. Reitia ist nur dem Namen nach erwähnt. Dann waren da ein Sonnengott, Belenus, und ein dreiköpfiger Gott namens Triglav, nach dem noch immer ein Berg heißt.«

Es handelte sich wohl wieder einmal um eine erfolgreiche Usurpation der Drei Bethen. »Eine patristische Kultur also«, konnte ich mir nicht verkneifen, zu bemerken.

Unumgang schaute mich an, als würde ich ihm langsam leid tun. »Urteilen Sie nicht vorschnell. Vielleicht waren die Forscher, die sich mit der Entzifferung beschäftigten, nur nicht aufmerksam genug für Ihr Thema. Erstens waren es, soviel ich weiß, lauter Männer, und zweitens hatte die Entdeckung des Slowenischen als Uraltsprache Vorrang. Warten Sie nur, bis Damen wie Ihre beiden Freundinnen von *women's studies* sich über das Material hermachen, und Sie werden sehen, daß auch die Kultur der Veneter voller Anspielungen und Hinweise auf die große Göttin und ihre Verehrung sowie auf die ursprünglich weiblichen Formen von Weisheit und Kult stecken wird.«

»Was mir im Augenblick ganz und gar nicht weiterhilft. Aber da Sie mich nun einmal mit den Venetern von den Kelten abbringen wollen, wobei die Kelten immerhin die Hallstatt-Kultur – und Hallstatt liegt schließlich keine dreißig Kilometer von hier …«

Unumgang unterbrach mich. »Die Veneter waren mit an Sicherheit grenzender Wahrscheinlichkeit auch die Träger der Hallstatt-Kultur, zumindest was den sogenannten Ostkreis angeht, zu dem Hallstatt ja gehört. Sie waren es, die ursprünglich das Salz abbauten und das norische Eisen schürften und schmiedeten. Dazu unterhielten sie dichte Handelsbeziehungen zu den Etruskern bis hin nach Este, vormals sogar bis

Skandinavien, eine Verbindung, die durch den Einfall der marodierenden Kelten unterbrochen wurde. Sehen Sie sich nur die hiesigen Ortsnamen genauer an. Schon der alte Andrian hat die meisten als slawischen Ursprungs identifiziert.«

»Was von neueren Forschungen zum Teil widerlegt worden ist, was ich Ihnen anhand des Pötschen-Passes gerne beweisen werde.«

»Wie ich annehme von einer Ihrer feministischen Keltologinnen ...«

Die Tür hatte sich geöffnet, und Liesl Unumgang kam lächelnd auf mich zu. »Ich hoffe, ich störe bei nichts Wesentlichem.« Sie entschuldigte sich tausendmal für ihr Verschlafen. Die Kur hatte ihr offensichtlich gutgetan. Sie sah frischer aus denn je und hinkte so gut wie gar nicht mehr. Sogleich öffnete sie eines der Verandafenster und trieb mit beiden Armen den Rauch hinaus.

»Sie Arme haben die ganze Zeit in diesen Höllenschwaden sitzen müssen. Wir übersiedeln jetzt zu mir hinüber, ich habe Kaffee gekocht. Mein Mann hat ohnehin wieder viel zu viel geraucht.«

Unumgang schnitt eine Grimasse, die sie der Übertreibung zieh, folgte uns aber, nachdem er seinen randvollen Aschenbecher geleert hatte, willig in die andere Veranda, in der bereits alles für die Jause vorbereitet war.

Liesl Unumgang hatte große blaugrüne Augen, ein klares Gesicht mit nur wenigen markanten Falten und halblanges rotbraunes Haar, das zu beiden Seiten eines Mittelscheitels grashalmgerade auf ihre Schultern fiel. Sie war mollig, ohne beleibt zu wirken, und daß sie demnächst siebzig sein würde, konnte auch ich kaum glauben.

Der Kaffee erfüllte mit seinem Duft die ganze Veranda, und der Kuchen, den sie gerade anschnitt, bestand fast nur aus Birnen. Unumgang schien sehr froh darüber zu sein, daß seine Frau wieder da war. Er saß hinter seiner Kaffeetasse wie ein schnurrender Kater und strich sich mehrmals über die Stelle oberhalb der Lippen, an der manche Männer einen Schnurrbart tragen.

Liesl Unumgang erzählte nur kurz von ihrem Kuraufenthalt. Sie mußte sich sehr gelangweilt haben, denn nach ein paar Sätzen war sie bei mir und erkundigte sich eingehend, wie es mit dem Schreiben so gehe. Ihr Mann, sagte sie mit einem zeugnisheischenden Blick auf ihn, habe zwar ein paar Andeutungen gemacht, aber ich müsse schon selber berichten, was ich auch für demnächst versprach.

Und dann wollte sie, daß ich von den beiden feministischen Professorinnen erzählte. An der Universität, an der ihr Mann seinerzeit unterrichtet hatte, hätte es ebenfalls das Fach *women's studies* gegeben, und sie selbst habe sogar einmal einen Kurs über deutschsprachige Autorinnen belegt, einfach weil es sie interessiert hatte und ihr Mann sich oft genug davor drücke, sie zu unterrichten.

Unumgang verdrehte andeutungsweise die Augen und sagte nur: »Du kommentierst zu viel, das bringt jeden Dozierenden aus dem Konzept.«

Ich beschrieb Pat und Auguste, so gut ich konnte, erzählte von ihren Fitness-Bestrebungen und ihrem Interesse an Zeitgeschichte. Heute aber seien sie mit einem Einheimischen, den Pat beim Joggen kennengelernt hatte, zu einer Bergwanderung aufgebrochen, von der sie wohl erst morgen wieder zurückkommen würden.

»Diese Pechvögel«, bedauerte Liesl Unumgang die beiden Gelehrtinnen, »da werden sie bestimmt mehrmals ordentlich naß geworden sein. Hoffentlich bleiben sie wenigstens in einer bewirtschafteten Hütte, in der sie sich trocknen und etwas essen können, über Nacht.«

»Das ist anzunehmen«, Unumgang spielte mit seinem Feuerzeug, »schließlich haben sie einen bergkundigen Eingeborenen bei sich.«

Ich erzählte von den Ausflügen der beiden in die Blaa-Alm, ins Salzbergwerk und zum Toplitzsee, um sich ein genaueres Bild von den Geschehnissen zur Nazizeit machen zu können.

»Und«, erklärte Unumgang, »man hat sie gewiß einen Blick in die, beim letzten großen Bergeunternehmen im Frühjahr gehobene, Schatzkiste werfen lassen.«

Wir mußten alle drei lachen, denn der Schatz, der da mit

großem Pomp und viel medialem Getöse ans Licht gekommen war, bestand aus einer Handvoll Bierkapseln, die ein paar Einheimische vor zehn Jahren nach der vorletzten großen Tauchaktion in einer Kiste versenkt hatten, wohlweislich in Ufernähe.

Dennoch hatte die amerikanische Fernsehgesellschaft, die das ganze Unternehmen finanzierte, einen Film über die noch im See ruhenden und die bereits geborgenen *Schätze* und ihre Herkunft gedreht. Irgendwie mußte sich die Geschichte ja amortisieren.

Das Licht wurde immer diesiger, und mit einemmal hatte ich es eilig.

Als ich nach Hause kam, wartete die Nachbarin bereits auf mich. »Ich weiß einen noch besseren Platz als den gestrigen«, sagte sie, während wir ins Auto kletterten, »du wirst staunen.«

Es war tatsächlich zum Staunen. Aus dem vor Feuchtigkeit dunstenden Waldrand wuchsen uns die Herrenpilze geradezu entgegen. Wir jodelten einander nach jedem Fund zu, wie weiland die Sennerinnen über entlegene Almen hin, und füllten unsere Weidenkörbe bis zum Gehtnichtmehr. Und wenn es nicht so rasch dunkel geworden wäre, hätten wir bis in die Nacht hinein weiter gepflückt. Als wir dann mit der sorgsam verstauten Ausbeute wieder nach Hause fuhren, sagte die Nachbarin, sie hoffe, daß sie nun nicht bald sterben müsse.

»Wieso das?« Ich war völlig perplex. Sie aber gestand, daß sie sich immer gewünscht hatte, einmal im Leben so viele Pilze zu finden. Und nun beschleiche sie die Angst, daß es mit dieser Wunscherfüllung eine Bewandtnis haben könne.

Darauf ließ sich eigentlich nicht viel sagen. Dennoch versuchte ich, ihre Bedenken zu zerstreuen, indem ich ihr vorschlug, sämtliche Pilze zu verschenken, dann würde dieses Mal nicht zählen. Das aber wollte sie wiederum auch nicht.

Langsam und mit einer gewissen Hartnäckigkeit nistete sich der Regen ein. Kein heftiger und langanhaltender Schnürlregen, wie er für die Gegend charakteristisch ist, sondern ein wie mit einer Vogelschwinge über die Landschaft gewischter, der immer von neuem einsetzte, wenn es eine Weile so aussah, als habe er sich verströmt.

Ich blieb im Haus, legte all die Bücher vor mir aus, die vor kurzem gekommen waren, blätterte in ihnen, auf der Suche nach jenem, das am dringendsten gelesen gehörte.

Ich wartete auf einen Anruf von Pat und Auguste. Bei dem Wetter würden sie wohl früher als geplant abgestiegen sein. Welch unvergeßliches Erlebnis so eine Bergwanderung auch sein mochte, bei Regen war sie eher eine Plage, bei der kein Blick auf ein prachtvolles Panorama von den Mühen des Auf- und Abstiegs ablenkte.

Während ich so in den Büchern blätterte, blieb ich bei Christine de Pizans *Das Buch von der Stadt der Frauen* hängen. Christine,1365 als Tochter eines Astrologen in Venedig geboren, zog mit ihrem Vater an den Hof Karls V. nach Paris, wo sie ebenfalls einen Astrologen heiratete. Früh verwitwet, begann sie zu schreiben, um für sich und ihre beiden Töchter den Unterhalt zu verdienen. Sie soll die erste Frau gewesen sein, die vom Schreiben hatte leben können.

Und sie vertrat tapfer die Sache der Weiber. In ihrem Buch wird ihr von drei hohen Frauen, der Vernunft, der Rechtschaffenheit und der Gerechtigkeit – da waren meine Drei Bethen wieder, wenn auch zeitgemäß verändert –, befohlen, eine Stadt der Frauen zu errichten, als Zuflucht für die Verfolgten, Verleumdeten und schlecht Behandelten. Eine Art *Zuflucht der Wanderer*?

»Denn«, beklagte sie sich, »die Frauen, gutmütig und ohne Falschheit, haben das göttliche Gebot der Langmut befolgt und gelassen die schweren Beschimpfungen erduldet, die ihnen in Rede und Schrift – vor allem von männlichen Schriftstellern – völlig zu Unrecht zugefügt wurden. Sie vertrauten dabei auf die göttliche Gerechtigkeit. Aber nun ist es höchste Zeit, ihre gerechte Sache den Händen Pharaos zu entreißen!«

Wacker, wacker. Im Spätmittelalter hatte man die Frauen zwar schon fest an die Kandare genommen, aber es gab zumindest noch so etwas wie eine Erinnerung daran, daß es einmal anders gewesen war.

Wieso war mir dieses Buch nicht schon früher untergekommen? Auch wenn Christine erst nach Wendlgard gelebt hatte, konnte sie doch als Zeugin in ihrer Sache angeführt werden. Schließlich kamen und vergingen damals die Zeiten noch nicht so rasch. Und daß sie sich mit solcher Heftigkeit gegen ihre männlichen Kollegen wandte und behauptete, die meisten Verleumdungen gingen von Männern aus, die selbst ein ausschweifendes Leben geführt hätten, von dem ihnen im Alter nur die Lüsternheit, nicht aber die Manneskraft geblieben wäre, und die nun aus Neid auf ihre jüngeren Geschlechtsgenossen darauf abzielten, ihnen durch üble Nachrede sämtliche Frauen verhaßt zu machen, war doch beachtlich.

Gut gebrüllt, Löwin, hätte ich ihr gerne über die Jahrhunderte hinweg zugerufen.

Während ich gerade den Blick gehoben hatte, um einer Meise zuzuschauen, wie sie mit dem Schnabel eine der ziegelroten Beeren des Feuerdorns spießte, läutete wieder einmal das Telefon. Es war der Pfarrer, der wissen wollte, ob ich auch wirklich zu dem Essen heute abend kommen würde, zu dem Frau Vormweg und Frau McCall ihn ins Hotel eingeladen hatten, denn allein fühle er sich den beiden Professorinnen, so als einfacher Landpfarrer, doch nicht so recht gewachsen.

»Was für ein Essen?« Ich hatte noch nichts von einem Essen gehört. Von mir nahm man wohl an, daß ich zu jeder Zeit Zeit hätte, was im großen und ganzen ja auch stimmte, dennoch wäre ich gern eher gefragt worden. Ihm habe man jedenfalls erzählt, sagte der Pfarrer, daß ich und er zu diesem kleinen Lebewohl eingeladen wären.

»Und dann rufen sie erst im letzten Augenblick an und wären gewiß zu Tode beleidigt, wenn ich etwas anderes vorhätte. Eigentlich sollte ich ein Exempel statuieren und nicht kommen.«

»Wenn ich Sie aber sehr darum bitte?« Auguste mußte dem Pfarrer ganz schön eingeheizt haben.

»Also gut, wenn die beiden mich bis zum frühen Nachmittag anrufen, gebe ich ihnen noch eine Chance. Verabschieden müssen wir uns ja voneinander.«

Pat rief genau um fünf vor zwei an, als ich gerade erwachte und meine Gedanken wieder einsammelte. Es sollte eine Überraschung sein, erklärte sie, eine Überraschung und die Revanche für all die Frühstücke, Teezeiten und Abendessen bei mir zu Hause. Heute sei nämlich der Tag, an dem es am Abend ein Buffet gebe, zu dem die Hotelbewohner Gäste mitbringen konnten. Ansonsten habe das Hotel ja, wie ich wisse, den Restaurantbetrieb eingestellt und verköstige nur intern.

Ich murmelte etwas von Recherchen, die viel Zeit in Anspruch nehmen würden, und überhaupt, ich müsse endlich wieder an den Schreibtisch.

»Aber es ist unser letzter Abend.« Die Empörung klang echt. »Wir haben auch den Pfarrer eingeladen, weil wir nicht wissen, wie wir ihm sonst dafür danken sollen, daß er Auguste Einblick in die jahrhundertelang geführten Aufzeichnungen nehmen ließ.« Auguste kicherte und sagte ihrerseits: »Ich habe ja auch etwas daraus zu Tage befördert.« Ich konnte zwar Pat durchs Telefon nicht sehen, aber ihr anzügliches Grinsen stand mir deutlich vor Augen.

Um ein wenig Zeit zu gewinnen, fragte ich nach der Bergtour. Wo sie denn überall gewesen wären und ob der Regen ihnen nicht alles verdorben hätte.

»Ach was«, meinte Pat, »so schnell lassen wir uns nicht vergrämen. Wir sind von Grundlsee aus auf den Backenstein, dann zum Appelhaus, wo wir übernachtet haben …«

»Mit Hüttenzauber und so«, redete Auguste dazwischen.

»… und heute sind wir dann über die Wildensee-Alm zur Seewiese abgestiegen und am Ufer des Altausseersees entlang zurück zum Hotel marschiert.«

»Ihr wart in Wildensee?«

»Ja. Man sagte uns, daß das eine der schönsten Touren sei.«

»Sonst nichts?«

»Was hätte man uns denn noch sagen sollen?« Es war mir gelungen, Pat neugierig zu machen.

»Also«, sagte ich, »zu sehen ist zwar nicht mehr viel davon, aber Anfang Mai 1945 ist der gebürtige Österreicher und Chef des Reichssicherheitshauptamtes, SS-Obersturmbannführer Ernst Kaltenbrunner, aus einer Almhütte in Wildensee von zwei Einheimischen und zwei amerikanischen Militärs aus seinem Versteck geholt und ins Tal gebracht worden.«

»Ist nicht wahr …«, rief Auguste.

»Kaltenbrunner war, wie ihr vielleicht wißt, ursprünglich davon ausgegangen, daß er nach der Kapitulation des Dritten Reiches in einer künftigen österreichischen Regierung in staatstragender Position verbleiben würde. Darüber hatte Dr. Wilhelm Höttl, mein späterer Gymnasialdirektor, noch zu Kriegszeiten mit den Amerikanern in der Schweiz verhandelt. Als sich herausstellte, daß die Erwartungen des Herrn Obergruppenführers äußerst unrealistisch gewesen waren, versuchte er, über das Tote Gebirge zu entkommen, blieb dann aber in Wildensee hängen. Übrigens wurde er von Altaussee aus nach Nürnberg überstellt, wo er vom internationalen Militärtribunal zum Tode verurteilt und am 16. Oktober 1946 gehängt wurde.«

Als ich geendet hatte, war es eine Weile still am anderen Ende der Leitung. Dann aber drangen gleich zwei vorwurfsvolle Stimmen auf mich ein. »Warum hast du uns das nicht früher gesagt? Wir hätten die ganze Alm mit anderen Augen gesehen. Wo du doch weißt, wie wichtig uns diese Art von zeitgeschichtlichem Augenschein ist …«

»Erstens habt ihr mich nicht gefragt. Zum Toplitzsee, ins Salzbergwerk und auf die Blaa-Alm habt ihr ja auch von alleine gefunden. Und zweitens habt ihr mir nicht gesagt, daß ihr nach Wildensee geht.«

»Wenn wir gewußt hätten, in welcher Hütte er sich versteckt hielt«, seufzte Pat, »würden wir zumindest beim Fenster hineingeschaut haben.«

»Ich hätte mir alles genau eingeprägt«, sagte Auguste, wohl auf ihr fotografisches Gedächtnis bezugnehmend.

»Vielleicht hätte ich einen kleinen Aufsatz darüber geschrieben und ihn an das German Quarterly geschickt«, sinnierte Pat. »Lebt übrigens noch jemand von den Einheimischen, die damals dabei waren?«

»Tut mir leid, sind alle inzwischen gestorben.«

»Weißt du, welche der Hütten es gewesen ist?« Auguste war noch immer mit ihrem Gedächtnis beschäftigt.

»Die dritte«, antwortete ich.

»Wenn man von Altaussee oder vom Appelhaus her kommt?«

»Von Altaussee.« Wahrscheinlich war die Hütte in der Zwischenzeit längst abgerissen und neu errichtet worden. Almhütten werden nicht für die Ewigkeit gebaut. Aber es hätte keinen Sinn gehabt, den beiden das zu erklären, genausowenig, wie einzugestehen, daß ich selbst nie nach Wildensee aufgestiegen war. Zum Appelhaus schon, noch mit Freundinnen während meiner Schulzeit, aber nie nach Wildensee. Ich bin keine Tourengeherin. Dafür gab ich noch ein Detail preis, das ich aus erster Hand hatte. »Kaltenbrunner«, sagte ich, »hatte seine Identität verwischen wollen, sich aller verräterischen Dinge wie Uniform, Dokumente und so weiter entledigt und sie im Herd der Hütte verbrannt. In der Asche fand man nur noch seine Hundemarke, die nicht geschmolzen war. Dafür hatte das Almfeuer nicht gereicht.«

»Zu dumm!« seufzte nun auch Auguste. »Wenn wir das alles vorher gewußt hätten …«

»Es läuft euch doch nicht davon. Wenn ihr nächstes Jahr kommt, könnt ihr ja wieder nach Wildensee gehen, im Bewußtsein, daß auch diese Alm zur Geographie des Dritten Reiches gehörte.«

Ich hatte erwartet, daß sie zustimmen würden, aber sie wollten sich wohl urlaubsmäßig noch nicht festlegen.

»Du kommst doch heute abend?«

Ich zierte mich nicht länger, und wir verabredeten uns für sieben Uhr im Hotel.

Bis dahin hatte ich immerhin noch den ganzen Nachmittag zur Verfügung, und so vertiefte ich mich weiter in die Schriften der Christine de Pizan.

Pat und Auguste hatten schon einen Aperitif genommen, so auch der Pfarrer, als ich ein wenig verspätet ins Hotel kam. Alle drei schienen bester Laune zu sein, und wir gingen gemeinsam in den Speisesaal, in dem ein verlockendes Buffet aufgebaut war.

Der Pfarrer erzählte ein paar Anekdoten aus seinen Wanderjahren – er war tatsächlich schon so gut wie überall gewesen –, während Auguste, die mit ein wenig kosmetischer Hilfe aus ihrem Gesicht herausgeholt hatte, was herauszuholen war, und mehr denn je einer Indianerin ähnelte, ihn mit Fragen zum Erzählen immer weiterer Abenteuer anspornte. Dabei lächelte sie völlig unindianisch, und die Traumfänger in ihren Ohren baumelten belustigt hin und her.

Des Pfarrers gesammelte Erzählungen wurden durch unsere wiederholten Gänge zum Buffet unterbrochen, und als wir dann beim Dessert angelangt waren und Auguste von neuem mit ihrer Fragerei beginnen wollte, übernahm kurzerhand Pat die Regie.

Es war bereits dunkel draußen und die Lichter des Hotels spiegelten sich auf zauberische Weise im schwarz gewordenen See. Pat machte uns darauf aufmerksam, und gleichzeitig bedauerte sie, daß ihrer beider Zeit in *Wendlgard's own county* so rasch zu Ende gegangen wäre. Sie zumindest habe ihren Aufenthalt genossen und hoffe, irgendwann einmal – auch jetzt war nicht vom nächsten Jahr die Rede – zurückkommen zu können. Ich sei auch, fügte sie hinzu, auf erstaunliche Weise kooperativ gewesen, was ihr *women's studies*-Projekt angehe, insofern hätten sie die Tage hier doppelt nutzen können, als Urlaub und für ihre Arbeit.

Und eben weil ich mir von ihnen beiden so bereitwillig über die Schulter hätte schauen lassen, habe es ihnen besonderen Spaß gemacht, sich an den Recherchen für mein neues Buch zu beteiligen. Endlich einmal wäre es ihnen möglich gewesen, *in statu nascendi* dabei zu sein, führte Auguste die Höflichkeiten fort. Natürlich sei es nun an mir, den Roman, oder was immer es werden sollte, zu schreiben, aber sie könnten wenigsten sagen, sie wären dabeigewesen, und auf empathische Weise würden sie sich wohl immer als Mitautorinnen fühlen.

Auch der Pfarrer beanspruchte einen Anteil am Zustandekommen der Briefwechselgeschichte, indem er auf seine Chroniken und einzelne Wortspenden verwies, von denen er glaube, sie hätten mich auf neue Ideen gebracht.

Wir waren vom leichten Grünen Veltliner auf einen Blaufränkischen umgestiegen, der auch nicht schwer, aber doch ein wenig voller im Geschmack war, und redeten uns, immer wieder lachend und in der Zeit vor und wieder zurück hüpfend, durch den Abend, bis der Pfarrer sagte, er müsse nun nach Hause, er habe morgen die Frühmesse zu lesen. Ich schloß mich ihm an, hatte er doch versprochen, mich meinen Berg hochzufahren, den zu Fuß zu erklimmen ich nun wirklich keine Lust mehr hatte.

Auguste, Pat und ich umarmten einander aufs herzlichste – sogar der Pfarrer bekam etwas davon ab – und versprachen, uns zumindest zu faxen oder zu mailen, wenn ich bis dahin online wäre, um uns nicht aus den Augen zu verlieren.

Als ich dann vor meiner Haustüre aus dem Auto stieg, fragte mich der Pfarrer noch, wann ich nun tatsächlich mit dem Schreiben anfangen würde. »Morgen«, sagte ich, während ich meinen Schlüssel suchte, »ab morgen bin ich in Klausur.« Wir verabschiedeten uns, und der Kies spritzte unter den Reifen des Pfarrerautos weg.

Ich ging sogleich nach oben, und als ich bereits im Bett lag, hörte ich, wie schon öfter in diesem Herbst, das Scharren und Schnorcheln eines Dachses, der sich an den letzten Himbeeren zu schaffen machte.

Ich hatte mir wirklich fest vorgenommen, endlich aufs Papier zu bringen, was in meinem Kopf längst Gestalt angenommen hatte. Zuvor aber mußte ich noch einen Brief an jenen Dozenten Dr. Reha Çamuroğlu schreiben, dessen Bücher ich mir bei meinem letzten Istanbul-Aufenthalt gekauft hatte und die meiner Phantasie so sehr auf die Sprünge geholfen hatten. Ich würde mich dafür entschuldigen, daß ich mir so etwas wie ein Copyright an seiner Person angemaßt hatte, die in meinem Buch eine wichtige Rolle spielen sollte, und das, obwohl ich ihm nie persönlich begegnet war. Ich würde ihn auch bitten, sich nicht darüber zu ärgern, daß er als Figur in ein Spiel der Worte gesetzt worden war, das mit seinem realen Leben nur die verfaßten Werke gemeinsam hatte, sondern es so zu nehmen, wie es gemeint war, als Zeichen der Wertschätzung seiner Arbeiten, die mir durch Zufall in die Hände geraten waren.

Barbara Frischmuth

Fingerkraut und
Feenhandschuh

*Ein literarisches
Gartentagebuch*

*Mit Fotografien
von Herbert Pirker*

*160 Seiten, gebunden
ISBN 3-351-02861-X*

Barbara Frischmuth, freie Schriftstellerin und Übersetzerin, mit zahlreichen Preisen und Auszeichnungen geehrt, liefert mit diesem Buch ein Bekennerschreiben zur Gartenlust, das zu einem Bestseller unter Blumenfreunden wurde.

»Barbara Frischmuth erzählt Geschichten über Erlebnisse in ihrem Garten, wobei sie literarische Eindrücke mit Informationen und Tipps mischt. Von Glücksmomenten und Fehlschlägen ist ebenso die Rede wie von Entdeckungen und so mancher Schrulligkeit, die sie an sich selbst als Gärtnerin entdeckte.«

Passauer Neue Presse

»Dieses ›literarische Gartentagebuch‹ ist sicher kein Ratgeber, doch erfährt man manchen Profi-Trick, Wissenswertes über Pflanzen, ihre Vorlieben und den sanften Umgang mit Schädlingen.«

Brigitte

Aufbau-Verlag

Barbara Frischmuth

Das Heimliche und das Unheimliche

Drei Reden

78 Seiten, gebunden.
Fadenheftung
ISBN 3-351-02877-6

Mit der Rede zur Eröffnung der Salzburger Festspiele

»In einer Zeit der bewegten Bilder, die bekanntlich am überzeugendsten zu lügen imstande sind, bitten fast nur noch die Schriftsteller um Gehör. Jene also, die von Natur aus zum Rand gehen und zum Übersteigen der verschiedensten Mauern und Grenzzäune neigen. Daß ihnen dabei das zu Erzählende zunehmend zum ›Schauerroman‹ gerät, hat mehr mit den Gewalttätigkeiten der Zeit zu tun als mit dem Genre.«

Barbara Frischmuth

Aufbau-Verlag

Barbara Frischmuths Romane bei AtV

Die Ferienfamilie
Roman
102 Seiten. AtV 1723-5

Unentwegt werden neue Liebes- und Ehekombinationen erprobt. »Herausgekommen ist eine hellsichtige Beschreibung modernen Zusammenlebens.«

Rheinischer Merkur

Einander Kind
Roman
233 Seiten. AtV 1634-4

Drei Frauen – konfrontiert mit der Vergangenheit: Ihre Lebenslinien kreuzen oder entfernen sich, doch sind sie verbunden durch Liebe, Geburt, Unglücksfälle und Tod.

Das Verschwinden des Schattens in der Sonne
Roman
192 Seiten. AtV 1653-0

In der Türkei erfährt eine Studentin der Orientalistik, daß die Wirklichkeit wenig gemein hat mit ihren märchenhaften Vorstellungen. Sie beginnt, Realitäten wahrzunehmen.

Die Schrift des Freundes
Roman
352 Seiten. AtV 1387-6

Die junge Wienerin Anna lernt unter merkwürdigen Umständen Hikmet kennen. Es entwickelt sich eine Liebesgeschichte, doch plötzlich verschwindet er, und niemand will ihn gekannt haben.

Harald Gerlach

Blues Terrano

Roman

Etwa 180 Seiten, gebunden
ISBN 3-351-02921-7

Der Süden ist für Jule das Sinnbild ihrer Sehnsüchte; weit weg von der westdeutschen Kleinstadt, in der sie einen langen Winter verbracht hat.

Der Süden ist, wo sich Jule ein neues Leben für sich, Ben und das Baby Anna erhofft. Als in Triest wegen einer Panne die Reise ins Stocken gerät, legt sich die morbide Stimmung der mediterranen Stadt über das Paar. In Jule gehen merkwürdige Veränderungen vor, und als Ben krank wird, plant sie eine neue Route: zurück zu den Anfängen ihrer Biographien.

Harald Gerlach legt mit »Blues Terrano« einen melancholischen, geheimnisvoll-poetischen Roman vor über die Lebensreise zweier Liebender zwischen den Welten und den Zeiten.

Aufbau-Verlag

Tanja Dückers

Café Brazil

Erzählungen

203 Seiten, engl. Broschur

ISBN 3-351-02913-6

Temporeich erzählt und von hintersinniger Komik ist dieser Geschichtenband: Tanja Dückers magische Erzählungen stecken voller zärtlicher Bosheiten.

»In achtzehn verdichteten Momentaufnahmen beweist die Berliner Autorin, die 1999 mit ihrem Roman ›Spielzone‹ Kritiker wie Leser begeisterte, ihre Gabe der Beobachtung und ihre Liebe zum Erzählen.«

Die Welt

»Ihre volle Kraft entwickeln die kurzen Erzählungen jedoch erst durch die gleichsam unspektakulären wie effektiv-amüsanten Formulierungen, die feine Selbstironie und die liebevoll verpackten Gemeinheiten der Autorin.«

Lesertreff

»Sand im Getriebe des schönen, neuen Berlin«

taz

Aufbau-Verlag

Richard Wagner

Miss Bukarest

Roman

190 Seiten, gebunden
ISBN 3-351-02926-8

Ein meisterlicher Roman über die rumänische Vergangenheit und die deutsche Gegenwart, erzählt von drei Protagonisten, die die verschiedensten Motive verfolgen: politische, poetische und kriminalistische. Im Zentrum steht der Tod einer faszinierenden und standhaften Frau. Ungläubig wird aufgedeckt, wie ein Geheimdienst rückwirkend Gefühle zerstören kann, wie ein geliebter Mensch seinen Handlangern, den Schattenmännern des Kommunismus, zum Opfer fällt.

»Miss Bukarest« ist ein unbestechliches Buch, wie sie heutzutage selten geschrieben werden. Es vereint sprachliche Brillanz, Gedankenschärfe und Aufrichtigkeit.

Für diesen Roman wurde Richard Wagner im Herbst 2000 als erster Preisträger mit dem »neuen deutschen Literaturpreis« ausgezeichnet.

Aufbau-Verlag

Gisela Elsner / Klaus Roehler

Wespen im Schnee

99 Briefe und ein Tagebuch

Herausgegeben von Franziska Günther-Herold und Angela Drescher

Mit einem Nachwort von Reinhard Baumgart

Mit Abbildungen
Etwa 296 Seiten, gebunden
ISBN 3-351-02511-4

Gisela Elsner war ein Enfant terrible der deutschen Literaturszene, als sie 1964 mit ihrem ersten Roman, »Die Riesenzwerge«, schlagartig berühmt wurde.

H. M. Enzensberger lobte sie als »Humorist des Monströsen, das im Gewöhnlichen zum Vorschein« komme. Zehn Jahre zuvor lernte Gisela Elsner als Siebzehnjährige, aufgewachsen in einem großbürgerlichen Elternhaus, den Schriftsteller Klaus Roehler kennen. Ihre Briefe dokumentieren eine Liebesgeschichte, die zugleich die Geschichte einer Revolte gegen die bundesdeutsche Nachkriegsgesellschaft ist und die seelische Topographie der späteren 68er Generation verstehen läßt.

Der Briefwechsel erweitert das Lebensbild einer Frau, dem sich auf andere Weise Oskar Roehler in seinem preisgekrönten Film »Die Unberührbare« genähert hatte.

Aufbau-Verlag

Klil Zisapel

Meine Schwester, meine Braut

Roman

Aus dem Hebräischen von Stefan Siebers

361 Seiten, gebunden
ISBN 3-351-02931-4

»Du hast mir das Herz geraubt mit einem einzigen Blick aus deinen Augen, mit einer einzigen Kette von deinem Halsschmuck.«

Buch Salomo

Auf einer Party in Tel Aviv lernen sie sich kennen – zwei Frauen, die unterschiedlicher nicht sein könnten: Dani, schillernd und widersprüchlich, lebt jenseits aller Konventionen. Amit, Studentin, gewissenhaft, hat sich in einer geordneten Welt eingerichtet.

Unmerklich wird die Freundschaft zu einer Intimität zwischen Geschwistern und Liebenden zugleich. Amit und Dani verlassen ihre Partner, um miteinander und füreinander zu leben. Doch mit der Zeit ereignen sich Tragödien, die die große Liebe zersetzen. Der Roman einer tabulosen Liebe ist ein verstörend schönes und intensives Buch. Hellwach hat Klil Zisapel das Lebensgefühl der lost generation nicht nur in Israel eingefangen.

Aufbau-Verlag